Peggy Sue et les fantômes
LE SOMMEIL DU DÉMON

SERGE BRUSSOLO

Peggy Sue et les fantômes

LE SOMMEIL DU DÉMON

ÉDITIONS FRANCE LOISIRS

Édition du Club France Loisirs,
avec l'autorisation des Éditions Plon

Éditions France Loisirs
123, boulevard de Grenelle, Paris
www.franceloisirs.com

ISBN : 2-7441-5461-X

Les personnages

Peggy Sue

Collégienne de 14 ans, elle est la seule à savoir que des créatures invisibles sortent des murs et se promènent au milieu des villes pour accabler les pauvres humains de farces souvent mortelles. Personne ne veut la croire, mais grâce à ses lunettes magiques, elle parvient à brûler la peau des fantômes et à contrarier leurs manigances. Cette mission n'est pas facile car les fantômes ont plus d'un tour dans leur sac.

Les fantômes

Ils préfèrent être appelés « Invisibles », car ce ne sont ni des revenants ni des extraterrestres. Mous, transparents, ils peuvent également prendre l'apparence et la couleur qui leur conviennent. Ils prétendent avoir créé la Terre, les dinosaures... *et les hommes* ! Mais peut-on leur faire confiance ?

Comme ils s'ennuient, ils multiplient les méchantes blagues. Ce qui les amuse cause souvent la mort de leurs victimes. Ils détestent Peggy Sue mais ne peuvent la supprimer, car un enchantement la protège. Toutefois, il leur est possible de la faire assassiner par quelqu'un d'autre, ou encore d'organiser un accident dans lequel elle serait tuée, sans qu'ils aient à porter la main sur elle.

Le chien bleu

D'abord pauvre chien errant, il s'est trouvé exposé aux rayons du soleil bleu, un astre magique créé par les Invisibles, qui avait le pouvoir de rendre tout le monde intelligent. Il est ainsi devenu télépathe et hypnotiseur. D'abord ennemi de Peggy Sue, il a, un temps, gouverné une ville et tous ses habitants. Guéri de sa folie des grandeurs, il s'est lié d'amitié avec Peggy Sue qui l'a recueilli. Râleur, entêté, il obéit quand il en a envie, mais il est brave et n'a pas son pareil pour détecter les dangers cachés.

La famille de Peggy Sue

Barney, le père, est charpentier et va de ville en ville, pour travailler là où se construit un nouveau building. Il juge les filles « trop compliquées ». Il aurait préféré un fils avec qui il aurait pu parler « football ».

Maggy, la mère, se désespère de la conduite bizarre de sa fille cadette, Peggy Sue, que tout le monde croit folle parce qu'elle distingue des choses que personne ne voit. Elle aspire à une existence plus tranquille, où rien d'étrange ne se produirait. Elle souhaiterait vivre dans un petit ranch où elle élèverait des chevaux.

Julia, 17 ans, la sœur aînée. Serveuse dans un fast-food, elle voudrait diriger sa propre entreprise d'une poigne de fer. Elle n'a pas très bon caractère et a un peu honte de sa petite sœur.

1

Menaces invisibles

Tout allait mal.

La catastrophe planait au-dessus de la famille Fairway comme un vautour tourne dans le ciel en fixant sa proie.

Un soir, Barney — le père de Peggy Sue —, qui est charpentier et travaille en équilibre sur des poutres métalliques à cent mètres au-dessus du sol, rentre à la maison, livide.

— Je ne comprends pas ce qui s'est passé aujourd'hui, bredouilla-t-il, mais j'ai eu soudain l'impression que quelqu'un essayait de me pousser dans le vide. J'étais debout, au milieu d'une poutrelle, en train de regarder le trottoir de la Vingt-deuxième Avenue, soixante mètres plus bas, quand il m'a semblé que deux mains se posaient sur mes omoplates... Je n'ai jamais eu le vertige de ma vie, mais là ! Bon sang ! J'ai bien cru que j'allais faire le plongeon. Quand j'ai regardé par-dessus mon épaule, il n'y avait personne. Je n'y pige rien. Peut-être que je me fais trop vieux pour ce métier ?

Pendant que M'man et Julia poussaient des cris de stupeur, Peggy Sue réfléchissait. Elle avait une idée très claire de ce qui avait failli arriver. C'était simple : *les Invisibles avaient tenté d'assassiner son père.*

« Je m'y attendais, pensa-t-elle. Ils n'ont pas digéré la défaite que je leur ai infligée lors de l'affaire du soleil bleu, ils cherchent à se venger. »

Depuis que la famille avait abandonné le vieux mobil-home pour s'installer en ville, Peggy n'avait remarqué aucune activité « fantomatique » dans le voisinage ; c'était insolite et son instinct lui soufflait que ses vieux ennemis se cachaient forcément à proximité.

« Ils ont opté pour une autre stratégie, se disait-elle. Je dois me tenir sur mes gardes. »

Traumatisé par ce qui lui était arrivé au sommet du gratte-ciel, Papa s'avoua incapable de retourner travailler. Il ne se sentait plus en sécurité.

— C'est idiot, répétait-il, mais je ne peux pas m'ôter de la tête que quelque chose m'attend là-haut. Un ennemi invisible qui veut me jeter dans le vide. Peut-être que je deviens fou ?

Il ne devenait pas fou, non, seulement, comme tous les adultes, il n'avait pas conscience des manigances des fantômes.

Le chien bleu donnait lui aussi des signes de nervosité. Peggy Sue l'avait récupéré en quittant Point Bluff, où, un temps, grâce aux tours de magie des spectres, il avait régné sur la ville en véritable tyran. Aujourd'hui, s'il avait perdu sa belle couleur indigo, il avait conservé un certain don pour la télépathie... et la stupide manie de se promener affublé d'une cravate noire. Il utilisait désormais ses pouvoirs d'hypnotiseur pour obtenir que la sœur de Peggy Sue, Julia, le porte dans ses bras comme un bébé quand il en avait assez de marcher... ou bien il contraignait Maman à lui mitonner des petits plats lorsqu'il était fatigué de la pâtée en boîte des supermarchés. Les deux femmes lui obéissaient sans même s'en rendre compte, telles deux somnambules.

De temps en temps, sa petite voix de lutin ronchonneur grésillait dans l'esprit de Peggy comme un morceau de beurre dans une poêle à frire.

— *Ce n'est pas bon*, disait-elle. *Des événements inquiétants se préparent. Il faut s'enfuir, loin... très loin.*

Les choses ne tardèrent pas à aller de mal en pis.

À partir du moment où Papa se retrouva au chômage, la malchance s'acharna sur la famille Fairway. Il fallut emménager dans une vieille baraque dont la peinture pelait comme le cuir d'un lézard en train de muer. Peggy Sue n'aimait pas le nouvel appartement situé au rez-de-chaussée, où la lumière se hasardait timidement. On avait l'illusion que les ténèbres campaient là pour éviter d'avoir à rentrer chez elle une fois leur travail fini.

— Et surtout n'allume pas les lampes dès qu'on aura le dos tourné, lançaient M'man et P'pa lorsqu'ils s'en allaient le matin arpenter les rues pour essayer de trouver du travail. Il faut faire des économies. On n'a plus beaucoup d'argent, tu sais.

Peggy Sue le savait, mais la nuit l'inquiétait. Alors elle pressait les interrupteurs — un, deux, trois... — et les ampoules s'allumaient tandis que la voix mentale du chien bleu résonnait dans sa tête, égrenant le même message : « Il faut partir. Les fantômes nous ont localisés, ils seront bientôt ici... »

— Partir, grognait l'adolescente, c'est plus facile à dire qu'à faire. Pour déménager il faut de l'argent et nous vivons sur le seul salaire de Julia qui travaille au *fast-food*.

— Je sais, sifflait le chien bleu.

Par bonheur, Papa rentra un soir en annonçant qu'il avait enfin déniché du travail. Ce n'était guère dans sa partie mais il ne regrettait rien, et même il était plutôt soulagé de n'avoir plus à grimper sur une charpente métallique.

— C'est un boulot de gardien, expliqua-t-il. Loin d'ici, à la limite du désert. Il s'agit de surveiller un aérodrome désaffecté. Il paraît que les hangars sont encore pleins de vieux avions à hélices. Les propriétaires craignent qu'on vienne les voler. Ils souhaitent faire de l'endroit un musée de l'aviation à l'usage des touristes. Ça va sacrément nous changer de cette ville humide. Faites les paquets, on part tout de suite.

Peggy Sue poussa un soupir de soulagement.

Elle n'allait pas tarder à se rendre compte qu'elle s'était réjouie trop tôt.

2

Le pays des mirages

Le voyage avait été interminable. Il faisait si chaud que Peggy avait l'impression d'être un gâteau à la carotte en train de cuire dans un four réglé sur la plus haute température.

— Je suis sur le point de me transformer en gigot à quatre pattes..., haleta mentalement le chien bleu qui tirait une langue de vingt centimètres. Encore dix minutes et je serai rôti à point.

Il exagérait à peine. Dès que la voiture avait quitté la route principale pour s'engager sur la piste du désert, le soleil s'était acharné sur elle. La climatisation ronflait comme une hélice d'avion sans parvenir à rafraîchir l'atmosphère.

Papa décida d'arrêter le véhicule sur le parking d'une buvette pour permettre au moteur de refroidir.

— Quel enfer ! se lamentait Julia, la lumière est si forte que mes cheveux sont en train de perdre leur couleur naturelle. Ce soir j'aurai l'air d'avoir de la ficelle sur la tête ! C'est atroce !

La famille courut se cacher à l'ombre de la véranda. La buvette, déglinguée, semblait prête à s'écrouler au premier coup de vent. On avait cloué des crânes de vache à longues cornes sur la façade.

Le chien bleu releva la tête pour renifler l'air.

— Qu'y a-t-il ? demanda Peggy Sue, intriguée par son manège.

— Je ne sais pas, avoua l'animal. Je n'aime pas cet endroit... il y a du danger. J'entends pleurer des enfants... des enfants invisibles. Ils sont partout... éparpillés.

La jeune fille fronça les sourcils. Le chien bleu était souvent traversé par des éclairs de perception extrasensorielle — comme tous les animaux — et elle prenait toujours au sérieux le moindre de ses avertissements.

Elle scruta le paysage désertique, sans repérer aucun fantôme.

— Des enfants ? insista-t-elle.

— Oui, confirma le chien. Ils sont malheureux... ils nous disent de faire demi-tour, de ne pas tomber dans le piège. Je les entends mal ; leurs voix se mélangent. On dirait qu'ils nous encerclent. Tu n'aperçois rien de bizarre ?

— Non.

Peggy Sue frissonna malgré l'horrible chaleur. Le désert n'avait rien d'excitant. Il se résumait à une immense étendue de poussière jaune, que la chaleur faisait vibrer et rendait floue.

Brusquement, un panneau écaillé attira l'attention de la jeune fille. On y lisait :

ATTENTION AUX MIRAGES !

— Qu'est-ce que ça veut dire ? murmura-t-elle sans réaliser qu'elle parlait à haute voix.

— Ça signifie qu'il faut prendre garde à ce qu'on croit voir dans le désert, caqueta une voix dans son dos.

Peggy sursauta. Derrière elle, un vieil homme venait de sortir de l'ombre. Un Indien ou un Mexicain, vêtu de toile blanche et coiffé d'un grand chapeau décoloré. Il paraissait très âgé ; sa peau était rouge brique, sillonnée de rides innombrables.

— Tu sais ce que c'est, un mirage ? demanda-t-il. C'est une vision créée par la chaleur, quelque chose qui n'existe pas. En se reflétant sur le sable, le soleil fabrique des images fantômes... des oasis, principalement. Quand on regarde droit devant soi, on a l'illusion de distinguer des mares, des lacs. Généralement rien de tout cela n'existe. Quand on s'en approche, tout disparaît.

— Je vous remercie de me prévenir, murmura Peggy Sue, mais je sais tout cela.

L'homme eut un sourire triste. On distinguait à peine ses yeux sous l'ombre du chapeau à larges bords.

— C'est vrai, ricana-t-il, les *gringos* savent tout ! Ici, pourtant, les choses sont différentes. Les mirages n'ont rien d'inoffensif. Ils sont dangereux...

— Comment cela ?

— Ils ne s'évanouissent pas quand on s'en approche. Au contraire, ils deviennent de plus en plus réels. Ce sont des portes qui s'ouvrent sur d'autres univers. Il ne faut pas y entrer. Tu m'entends ? Si tu aperçois des choses bizarres, dans le désert, ne va pas à leur rencontre.

— Paco ! hurla soudain le patron de la buvette. Je t'ai cent fois dit de ne pas embêter les clients ! Fiche le camp avant que je ne te botte les fesses. (Puis, se tournant vers Peggy, il ajouta :) Il ne faut pas lui en vouloir, mademoiselle, c'est un vieux fou du *pueblo*, les insolations répétées lui ont détraqué la cervelle. Quand il était jeune, il a failli mourir de soif dans le désert, depuis, il déraille.

Peggy aurait voulu prendre la défense du Mexicain, mais celui-ci avait disparu. Où était-il passé ?

« Il a filé comme une ombre, songea-t-elle. Une ombre qui se serait dissoute au soleil. »

Mal à l'aise, elle rejoignit ses parents installés près d'un antique ventilateur dont le ronronnement rendait toute conversation impossible. On se fit servir des sodas, ainsi qu'une grande écuelle d'eau fraîche pour le chien bleu. Celui-ci restait sur la défensive.

— Il y a quelque chose dans le désert, lança-t-il mentalement à Peggy Sue. Le vieux au *sombrero* ne mentait pas. Il va falloir se tenir sur nos gardes.

À cause de la chaleur, personne n'avait vraiment faim. Julia ronchonnait à l'idée de se retrouver coincée dans un pareil endroit.

— C'est momentané, grogna Papa. Je finirai bien par dénicher un autre boulot. Et puis ça peut être amusant, ces vieux avions oubliés au fond des hangars. Moi, quand j'étais petit, je rêvais d'être pilote de chasse.

— Toi, quand tu étais petit, riposta Julia, tu étais *déjà* un garçon, moi je suis une fille et ces vieilles ferrailles m'ennuient.

On reprit la route. Au moment de se glisser derrière son volant, P'pa découvrit l'existence du panneau métallique mettant les automobilistes en garde contre les mirages du désert. Il haussa les épaules.

— Un truc pour faire frissonner les touristes, ricana-t-il. Les vacanciers aiment bien se faire peur à bon marché !

À peine avait-il prononcé ces mots qu'un enfant vêtu de toile blanche s'approcha, une corbeille sous le bras.

« Un Indien, pensa Peggy. Il a l'air pauvre et effrayé. »

Elle vit que le panier contenait des lunettes de soleil aux verres bizarrement colorés.

— Pas cher, murmura l'enfant en tendant l'une des paires à M. Fairway. On les fait nous-mêmes... Elles sont magiques, elles vous protégeront des mirages.

— Et comment cela ? lança le père de Peggy Sue d'un air goguenard.

— Les verres..., dit le gosse d'une voix à peine audible, ils vous empêcheront de voir les mauvaises images qui sortent du sable. Ils vous sauveront peut-être la vie. Des tas de gens disparaissent sur la piste, vous savez ? On retrouve leur voiture vide, leurs bagages dans le coffre. C'est parce qu'ils sont allés à la rencontre des mirages.

— Qu'est-ce que tu racontes ? s'impatienta Barney Fairway qui n'aimait guère les balivernes. Ai-je vraiment une tête de nigaud ?

— *C'est vrai !* pleurnicha le jeune Indien, je ne suis pas un menteur. Les images qui sortent du sable vous avaleront si vous ne m'écoutez pas.

Il ne put en dire plus car le patron de la buvette le chassa lui aussi, comme il avait fait de Paco. Le gosse s'enfuit, ses curieuses lunettes sous le bras.

— Hé ! grogna Barney Fairway, c'est vrai ce que raconte ce môme, que des gens disparaissent sur la piste du désert ?

Le commerçant se tortilla, gêné.

— Vous savez ce que c'est, se décida-t-il enfin à bredouiller, les touristes sont imprudents... Il y en a toujours qui quittent la route principale pour aller faire des photos. Le désert, ça rigole pas. On y perd vite le sens de l'orientation.

— Je ne suis pas un touriste, gronda le père de Peggy. Je viens ici pour travailler. Je suis le nouveau gardien de l'aérodrome de Vista Diablo.

À cette nouvelle, le patron de la buvette écarquilla les yeux et parut encore plus mal à l'aise.

— Vous n'allez pas beaucoup rigoler là-bas, marmonna-t-il. Y a trente ans que l'aéroport est désaffecté.

— Pourquoi ? s'enquit Peggy Sue.

— Trop d'accidents, souffla l'homme. À cause des mirages. Les pilotes se laissaient tromper par les illusions sortant des sables. Ils croyaient voir des... *des choses*... et se plantaient dans les collines rocheuses. Si vous explorez les alentours, vous trouverez des dizaines de carcasses d'avions ensevelies dans la poussière.

— Mais pourquoi tous ces mirages, ici, précisément ? insista Peggy.

— Sais pas, grommela le commerçant avec un haussement d'épaules. À cause de la chaleur, de la lumière... C'est comme ça, c'est tout.

Il en avait assez, cela se voyait. Il se redressa, amorçant un demi-tour.

— En tout cas, lança-t-il, ne vous arrêtez pas. *quoi que vous puissiez voir*. C'est un conseil d'ami.

Et il tourna les talons.

— Il est taré, siffla Julia. Bon sang ! Nous voilà une fois de plus installés dans un pays de cinglés !

Maman était rouge et ne cessait de s'éponger le visage avec son mouchoir. Sa peau laiteuse d'Irlandaise supportait mal le soleil.

— Ne vous inquiétez pas, les filles, proclama Papa d'un ton qui se voulait léger. Dans ces coins perdus les gens sont bizarres, c'est à cause de la solitude. En réalité, ils ne sont pas méchants.

« Non, songea Peggy Sue malgré elle. Ce sont les mirages qui sont méchants. »

Le chien bleu tremblait, il avait couché les oreilles en signe d'inquiétude.

La voiture quitta le parking pour s'élancer sur la piste de poussière jaune courant jusqu'à l'horizon.

Les rochers rouges déchiquetés étaient beaux... mais tout de même inquiétants.

— On dirait qu'un monstre s'est amusé à les mâchouiller, grommela télépathiquement le chien. Oui, regarde : c'est comme si une bête énorme s'était fait les dents sur le paysage. Moi, je me contente d'une vieille chaussure, mais elle, elle a besoin d'un pays entier !

— Arrête ! pensa Peggy Sue qui devenait nerveuse. N'en rajoute pas.

Dans la voiture personne ne parlait. Jamais la famille Fairway n'avait mis les pieds dans un environnement aussi hostile.

— Oh ! Là ! hoqueta soudain Julia en pointant le doigt à travers la vitre. Regardez, c'est une voiture abandonnée.

Elle disait vrai. La voiture était garée sur le bas-côté de la piste, portières ouvertes. Le vent de sable avait fini par s'engouffrer à l'intérieur de l'habitacle, recouvrant les sièges.

— Bon sang, grogna M. Fairway, elle n'est pas si vieille que ça. C'est même un modèle plutôt récent.

— Où sont passés ses propriétaires ? gémit M'man. Barney, *qu'est-ce que tu fais* ? Tu ne vas pas t'arrêter au moins ?

Mais son mari avait déjà freiné. Tout le monde descendit, sauf M'man qui resta pelotonnée sur son siège en suppliant les filles de revenir immédiatement.

P'pa fit le tour de l'automobile ensablée.

— Tu as vu ? fit la voix du chien bleu dans l'esprit de Peggy Sue. Les bagages sont encore sur la banquette arrière, ils dépassent du sable. Et il y a un appareil photo très coûteux sur le tableau de bord. S'il n'a pas encore disparu, ça signifie que les voleurs ont trop peur pour s'aventurer jusqu'ici.

— J'étais en train de me faire la même réflexion, lui répondit la jeune fille. C'est mauvais signe. Tu entends toujours des voix ?

— Oui, des lamentations. Et le sable a une drôle d'odeur. *Une odeur vivante.*

— Vivante ?

— Oui... comme si ce n'était pas vraiment du sable, mais autre chose. Une bête dont les particules seraient éparpillées.

Barney Fairway regagna sa propre voiture, les sourcils froncés.

— C'est curieux, observa-t-il en remettant le contact. Personne n'est jamais venu récupérer ce véhicule... et pourtant il est neuf. Aucun voleur n'a essayé d'en démonter le moteur. Plutôt inhabituel.

Il démarra. Dix kilomètres plus loin, Peggy distingua une seconde automobile abandonnée. Cette fois elle était sortie de la piste pour s'enfoncer dans le désert. Le sable la recouvrait presque. P'pa choisit de ne rien dire, sans doute pour ne pas affoler son épouse qui avait fermé les yeux et somnolait, la nuque calée sur l'appui-tête.

En vérité, la chaleur était atroce, et Peggy s'étonnait de ne pas voir les cactus prendre feu.

Comme il fallait s'y attendre, le moteur se mit à chauffer.

— Il faut s'arrêter, lança P'pa, sinon nous risquons de tomber en panne. Je vais me garer là-bas, sous ce surplomb rocheux. On aura de l'ombre.

— Les filles, je vous défends de sortir ! cria M'man. Il y a sûrement des tas de scorpions sous les pierres.

— Les scorpions sortent la nuit, dit Peggy pour la rassurer. Ils n'aiment pas le soleil.

Barney Fairway rangea la voiture contre un piton rocheux qui évoquait un index géant surgi de terre pour désigner le ciel.

— Si on en profitait pour faire la sieste ? proposa-t-il. Nous avons à peine parcouru la moitié du chemin. Dormir, c'est encore le meilleur moyen de prendre notre mal en patience.

Comme on pouvait difficilement envisager une autre activité, on ouvrit les portières puis l'on inclina les sièges pour tenter de se reposer. P'pa avait soulevé le capot pour permettre au moteur de refroidir. Au bout d'un quart d'heure, tout le monde était assoupi, sauf Peggy et le chien bleu. La jeune fille montait la garde. P'pa, M'man et Julia n'avaient aucune idée de ce qui se tramait ici... Elle-même n'en avait qu'un pressentiment vague ; voilà pourquoi elle devait veiller sur eux, à leur insu.

Prenant soin de ne pas réveiller sa famille, elle

quitta la voiture et fit trois pas dans la poussière jaune, le chien sur ses talons.

— Tu le sens ? chuchota soudain l'animal au creux de son esprit. Ça vibre dans l'air... c'est en train de se construire...

— Quoi donc ?

— Je ne sais pas... ça s'organise, comme les pièces d'un puzzle, ça monte du sol. Fais attention !

La chair de poule courut sur les avant-bras de l'adolescente, tandis qu'un frisson électrisait sa nuque. Elle ne voyait rien, mais elle devinait, elle aussi, une activité invisible. Brusquement, une image se dessina devant elle, au beau milieu de la plaine de sable. Cela s'élaborait, bout par bout. Le ciel était comme une étoffe qu'on aurait lacérée au couteau. La déchirure, ainsi ouverte, bâillait sur un autre monde... très différent. Les yeux écarquillés, Peggy aperçut des enfants de son âge, affublés de casquettes, d'écharpes de laine, *qui se poursuivaient en se lançant des boules de neige* !

Elle fit trois pas en avant, hypnotisée par l'apparition. Il... il y avait un chalet au sommet d'une colline, un bonhomme de neige avec son nez en carotte, et des gosses qui dévalaient la pente sur une luge. Leurs rires sortaient de la déchirure avec un son cristallin.

— C'est un mirage ! hurla mentalement le chien bleu. Ferme les yeux ! Ne regarde pas !

Mais la petite voix de l'animal avait beau grésiller dans le cerveau de Peggy Sue, elle ne l'entendait pas.

« Comme c'est beau ! songea la jeune fille. On dirait une image de carte de Noël. »

Il faisait si chaud dans le désert... Soudain elle n'avait plus qu'une envie : rejoindre les enfants et jouer avec eux sur les pentes enneigées.

À ses côtés, le chien couinait, le poil hérissé de terreur. Oubliant sa présence, elle s'éloigna du piton rocheux, traversa la route et s'avança dans le désert à la rencontre des enfants. Elle percevait la fraîcheur de l'hiver par la déchirure ouverte dans le ciel, des flocons s'échappaient par cette impossible fenêtre pour venir fondre sur son visage. *Comme c'était bon !* Elle sortit la langue pour les gober. Cela valait toutes les crèmes glacées du monde !

— Hé ! cria l'un des garçons en l'apercevant. Qu'est-ce que tu fiches à te dessécher comme un vieux lézard ? Viens nous retrouver. Dépêche-toi, la porte ne va pas rester éternellement ouverte. Un mirage c'est comme un train, on ne peut plus monter dedans quand il quitte le quai.

Peggy Sue continuait d'avancer. Le garçon était plutôt mignon, avec des taches de rousseur sur le nez et un drôle de bonnet rouge démodé. La luge paraissait vieille, elle aussi... ainsi que les vêtements des autres gosses.

« C'est curieux, pensa-t-elle, on dirait une image du passé. »

Néanmoins, elle se rapprocha de la déchirure... de la « porte » comme disait l'adolescent au bonnet rouge.

— Fais demi-tour, hurlait, au fond de sa tête,

une voix minuscule qui était peut-être celle du chien bleu.

Peggy frissonna. À présent, les flocons de neige l'enveloppaient. Elle ne souffrait plus de la chaleur, elle commençait même à grelotter.

— Viens, dit le garçon aux taches de rousseur, je te prêterai un pull. Il y a tout ce qu'il faut au chalet. (Il désigna la cabane de rondins érigée au sommet de la colline blanche.) Un plein pichet de chocolat bouillant nous attend... et la brioche sort à peine du four. Tu ne renifles pas son parfum ?

C'était vrai ! une odeur de pâtisserie se mêlait aux flocons de plus en plus drus.

Peggy Sue regarda ses pieds. Il y avait le sable du désert... et tout de suite après : la neige ! Un escalier de glace s'était formé. Elle n'avait qu'à en escalader les marches translucides pour grimper vers le gosse au bonnet. On entrait dans le mirage comme on se hisse sur une scène de théâtre.

— Viens ! répéta l'adolescent. Tu seras tellement mieux ici, avec nous. Les mirages sont la seule chance de survie qui s'offre aux gens perdus dans le désert. Mais il ne faut pas hésiter. La porte ne reste jamais longtemps entrebâillée. Tu ne dois pas avoir peur. C'est ainsi que j'ai échappé à la mort. Je m'étais égaré au cours d'une randonnée. Si je n'avais pas sauté dans le mirage, je serais mort de soif. Viens...

Il se tenait debout au sommet de l'escalier de glace et tendait sa main gantée de laine.

— Mais je ne suis pas perdue, bredouilla Peggy, mes parents m'attendent, je...

— *Viens !* ordonna le garçon, et sa voix sonnait comme un ordre.

Au moment où la jeune fille posait le pied sur la première marche, une douleur terrible lui vrilla le mollet. C'était le chien bleu qui la mordait à belles dents.

Elle cria, perdit l'équilibre et tomba sur le dos. Presque aussitôt, la déchirure ouverte dans le ciel se referma, le paysage de neige disparut.

Le chien lâcha prise.

— J'ai bien cru que tu allais te laisser convaincre ! grogna-t-il. C'était un piège. Il voulait te capturer. Si tu étais entrée dans le mirage tu n'en serais jamais ressortie.

Peggy se frotta le mollet. Elle regarda son T-shirt maculé de minuscules taches humides... celles laissées par les flocons de neige en fondant. Dans une seconde la chaleur du soleil les aurait fait disparaître, mais pour l'instant elles témoignaient de la réalité de ce qui venait de se passer.

— Ce n'était pas une illusion, murmura-t-elle.

— Non, fit le chien bleu. C'était réel... mais c'est parti, comme un train dans la nuit. Ce n'est plus là. Je ne perçois plus sa présence.

La jeune fille se redressa. Il lui fallait retourner à la voiture.

— Merci, pensa-t-elle à l'adresse du chien bleu. Tu m'as sauvée... de je ne sais quel danger, mais tu m'as sauvée tout de même.

3

L'aéroport hanté

Quand Barney Fairway se réveilla, ce fut pour reprendre le volant et rouler sans autre arrêt jusqu'à l'aérodrome. À première vue celui-ci n'avait rien d'excitant, il se réduisait à une immense piste craquelée bordée par des hangars et une tour de contrôle aux antennes tordues. Le vent faisait rouler des buissons d'épineux déracinés sur l'aire d'envol.

« Je suis prête à parier mon pied gauche qu'aucune porte n'est verrouillée, songea Peggy. On n'y a pourtant jamais rien dérobé. Les chapardeurs doivent fuir cet endroit comme la peste. »

Elle ne se trompait pas. À l'intérieur des bâtiments, Julia et les parents eurent la surprise de découvrir que rien n'avait été déménagé. Les meubles, les armoires pleines de dossiers et de cartes, les penderies renfermant les combinaisons de vol des pilotes... tout était resté en place.

— Les gens qui habitaient là sont partis précipitamment, grogna le chien bleu. Je suppose qu'ils ont fini par être victimes des mirages. Je les imagine très bien : disparaissant les uns après les autres jusqu'à ce que l'aéroport soit tout à fait vide.

Peggy Sue grimaça. Elle partageait le point de vue de son ami à quatre pattes. Elle devrait être vigilante et protéger sa famille sans en avoir l'air. Elle se voyait mal expliquant à sa sœur qu'il était dangereux d'adresser la parole aux mirages !

— Ça me flanque la chair de poule ! gémit Julia en traversant le *mess* [1] aux étagères encore encombrées de bouteilles.

Des casques de pilotes et des tasses à café sales traînaient sur les tables.

— Allons ! intervint P'pa. Il faut voir ça comme une sorte de musée. C'est tout le plaisir de la nostalgie... le temps héroïque des fous volants, des premiers aventuriers du ciel. L'aéropostale !

Il essayait d'avoir l'air enthousiaste, mais Peggy le sentait déboussolé, lui aussi.

— Toute cette poussière ! se désola M'man. Il y a au moins quarante ans que personne n'a passé le balai dans cette baraque.

On finit par dénicher une suite de chambres habitables, aux meubles vieillots. Les magazines traînant sur les tables de chevet dataient de 1960. Ils parlaient de chanteurs de rock presque tous morts aujourd'hui. Le temps les avait rendus craquants, ils s'effritèrent dans les mains de Peggy Sue.

— Allons visiter les hangars, décida Barney Fairway pour alléger l'atmosphère.

1. Cantine des pilotes.

Ses deux filles lui emboîtèrent le pas, son épouse, elle, décréta n'avoir pas le temps de s'amuser vu le délabrement de l'endroit et le travail de remise en état qui s'imposait.

Les hangars ressemblaient à de grandes boîtes à conserve couchées sur le sable. Quand P'pa fit coulisser la porte du premier d'entre eux, Julia et Peggy furent giflées par une telle bouffée de chaleur qu'elles eurent l'illusion de se trouver en face d'un haut fourneau.

— Je n'entrerai pas là-dedans ! protesta Julia. Je serai cuite sur pied avant d'avoir fait dix pas !

P'pa haussa les épaules et s'enfonça seul dans la pénombre brûlante. Un vieil avion à hélices dormait là, bancal, les ailes tordues, vestige d'une autre époque. Ses peintures s'écaillaient et il ne dégageait plus aucune odeur, ni d'huile ni d'essence. Il avait l'air d'une carcasse... d'un squelette métallique qui, plus jamais, ne prendrait l'air. P'pa, suffoqué de chaleur, battit en retraite. *Au moment où il refermait la porte du hangar, Peggy Sue vit bouger quelque chose dans la carlingue de l'avion.* La forme, indistincte, disparut aussitôt.

P'pa s'éloignait déjà, ne s'étant rendu compte de rien.

— *Tu as vu ?* demanda mentalement la jeune fille à son compagnon à quatre pattes.

— Oui, fit le chien bleu. Ce n'était pas humain.

— Tu veux dire que c'était un animal ?

— Non, ça ne venait pas de chez nous. C'était une... *créature*.

— Une créature ?

— Oui, ça ressemblait à un humain, mais c'était juste une apparence. Pourtant c'était vivant. Ça vit là depuis longtemps, tout seul.

— C'est méchant ?

— Je ne crois pas, murmura le chien. C'est quelque chose que je n'ai jamais vu.

Les deux complices cessèrent leurs échanges télépathiques mais demeurèrent sur le qui-vive. Peggy ne put s'empêcher de regarder par-dessus son épaule en direction du hangar. Qui se cachait là ? L'aérodrome abandonné était-il hanté ?

« Non, décida-t-elle. S'il s'agissait d'un fantôme, je l'aurais senti. »

Barney Fairway tint à visiter les autres remises. Partout régnait la même atmosphère de poussière brûlante, la même odeur de métal surchauffé. Les avions appartenaient à une époque inconnue de Peggy Sue : Dakota, DC4... Spitfire, Comet... des appareils qu'on voyait dans les vieux films de guerre, à la télé.

On ne pouvait distinguer le bout de la piste. La chaleur était telle que les vibrations de l'air déformaient les choses. Au-delà d'une cinquantaine de mètres, l'aire d'atterrissage ondulait à la manière d'un serpent.

« On dirait qu'elle est vivante, elle aussi, grommela mentalement le chien bleu. Je n'aime pas cet endroit. Tout fonctionne de travers. »

On rentra. Rester en plein soleil relevait du suicide.

— Je vais essayer de remettre les climatiseurs en marche, annonça P'pa. Quant à vous, les filles, vous aiderez votre mère à nettoyer les chambres.

*

L'après-midi se passa en travaux domestiques. Pendant qu'elle aérait les lits et changeait les draps, Peggy Sue restait aux aguets. Le chien bleu, grimpé sur un fauteuil, regardait par la fenêtre.

— La chose cachée dans le hangar, dit-il soudain, elle regarde par ici.

— Tu la vois ? s'enquit la jeune fille, les bras encombrés de vieilles couvertures de l'US Air Force.

— Je vois son œil dans une fissure des tôles, répondit l'animal. C'est toi qu'elle cherche. Elle sait que tu as découvert sa présence.

Peggy se raidit. La créature avait-elle l'intention de la faire taire ? Nerveuse, elle essaya de se concentrer sur sa besogne. L'arrivée de sa sœur l'empêcha de poursuivre sa conversation mentale avec le chien.

— Tu t'en sors comment ? siffla Julia. Tu as vu comme tout est affreux ? J'ai l'impression de faire de la figuration dans un vieux film en noir et blanc sur la Seconde Guerre mondiale. J'espère que je ne vais pas me réveiller avec une de ces horribles coiffures que les femmes avaient à cette époque ! Et des bas à couture... C'est atroce, les bas à couture, on n'arrive jamais à les enfiler droit ! Combien de temps allons-nous rester ici ?

« Jusqu'à ce que nous disparaissions, nous aussi... avalés par un mirage », faillit lui répliquer Peggy.

Avec le coucher du soleil, la chaleur disparut, et il commença même à faire froid. Il fallut enfiler des lainages. Peggy Sue passa un vieux blouson d'aviateur déniché au fond de l'armoire de sa chambre. Elle le trouvait beau car constellé d'écussons. Après le repas, elle sortit se promener sur la piste d'envol. Le bruit de ses talons résonnait dans le silence. Elle fut tentée de s'approcher du hangar maléfique, puis renonça.

— N'y va pas, lui souffla le chien bleu. La chose te guette, mais elle a autant peur de toi que tu as peur d'elle. Nous verrons cela demain.

4

Les portes de l'au-delà

Le lendemain, il fallut bien se préoccuper des provisions. M'man téléphona au patron de la buvette-drugstore — où l'on s'était arrêté à l'aller — pour passer commande de plusieurs cartons de ravitaillement.

— Je vous envoie le livreur dans le courant de la journée, marmonna le bonhomme. Je ne peux pas vous dire à quelle heure car je dois dénicher un pauvre inconscient qui accepte de se rendre chez vous... ce n'est pas évident. Aucun type normal n'a envie d'aller traîner du côté de Vista Diablo.

En dépit de ces prédictions négatives, le teuf-teuf de la camionnette se fit entendre une heure plus tard. Peggy Sue descendit accueillir le chauffeur. Elle eut la surprise de découvrir qu'il s'agissait de Paco, le vieil homme au *sombrero* rencontré à la buvette.

— Personne ne voulait prendre le volant, dit le Mexicain avec un sourire. J'ai accepté parce que c'était pour moi l'occasion de te parler.

— J'ai vu un mirage, chuchota précipitamment

Peggy. Il y avait de la neige à l'intérieur, et des enfants, et...

— Je sais, souffla Paco. Et ils ont essayé de te convaincre de les rejoindre ?

— Oui, il faisait tellement frais à l'intérieur, tout était si beau.

— C'est là le piège, soupira le vieil homme. Le mirage te présente ce dont tu as envie. Tu mourais de chaud, alors il t'a offert l'occasion de te rafraîchir. Si tu as soif, il te montre de l'eau. Si tu as peur, il te fait voir un endroit rassurant. C'est comme ça que la région s'est dépeuplée au cours des vingt dernières années. Beaucoup de gens ont disparu brutalement, sans laisser de traces. Je viens de Villa Verde, un village plus au nord. Aujourd'hui, à peine quinze personnes y habitent encore. La population a été avalée par les mirages, surtout les enfants.

— Les enfants ?

— Les enfants se laissent facilement éblouir. Tu devras faire attention. Je te le répète : les mirages sont malins, ils détectent vite ce qui te fait envie, et ils s'en servent contre toi. Difficile de leur résister. On est comme hypnotisé.

— Mais que se passe-t-il une fois qu'on est à l'intérieur ?

Le vieux Paco haussa les épaules.

— Je ne sais pas, avoua-t-il. Personne n'est jamais revenu pour le raconter. Mon frère et ma sœur ont été avalés, il y a de cela 55 années. Mon frère aîné avait 14 ans à l'époque. Il s'appelait

Sébastian. Il était malin, très malin... mais le mirage l'a eu quand même. Reste sur tes gardes, petite.

Peggy Sue avala sa salive avec difficulté.

— La vie est dure dans cette région, reprit l'homme. C'est pour ça que les gens se laissent prendre. Les mirages ont beau jeu de les séduire en leur ouvrant des portes sur une vie plus heureuse. N'oublie jamais que le mirage est un mensonge. Une duperie.

Comme s'il en avait trop dit, il se tourna vers la camionnette et commença à décharger les caisses. Peggy Sue lui prêta main-forte.

— Les gens qui vivaient ici, demanda-t-elle soudain, ils sont eux aussi entrés dans un mirage ?

— Oui, confirma Paco. Et pour les mêmes raisons. Avec le temps, les disparitions s'ajoutant aux disparitions, plus personne n'a voulu venir travailler ici. C'est de cette manière que l'aérodrome a cessé d'être utilisé. Certaines nuits de pleine lune, les mirages se matérialisaient sur la piste d'envol. Ils prenaient l'aspect d'un gros avion en partance pour les îles merveilleuses du Pacifique. Alors, les gens sortaient des bâtiments, quittaient la tour de contrôle pour s'y engouffrer. Ils couraient, se bousculaient pour atteindre la passerelle.

— Mais ce n'était pas un véritable avion...

— Non, juste un mirage qui se refermait comme un trou dans l'eau et les emportait je ne sais où. Fais attention. Tes parents, ta sœur pourraient bien être victimes d'une telle illusion. Les adultes supportent mal la solitude du désert. Le manque de distraction les rend fous.

Il grimpa dans le camion délabré et esquissa un geste d'adieu.

— Voilà, conclut-il, j'ai fait mon devoir. Tu es prévenue maintenant. J'espère que tu auras plus de chance que mon frère Sébastian ou ma sœur Adelina. Adieu, petite.

Il démarra et la camionnette disparut dans un nuage de poussière sèche.

— Est-il fou ? demanda Peggy au chien bleu.

— Non, répondit lugubrement celui-ci. Tout ce qu'il dit est vrai. Je me suis introduit dans sa tête pour fouiller dans ses souvenirs. J'ai vu les images qu'il évoquait. Il était là, caché derrière les hangars, quand le personnel de l'aérodrome est monté dans l'avion fantôme. Tout ce dont il parle, il l'a vécu. Nous sommes bel et bien en danger.

Julia apparut. Elle venait voir ce qui se passait avec les provisions. Les deux sœurs entreprirent de rentrer les caisses de nourriture à l'intérieur de la tour de contrôle. P'pa avait bataillé pour remettre en état les différents appareils électriques : climatiseurs, réfrigérateurs. Hélas, les postes de télévision étaient vétustes... en noir et blanc !

— Le plus important c'est l'eau, affirma Barney Fairway en s'attablant devant un hamburger qui paraissait minuscule entre ses grosses mains. Si les canalisations avaient été défectueuses, nous n'aurions pas pu tenir plus de quarante-huit heures.

Dans un endroit comme celui-ci, on boit en moyenne sept ou huit litres par jour. Il est difficile de faire des réserves, à moins de disposer d'une colonne de camions-citernes !

— Je trouve tout de même tes employeurs bien légers, observa M'man. Ils nous ont parachutés ici en nous laissant le soin de nous débrouiller.

— L'eau et le téléphone étaient au rendez-vous, plaida Barney. C'étaient les deux seuls points capitaux. Pour le reste on se débrouillera, on n'est pas manchots, pas vrai, les filles ?

Peggy Sue lui sourit. Elle était émue de voir son père s'acharner à entretenir un climat de bonne humeur en dépit de la grogne ambiante. Elle décida de feindre, elle aussi, la gaieté et de voir le déménagement sous l'angle d'une formidable aventure.

La vaisselle expédiée, Peggy attendit que sa famille soit couchée pour se faufiler hors du bâtiment. Maintenant, il faisait froid, la lune éclairait le désert d'un éclat bleuâtre. La jeune fille claquait des dents. Le chien qui trottinait à ses côtés grelottait également. Tous deux fixaient la piste d'envol, immense, craquelée. Des cactus la bordaient. Dans l'obscurité, ils évoquaient des silhouettes humaines aux bras levés.

— Est-ce qu'ils bougent quand on arrête de les regarder ? demanda-t-elle.

— Non, dit le chien. Ce sont de vrais cactus.

Mais la chose dans le hangar s'impatiente. Elle veut de l'eau. Elle a soif, très soif.

— Je vais déposer une bouteille de soda devant la porte, proposa Peggy, en signe de bon voisinage.

— Une bouteille... ce ne sera pas assez, intervint l'animal. Il veut de l'eau... beaucoup. Au moins vingt litres.

— Vingt litres ! hoqueta Peggy.

Qui possédait un estomac assez vaste pour absorber vingt litres en une nuit ?

— D'accord, capitula-t-elle, je vais prendre des seaux dans l'atelier.

Elle se rendit dans le hangar où, jadis, on réparait les moteurs d'avion, et trouva trois récipients adéquats qu'elle alla remplir au robinet de service à cinquante mètres de là. Les canalisations toussèrent, crachèrent un liquide couleur caramel, puis se décidèrent à laisser couler une eau trouble, néanmoins consommable.

Cette étrange mission effectuée, Peggy et le chien regagnèrent la tour de contrôle pour passer leur première nuit sur l'aéroport hanté.

5

Le prisonnier du tiroir

Lorsqu'elle s'éveilla, le lendemain, Peggy Sue fut surprise par le silence incroyable de l'aérodrome. En ville, elle avait pris l'habitude d'un fond sonore constitué du grondement de la circulation, du hurlement des sirènes de police. Ici, on n'entendait rien... seulement le vent sifflant dans les antennes tordues de la tour de contrôle.

Elle repoussa ses couvertures. Pour le moment il faisait encore froid, mais dès le soleil levé, la chaleur deviendrait insupportable. Elle enfila son blouson d'aviateur par-dessus son pyjama et descendit à la cuisine — aussi vaste que celle d'un restaurant puisque c'était celle du *mess*. Là, elle grignota un beignet à la confiture et but un verre de lait glacé. Distraitement, elle déposa de la nourriture dans la gamelle du chien bleu. En fait, elle pensait à la créature mystérieuse cachée dans le hangar.

Avait-elle bu ses vingt litres au cours de la nuit ?

— Il faudrait peut-être lui donner à manger ? suggéra-t-elle au chien bleu. Si on la nourrit ça lui épargnera peut-être l'idée de nous dévorer.

— Je ne sais pas, avoua l'animal.

Par la fenêtre, Peggy essaya d'apercevoir le hangar mystérieux.

— Les seaux ont disparu, constata-t-elle.

Elle n'eut pas le loisir d'y penser davantage car le pas de M'man résonna dans l'escalier. La famille se réveillait, sitôt le déjeuner expédié, les travaux d'aménagement reprendraient.

*

En fait, elle dut attendre l'heure de la sieste pour disposer d'un peu de liberté. Pendant la matinée, elle n'avait pensé qu'à la créature cachée.

« Que se passera-t-il si Papa se retrouve nez à nez avec elle dans le hangar ? » se répétait-elle. La chose, mécontente d'être découverte, lui sauterait-elle à la gorge ? Il fallait établir le contact avant qu'un accident ne se produise. Elle avait l'habitude des fantômes, elle parviendrait sans doute à entamer le dialogue avec cette créature indescriptible... « et pourtant humaine », comme l'affirmait le chien bleu.

Elle quitta la tour de contrôle. À l'intérieur des bâtiments, les climatiseurs vétustes réussissaient à maintenir la température autour des 28 °C, mais une fournaise absolue régnait à l'extérieur, à croire que la piste d'envol était composée de braises ardentes. La jeune fille suffoqua, cherchant un peu d'air.

— Avant d'avoir atteint le bout de l'aérodrome je serai plus sèche qu'une biscotte, songea-t-elle.

La langue du chien bleu semblait sur le point de traîner sur le sol, comme sa cravate. Les deux complices prirent la direction du hangar.

— J'ai peur, transmit Peggy. Comment crois-tu qu'il va m'accueillir ?

— Je ne sais pas, répondit l'animal. Il est inquiet... Il est en colère contre la chaleur... Il pense à l'eau qui s'évapore. Il a peur de mourir, je crois.

Peggy Sue ne se décidait pas à faire coulisser la porte métallique. Elle savait se débrouiller avec les fantômes, mais elle ne connaissait rien aux monstres.

Pour se donner le temps de rassembler son courage, elle décida de marcher jusqu'au bout de la piste et de revenir sur ses pas. Au retour — c'était juré ! — elle entrerait dans le hangar.

— Où vas-tu ? protesta le chien. Tu vas nous faire cuire sur pied ! Je donnerais n'importe quoi pour barboter dans une mare.

— Moi aussi, admit la jeune fille.

Et, tout à coup, un clapotis se fit entendre près d'eux. Une odeur reconnaissable entre mille assaillit les narines de Peggy au moment même où des gouttelettes l'aspergeaient.

— La mer..., balbutia-t-elle.

Le chien bleu se contenta de pousser un glapissement.

Un mirage était en train de se former entre les hangars, il s'épanouissait, dépliant ses pétales à la manière d'une fleur géante. La porte magique s'ouvrait sur quelque chose qui ressemblait à... *à un gigantesque aquarium* ! C'était comme si Peggy se promenait au fond de l'océan. Devant elle s'étendait un paysage d'algues où glissaient des milliers de poissons colorés. Derrière les massifs de corail se tenait l'épave d'un vieux galion, un vaisseau pirate échoué depuis des siècles. C'était étrange et beau. Il n'y avait pas de vitre à l'aquarium, la muraille d'eau magique n'en avait pas besoin.

— C'est une illusion, aboya le chien bleu, le poil hérissé sur l'échine.

— Non, observa Peggy. C'est réel. On peut le toucher.

Elle tendit l'index vers la paroi verticale constituée d'eau de mer. Son doigt y pénétra sans difficulté. Quand elle le porta à sa bouche, elle put vérifier que le liquide était salé.

— C'est réel, répéta-t-elle. Les mirages ouvrent sur d'autres dimensions.

— Tu n'aurais pas dû y toucher ! balbutia le chien. Recule ! Fichons le camp !

Mais la jeune fille ne pouvait détacher son regard des poissons tropicaux qui nageaient dans sa direction.

— Ils viennent me voir ! cria-t-elle. Regarde ! Ils n'ont pas peur de moi !

Incapable de résister, elle enfonça de nouveau la main dans la paroi liquide et se mit à caresser les poissons comme s'il s'agissait d'animaux domestiques. Ils se laissèrent faire, se bousculant même pour avoir chacun leur part de câlins. Ils étaient drôles, avec leurs yeux ronds, leurs taches aux couleurs incroyables. Sans y prendre garde, Peggy s'était rapprochée de la surface, y plongeant d'abord les paumes, puis les avant-bras... bientôt son visage affleura le mur liquide...

Soudain, une silhouette à moitié humaine surgit de derrière un buisson de corail, sa main tenta de se refermer sur le poignet de Peggy Sue pour la faire basculer à l'intérieur de l'univers liquide. Heureusement, le chien bleu eut le réflexe de refermer ses mâchoires sur le T-shirt de sa maîtresse pour la tirer en arrière.

La jeune fille se rendit à peine compte de ce qui avait failli se produire. Le mirage agissait sur son esprit à la manière d'un courant hypnotique. Elle ne pensait qu'aux gentils poissons... et à ce garçon qui venait de jaillir des profondeurs. Il nageait devant elle, avec des mouvements gracieux. Il avait les cheveux blonds, un charmant sourire... mais ses jambes s'étaient transformées en une queue de poisson argentée.

— Hé ! lança-t-il. Qu'est-ce que tu fiches là, à cuire sur cet aérodrome pourri ? Tu sais que j'y habitais avec mes parents ? Je m'ennuyais à mourir... Je ne pensais qu'à la plage, qu'au surf. Je détestais le désert. Le désert c'est pour les chacals, pas pour les humains.

Chacune de ses paroles sortait de sa bouche sous la forme d'une bulle qui libérait ses mots en éclatant à la surface. Une fille de l'âge de Peggy Sue glissa hors de l'épave du galion pour le rejoindre. C'était une sirène. La partie inférieure de son corps brillait d'un éclat métallique, telle une robe du soir en tissu lamé.

— Salut, dit-elle avec un gentil sourire. Tu as de la chance qu'on soit passé par là. Viens donc nous rejoindre. C'est simple, il te suffit d'avancer à la rencontre de la paroi liquide. Au moment même où tu entreras dans l'eau ton corps s'adaptera à la vie sous-marine.

— Je ne me noierai pas ? s'étonna Peggy.

— Non, affirma la jeune nageuse. Ici, on se transforme progressivement. Si tu le souhaites, tu pourras devenir sirène, comme moi, c'est beaucoup plus pratique pour vivre sous l'eau. Mais certains poursuivent la transformation jusqu'au bout et choisissent de devenir poissons. Tous ces poissons que tu caressais... ce sont d'anciens enfants. Ils sont beaucoup plus heureux comme ça.

— Viens, répéta le garçon. Saisis la chance. Le mirage va se refermer et nous n'ouvririons peut-être plus la porte avant dix ou vingt ans.

Il tendit la main hors de l'eau pour saisir celle de Peggy.

« Ils ont l'air si bien, songea la jeune fille. Ce serait peut-être un moyen d'oublier les fantômes et de mener enfin une vie amusante ? »

Un dauphin s'approcha. Il souriait lui aussi. Il émit d'étranges couinements.

— Il dit que dans ton monde il était obèse et qu'il bégayait, traduisit la sirène. Ici il est heureux.

Viens donc, avec nous tu n'auras plus besoin de ces affreuses lunettes !

Mais le chien bleu avait saisi Peggy Sue par le fond de son short et la tirait furieusement en arrière.

— Tu es idiote ! siffla la sirène en fronçant les sourcils. Le mirage va se refermer et tu le regretteras toute ta vie. Si tu restes chez les hommes tu vas grandir, tu vas vieillir... tu vas t'ennuyer comme tous les adultes. Si tu nous rejoins, tu resteras une enfant, pour l'éternité.

Sa voix gazouillante s'éloignait, sa bouche ne produisait plus qu'un bruit de bulles.

— Trop tard ! hurla le garçon. La porte se referme.

D'un seul coup, l'océan se replia. Cette compression engendra de grandes turbulences et Peggy Sue fut aspergée d'écume. Un gros poisson jaune, victime des remous, fut éjecté du mirage et tomba à ses pieds, sur la piste d'envol.

Tout disparut : la sirène, le dauphin, l'épave engloutie.

— Tu as bien failli te faire avoir, gronda le chien bleu. Si je n'avais pas été là...

Mais Peggy Sue ne l'écoutait pas. Elle venait de s'agenouiller pour essayer d'attraper le poisson jaune qui se tortillait dans la poussière.

— C'est horrible ! gémit-elle. Il va mourir. Nous n'avons pas d'eau de mer... peut-être qu'en mettant du sel dans un seau et...

— Cesse de t'agiter comme ça, s'impatienta le

chien. C'est un poisson magique, il n'a pas besoin d'eau.

— Tu crois ? fit Peggy, incrédule.

— Bien sûr, grogna le chien avec ce ton méchant qu'il adoptait parfois. Je pense même qu'il va reprendre son apparence première de petit garçon. Ce sera un bon moyen de savoir ce qui se trame là-bas, au cœur des mirages. Tu devrais l'enfermer dans un tiroir, il faut le considérer comme un prisonnier de guerre ! Nous lui ferons dire ce qu'il sait.

Peggy leva les yeux au ciel.

— Parfois tu es tellement stupide que je me demande comment je fais pour te supporter ! soupira-t-elle. Quand donc arrêteras-tu de singer les hommes dans ce qu'ils ont de plus détestable ?

Le chien, vexé, se mit à bouder.

— Va donc cacher ce poisson, grommela-t-il en s'éloignant. Il me donne faim et je pourrais bien me mettre en tête de le dévorer !

Peggy Sue décida de lui obéir. Entre ses mains, le gros poisson jaune continuait de remuer.

« Mon pauvre vieux, songea-t-elle, je ne sais pas ce que je vais faire de toi. »

Il n'était pas question que Julia, M'man ou P'pa l'aperçoivent car sa présence était bel et bien inexplicable !

— Je vais le ranger dans le tiroir de ma table de chevet, se dit Peggy Sue. De toute manière, je ne peux rien faire de mieux. Si on met un poisson de mer dans de l'eau douce il meurt. Quant à verser du sel dans l'eau du robinet, c'est très compliqué... il faut en connaître la dose exacte. Si on se trompe, le poisson meurt.

Elle consulta sa montre avec inquiétude. En dépit du temps qui passait, le poisson jaune ne donnait aucun signe de malaise. C'était curieux. Elle se dépêcha de regagner sa chambre et de l'enfermer dans un tiroir. L'ennui, c'est qu'il donnait des coups de queue contre les parois du meuble. Cela pouvait attirer l'attention...

« Combien de temps mettra-t-il à redevenir petit garçon ? se demanda-t-elle. Quelques heures ? Quelques jours ? »

Serait-il en colère ? Sûrement apprécierait-il fort modérément d'avoir été tiré du mirage.

La porte de la chambre de Julia s'ouvrit à la volée ; Peggy décida de sortir elle aussi, comme si elle s'éveillait de sa sieste. Elle ferma soigneusement la pièce. Du couloir, on n'entendait pas les coups de queue du poisson jaune.

*

La corvée de rangement reprit. Mme Fairway avait pris la décision de nettoyer à fond tout un étage de la tour de contrôle, celui qui servait, jadis, de dortoir aux pilotes, car c'était le seul endroit où la climatisation fonctionnait de manière satisfaisante. De temps en temps, Peggy Sue s'échappait pour se glisser dans sa chambre. Là, elle entrouvrait le tiroir de la table de chevet pour jeter un rapide coup d'œil au poisson. Il était toujours vivant... mais de fort méchante humeur.

Le soir, cependant, quand elle monta se coucher, elle eut la désagréable surprise de constater qu'il avait disparu. Il n'y avait plus trace du poisson ; en revanche le tiroir était plein de sable. *De sable jaune.*

6

Le passager clandestin

Peggy Sue resta longtemps en contemplation devant le tiroir. Après bien des hésitations, elle plongea ses doigts dans la poussière jaune qui en tapissait le fond. Le chien bleu grimpa sur le lit pour la renifler.

— Ça sent le poisson, diagnostiqua-t-il.

— C'est normal, fit Peggy avec un haussement d'épaules, puisque ça vient de la mer.

— Ça se lamente, insista l'animal. C'est en partie vivant... mais éparpillé.

— Tu disais déjà ça quand nous sommes arrivés à la frontière du désert.

— Oui, et je le redis maintenant. C'est éparpillé... et ça pleure.

La jeune fille repoussa le tiroir.

— Cette nuit nous entrerons dans le hangar, décida-t-elle. Nous irons voir la créature mystérieuse.

Les deux complices attendirent le lever de la lune. Une fois le reste de la famille endormi, Peggy Sue enfila le blouson d'aviateur et mit une lampe dans sa poche. Les ronflements de Barney Fairway emplissant le couloir, l'adolescente et le chien se glissèrent dans l'escalier pour sortir de la tour de contrôle. En traversant les bureaux toujours encombrés de paperasse, en regardant ces machines à écrire dans le rouleau desquelles étaient encore engagées des notes de service inachevées, la jeune fille ne put s'empêcher de penser aux gens qui avaient vécu ici, et s'en étaient allés sur un coup de tête... parce qu'un avion fantôme s'était, une nuit, matérialisé sur la piste.

Elle espérait que Julia et ses parents ne succomberaient pas au pouvoir hypnotique des mirages. Il lui fallait empêcher cela, voilà pourquoi elle devait rassembler son courage et affronter la chose cachée dans le hangar.

Dès qu'ils eurent mis le nez dehors le froid de la nuit les fit grelotter. Le chien bleu se dirigea vers le hangar, les crocs découverts, déjà prêt à défendre sa maîtresse. Peggy manœuvra la lourde porte en s'appliquant à ne pas la faire grincer. Quand elle l'eût entrebâillée, elle jeta un coup d'œil à l'intérieur, hélas il faisait trop sombre.

Elle serra les dents et pensa : « Tant pis ! Il faut y aller. Pas question de reculer. »

Les muscles crispés, elle franchit le seuil. Ses yeux s'habituant à l'obscurité, elle finit par distinguer les contours du vieil avion bancal affaissé au fond de la remise, tel un dinosaure.

« C'est une carcasse métallique, se dit-elle. Le danger ne viendra pas de là... »

Elle perçut un frottement sur la droite. Quelque chose se déplaçait dans les ténèbres en produisant un crissement bizarre. Instinctivement, elle saisit sa lampe.

— Non, dit la voix d'un jeune garçon, n'allume pas.

Peggy resta stupéfaite. Elle s'était préparée à rencontrer un monstre, et voilà qu'un gosse de son âge s'adressait à elle avec une pointe d'accent mexicain !

— Ne te laisse pas berner, chuchota aussitôt le chien bleu dans sa tête. *Il n'est pas humain...* même s'il en a l'air.

Pour le moment Peggy Sue ne voyait rien, et cela l'agaçait.

— Qui es-tu ? interrogea-t-elle.

— Je m'appelle Sébastian... j'ai quatorze ans.

— Tu es mexicain ?

— Je viens de Villa Verde, un village, à trois kilomètres d'ici. Enfin... c'était là que j'habitais avant.

— Avant quoi ?

— Avant d'entrer dans le mirage.

Peggy retint son souffle.

— Tu es sorti d'un mirage, c'est ça ? demanda-t-elle. Tu leur as échappé et depuis tu te caches ici ?

— À peu près, grommela l'adolescent. En fait c'est plus compliqué. (Il s'interrompit, comme s'il avait la gorge sèche.) J'ai soif... as-tu apporté de l'eau ? Il me faut de l'eau, beaucoup d'eau.

— Il n'y a pas de robinet ici ?

— Si, mais il est cassé, ou bien la canalisation est bouchée. Je meurs de soif.

Sa voix avait curieusement changé de tonalité. *Elle grinçait.* Peggy ne s'offusqua pas de la manière brutale avec laquelle il s'adressait à elle. Elle le devinait nerveux, apeuré.

— Je vais te chercher à boire, dit-elle. Excuse-moi, j'aurais dû y penser. Je croyais qu'il te restait un peu des vingt litres que nous t'avons apportés hier soir.

— Les seaux sont là, se contenta de répondre la créature qui disait s'appeler Sébastian. Près de la porte. Fais vite, j'ai trop soif.

Sa voix avait encore changé, les mots qu'elle prononçait faisaient le même bruit que des cailloux remués dans un sac.

Peggy battit en retraite et tâtonna pour trouver l'anse d'un seau. Elle mourait d'envie d'allumer sa lampe. Des idées folles lui traversaient la tête. Elle se demanda si le monstre tapi dans les ténèbres n'avait pas choisi d'imiter la voix d'un jeune garçon dans le seul but de la duper... Elle se dépêcha de remplir le récipient à l'extérieur et revint sur ses pas.

— Pose-le par terre, ordonna Sébastian. Je me débrouillerai.

La jeune fille obéit. Ses pupilles, à présent accoutumées à l'obscurité, discernaient une silhouette tout près... *trop près*.

L'anse du seau grinça à la seconde où on la saisissait, puis l'eau se mit à couler. Peggy tendit l'oreille mais ne repéra aucun bruit de déglutition.

« Il ne boit pas, constata-t-elle. Il est en train de vider le seau sur le sol. À quoi joue-t-il ? »

Tout cela n'avait aucun sens et elle commençait à perdre son sang-froid.

— Si tu ne me laisses pas allumer ma lampe, je m'en vais, dit-elle sèchement. À toi de choisir.

— Ça va, grogna « l'enfant », ne te fâche pas. Allume donc ta fichue torche.

Peggy enfonça le bouton, faisant jaillir le pinceau lumineux qui frappa Sébastian de plein fouet. C'était un adolescent à la peau brune, vêtu très banalement d'un T-shirt blanc et d'un jean. La jeune fille le jugea plutôt mignon, malgré son air buté et sa moue boudeuse. Elle trouva qu'il avait l'air d'un apprenti-toréador. Il avait la peau mate, les yeux légèrement bridés.

« Bizarre, pensa-t-elle. Il n'y a pas d'éclaboussures sur son T-shirt et aucune flaque sur le sol. Où est donc passée l'eau qu'il a renversée il y a trente secondes ? »

— Quelqu'un m'a expliqué que personne n'était jamais sorti d'un mirage, dit-elle.

— Je sais, fit l'adolescent. Le vieux Paco. Je vous ai entendus pendant que vous déchargiez les caisses. Il se trompe. Des tas de gens s'échappent constamment des mirages. Le problème, c'est qu'ils ne peuvent pas se réadapter au monde réel.

— Ils trouvent la vie trop triste ?

— Non, ce n'est pas ça. C'est plus... *technique*.

À l'intérieur du mirage les lois qui gouvernent les choses ne sont pas les mêmes qu'ici. D'abord on ne vieillit plus. On conserve le même âge pour l'éternité, celui qu'on avait en franchissant la porte magique. On devient immortel.

Peggy Sue écarquilla les yeux. Une idée la frappa soudain.

— Tu... tu t'appelles Sébastian, bredouilla-t-elle. Le vieux Paco m'a dit que son frère aîné se nommait ainsi. Et tu habitais Villa Verde, comme lui... *Est-ce que...*

L'adolescent hocha tristement la tête.

— Je suis le frère aîné de Paco, confirma-t-il. J'ai franchi le seuil du mirage il y a de cela 55 années. Si l'on compte à la façon du monde réel, j'ai 69 ans. Là-bas, le temps est immobile, rien ne vieillit. On peut rester tel qu'on est pendant une éternité. Les choses se gâtent quand on essaye de revenir.

— Pourquoi ? On vieillit d'un coup ? demanda Peggy d'une voix tremblante.

— Non, soupira Sébastian. Mais le corps ne peut pas maintenir très longtemps sa cohésion. Il se dessèche, s'effrite... et se change en sable.

Peggy Sue étouffa un cri d'horreur. Elle venait de se rappeler le poisson jaune enfermé dans le tiroir de la table de chevet.

— Je sais à quoi tu penses, fit Sébastian. Je t'ai vue ramener le poisson tombé du mirage. Il ne doit plus en rester grand-chose à cette heure, n'est-ce pas ? Rien qu'une poignée de poussière. Pour tout te dire, il risque fort de m'arriver la même chose dans peu de temps. C'est la sanction du retour... le désagréable inconvénient qui attend tous les fugitifs. Nous nous desséchons.

— Vous vous desséchez ? répéta Peggy, pas sûre d'avoir bien compris.

— Oui, grogna l'adolescent. Je ne suis plus humain. Je dois aujourd'hui payer le prix de l'immortalité. *Je suis fait de sable...*

— Quoi ?

— Tout ce qui sort du mirage prend la consistance du désert. Dès que l'humidité s'échappe de nos corps, nous commençons à nous effriter. Tu as déjà vu un château de sable sur une plage ? Tant qu'il est mouillé, il est très beau, mais dès qu'il sèche, ses tourelles dégringolent. À la fin, quand il est bien sec, un coup de vent suffit à l'éparpiller. Le sable du désert est tout ce qui reste des gens qui ont tenté de fuir les mirages et se sont métamorphosés en statues de sable sec... trop sec. Si bien que la bourrasque les a dispersés au gré de sa fantaisie.

— D'accord, haleta Peggy. L'eau... tu ne la bois pas, tu t'arroses avec, c'est ça ?

— Oui, pour maintenir ma cohésion interne. Tant que je suis humide, je ne me défais pas, mais dès que je commence à sécher, c'est le cauchemar... Je peux m'émietter au moindre geste. Le pire, c'est qu'il fait très chaud dans le hangar, pendant la journée, et que l'eau dont je suis imprégné s'évapore rapidement.

Au risque de se montrer impolie, Peggy Sue ne put s'empêcher d'examiner les bras nus du garçon. Il comprit ce qu'elle faisait et laissa échapper un rire désabusé.

— Oh ! lâcha-t-il, en ce moment ça ne se voit pas. Je viens d'absorber le contenu du seau et la chaleur est tombée. J'ai l'air parfaitement humain. Tu peux toucher ma main, tu ne feras pas la différence. Ça se gâte quand je commence à sécher. Ma peau devient rêche, grumeleuse. Ma voix change. Si tu me bouscules, mon bras s'émiettera, tombera en poussière... Tu vois, je ne fais pas un ennemi bien dangereux !

Peggy Sue sentit sa gorge se serrer. Elle trouvait tout cela affreusement triste. Elle aurait voulu aider Sébastian, mais elle ne savait comment remédier à son état.

— Peux-tu guérir ? demanda-t-elle.

— Oui, ricana l'adolescent, si je retourne d'où je viens... à l'intérieur du mirage. Là-bas, je redeviendrai immortel, comme les autres.

— Pourquoi es-tu parti ?

Sébastian fit la grimace. À cette occasion, Peggy remarqua combien sa peau manquait de souplesse, les rides creusées par sa brève mimique mettaient longtemps à s'effacer.

— C'est compliqué, soupira-t-il. Peut-être es-tu trop jeune pour comprendre ?

— Nous avons le même âge ! riposta la jeune fille.

— Façon de parler ! s'esclaffa le garçon avant

de reprendre un ton plus bas : Je voulais revoir ma famille, d'abord... ensuite, depuis quelque temps on s'amuse beaucoup moins là-bas. Les choses vont de travers. J'avais dans l'idée de prévenir les autres enfants. Leur dire de ne pas entrer dans les mirages. C'était un peu présomptueux de ma part. J'ai agi sur un coup de tête. Au pays du rêve on perd l'habitude de réfléchir. On ne voit pas les années passer puisque le temps n'existe plus. On a l'impression d'être là depuis seulement un mois alors que vingt ans se sont écoulés sur la Terre. C'est un autre monde. Les mirages vous ouvrent la porte d'univers qui sont comme autant de grands parcs d'attractions. On ne pense qu'à jouer, qu'à s'amuser... et chaque jeu est plus drôle que le précédent. On n'est jamais fatigué. On peut se goinfrer sans grossir, et les bonnes choses ne manquent pas. Prendre des risques insensés sans jamais avoir d'accident. C'est... c'est indescriptible.

Sa voix s'était mise à trembler.

— J'étais très pauvre, expliqua-t-il soudain en baissant les yeux. Je venais d'un village où l'on crevait de faim. L'avenir qui s'annonçait pour moi n'avait rien d'engageant. Je ne voulais pas de cette vie-là. Je n'avais aucune intention de m'épuiser au travail pour un salaire de misère, et de mourir avant l'âge usé par une existence de privations. Un Indien des collines sacrées m'a parlé des mirages magiques... des portes qui s'ouvraient çà et là, au hasard des pistes. Il m'a révélé qu'une fois là-bas je ne pourrais plus revenir, et que le sable du désert était composé des restes de tous les fugitifs ayant tenté d'échapper au piège doré des univers parallèles. Mais je m'en fichais. Tout valait mieux que ce que j'étais en train de vivre. Alors, à la première occasion j'ai sauté le pas.

— Et te revoilà..., conclut Peggy.

— Oui, admit Sébastian. Le pire c'est que j'ai l'impression de n'être parti que depuis une semaine. Quand j'ai vu ce qu'était devenu mon petit frère, Paco, j'ai failli m'évanouir.

Il s'assit, le dos calé contre le fuselage de l'avion.

— Parler me dessèche, fit-il avec lassitude. Si je continue, ma langue va tomber en poussière au fond de ma bouche. Reviens demain... et apporte-moi de l'eau, beaucoup d'eau. À présent je suis entre tes mains. C'est à toi de choisir si tu veux que je vive.

— Je vais t'aider, murmura la jeune fille. Veux-tu que je prévienne Paco ? Il saura peut-être mieux que moi comment te secourir.

— Pas tout de suite, haleta Sébastian. J'ai un peu honte. Je sais que je lui ai fait de la peine... mais je ne pensais pas que les années passeraient si vite.

— Comme tu veux, admit Peggy Sue. On réfléchira ensemble à ce qu'il convient de faire. En attendant je vais aller chercher de l'eau. De cette façon, tu pourras affronter la journée de demain sans problème. Essaye de ne pas te faire voir de mon père, il se demanderait ce que tu fiches dans l'obscurité.

— Je ne peux pas sortir en plein soleil, fit Sébastian. L'eau contenue dans mon corps s'évaporerait en dix minutes, et je tomberais en poussière avant d'avoir parcouru la moitié de la piste.

— J'ai compris, souffla Peggy Sue. On fera ce qu'il faut pour éviter cela.

Elle aurait bien discuté avec Sébastian toute la nuit, mais elle craignait que Julia ou M'man ne s'aperçoive de son absence.

— Reviens demain, conclut l'adolescent. J'ai d'autres choses à te dire... En fait, tout va mal à l'intérieur des mirages. Vous êtes tous menacés. C'est pour ça que je suis revenu, pour vous dire de vous enfuir tant que c'est encore possible.

7

Complots invisibles

Peggy Sue tremblait que son père ne se mette dans l'idée d'astiquer les avions oubliés au fond des hangars. C'était un as du bricolage, capable de réparer n'importe quoi. Certains ne peuvent s'empêcher de venir en aide à tous les chats perdus du quartier, Barney Fairway, lui, dès qu'il passait devant une machine cassée, se sentait obligé de la remettre en état. Un tel don se révélait bien pratique sur l'aérodrome où tout tombait en miettes, mais Peggy savait qu'une fois la tour de contrôle réparée, il s'attaquerait aux avions... et découvrirait Sébastian.

Elle avait du mal à démêler ce qu'elle éprouvait pour cet étrange garçon. Par certains côtés, il était agaçant, trop autoritaire, mais elle sentait bien qu'il avait peur, et cela le rendait attendrissant.

— Il s'est fichu dans une sale histoire, grommela le chien bleu à qui elle avait demandé son avis. C'est sûr que s'il ne dispose plus d'assez d'eau pour maintenir son degré d'humidité interne il va finir comme le poisson jaune dans le tiroir de ta table de chevet. Tout s'explique : voilà pourquoi j'avais l'impression que le sable était vivant et que j'entendais des lamentations. Quand les fugitifs se défont, ils ne meurent pas. Ils s'éparpillent et se mêlent à ceux qui les ont précédés.

— Le vieux Paco pourrait sûrement l'aider, dit Peggy. Il emmènerait Sébastian chez lui, le cacherait dans une pièce sombre et lui donnerait toute l'eau dont il a besoin.

En prononçant ces mots, elle réalisa que ce ne serait pas là une existence bien agréable. En fait, Sébastian ne pouvait plus vivre parmi les humains ; maintenant que son corps s'était modifié, il était condamné à retourner dans le mirage. Il avait cru se libérer de la réalité en plongeant dans l'illusion, mais l'illusion exerçait à présent sur lui une tyrannie bien plus terrible que celle du monde réel.

*

Peggy décida de téléphoner à l'épicerie pour passer une nouvelle commande de nourriture. À la fin de la conversation, elle pria le commerçant de lui envoyer Paco, comme la fois précédente. Elle espérait que le vieillard aurait une idée pour débloquer la situation. Quand la camionnette du Mexicain s'arrêta entre les hangars, elle alla à sa rencontre, la gorge nouée. Ce qu'elle avait à lui annoncer n'était guère facile.

— Sébastian est revenu, murmura-t-elle. Il s'est échappé du mirage. Mais vous allez avoir une drôle de surprise... il... il n'est pas en très bonne condition physique.

La bouche du vieil homme se mit à trembler, et il dut faire un effort pour se ressaisir.

Ils se faufilèrent dans le hangar. La chaleur était infernale car le soleil tapait sur les tôles depuis plusieurs heures déjà. Sébastian était d'ailleurs en train de prendre une douche, en s'aspergeant à l'aide d'un arrosoir. Curieusement, l'eau ne ruisselait pas sur sa peau ou ses vêtements, *elle pénétrait dans son corps*.

« Il est comme une éponge, pensa la jeune fille. Une éponge sèche qui aurait toujours soif. »

En apercevant Paco, Sébastian grimaça.

— Tu l'as amené ! lança-t-il avec colère en dévisageant Peggy. Je ne voulais pas qu'il me voie dans cet état.

— Il n'y a que lui qui puisse nous aider, plaida l'adolescente. Calme-toi.

Sébastian baissa les yeux, n'osant regarder son frère en face. Le vieil homme eut un mouvement pour le prendre dans ses bras, mais Sébastian s'écarta d'un bond.

— Non, hoqueta-t-il, ne me touche pas. L'eau rend mon corps malléable. Tu me déformerais... la marque de tes mains s'imprimerait sur ma chair et ne s'effacerait plus. C'est ainsi. Il faut attendre que ma cohésion interne soit rétablie.

— Tu n'as pas changé, murmura le vieillard d'une voix qui tremblait.

— C'est vrai, ricana Sébastian. Je ne voulais pas

devenir adulte. Je voulais m'amuser éternellement. On peut dire que j'ai été servi !

Il leva enfin les yeux et dévisagea Paco.

— Je suis vieux, hein ? chuchota ce dernier.

— Oui, admit l'enfant. Mais à l'intérieur, tu es plus solide que moi. Je ne suis qu'un tas de sable qui peut s'émietter à tout instant... Peggy Sue t'a mis au courant ?

— Non.

D'une voix lasse, l'adolescent expliqua au vieil homme ce que la jeune fille savait déjà. Paco ne parut nullement surpris.

— Je m'en doutais, fit-il lorsque son « jeune » frère eut achevé son récit. La *bruja*, la sorcière de Villa Verde, l'avait pressenti. Nous savons depuis longtemps que le sable est vivant. Comment puis-je t'aider ?

— On ne peut pas m'aider ! s'impatienta Sébastian. Vous semblez ne pas comprendre. C'est pour vous que je suis venu, pour vous prévenir. Vous êtes tous en danger, vous, les... *humains*. Les mirages vont amplifier leur action et tenter de capturer le plus de gens possible.

— Ils ont déjà essayé de m'avoir, à deux reprises, confirma Peggy.

— Dans quel but ? s'enquit Paco.

— Là-bas, à l'intérieur des univers parallèles, c'est la guerre, souffla Sébastian. Tout s'est détraqué. Ceux qui franchissent le seuil d'un mirage croient entrer dans un univers merveilleux, en réalité, on va les utiliser comme soldats pour livrer des batailles terribles... des affrontements magiques dont vous n'avez pas idée.

— Une guerre ? s'étonna Peggy Sue. Si tu nous en disais un peu plus ?

Sébastian eut un geste de découragement.

— Okay, fit-il. Il y a quelque part un démon endormi. Ce démon rêve, et chacun de ses rêves crée un nouveau monde féerique. On peut entrer dans ces mondes quand s'entrouvre la porte d'un mirage... Hélas, depuis quelque temps, le démon s'est mis à faire des cauchemars, et les univers qu'il a engendrés sont devenus des enfers où la guerre fait rage. C'est pour cette raison que les gens cherchent à s'échapper... et qu'ils tombent en poussière sitôt revenus dans le monde réel. C'est également pour ça que les mirages apparaissent de plus en plus fréquemment. Ils cherchent à recruter de nouveaux soldats, par tous les moyens.

— Exact, dit Peggy. On m'a promis que je deviendrais une sirène.

— Des mensonges ! cracha Sébastian. Rien que des mensonges ! Si tu avais passé le seuil, on t'aurait aussitôt incorporée dans un bataillon de nageurs de combat. C'est pour ça que je suis revenu. Il faut faire savoir aux gens ce qui se passe.

— Personne ne nous croira, soupira Paco. Je sais ce dont je parle. Je prêche en vain depuis ta disparition. Je n'ai réussi qu'à passer pour un vieux fou.

— Comment peut-on mettre fin à cette guerre ? demanda Peggy.

— Il faudrait réveiller le démon, lâcha l'adolescent, le sortir de ses cauchemars. Tout rentrerait dans l'ordre. Mais il n'est pas facile de lui faire ouvrir les yeux. Une armée le protège. Voilà pourquoi la guerre a éclaté. Ses soldats veillent sur lui. Ils sont prêts à tout pour que rien ne vienne troubler le sommeil de leur maître.

— Et ils ne se rendent pas compte que les choses ont changé ? intervint Peggy. Que les mondes merveilleux sont devenus des enfers ?

L'adolescent haussa les épaules.

— Ils ne sont pas humains, murmura-t-il. Ce sont des créatures... *indescriptibles*. Elles font ce qu'on leur a ordonné de faire, sans se poser de questions. Et pendant ce temps le démon continue de dormir... de faire des cauchemars, de créer de nouveaux monstres.

— Il faut essayer d'imaginer un plan de bataille, décida Peggy. On ne peut pas laisser les mirages capturer tous les gens de la région. En attendant, il faut te cacher mieux qu'ici. Paco, pourquoi ne pas emmener Sébastian chez vous ?

Le vieillard secoua la tête.

— Non, dit-il, ce serait trop dangereux pour lui. Il serait considéré comme un vampire. Je te l'ai déjà dit, il y a une *bruja*, une sorcière dans mon village, elle sentirait tout de suite que Sébastian n'est plus vraiment humain. Elle ordonnerait aux hommes de l'attacher en plein soleil pour que l'eau de son organisme s'évapore. Il vaut mieux qu'il reste ici pour le moment.

— Et... notre famille ? demanda timidement l'adolescent. Les parents... Adelina, notre sœur. Que sont-ils devenus ?

Paco baissa la tête.

— Le père et la mère sont morts, comme tu t'en doutes, répondit-il. Il y a bien longtemps. Adelina et les autres gosses de ta bande t'ont imité... les garçons, les filles. Tous ont choisi de plonger au cœur des mirages. Je suis le seul à être resté dans le monde réel. J'ai passé ma vie à mettre les gens en garde contre ce danger, mais les jeunes sont des proies faciles, ils se laissent facilement émerveiller.

Sébastian se cacha le visage dans les paumes.

— C'est ma faute, dit-il. Je n'aurais pas dû... Je suis revenu pour leur dire de ne pas m'imiter. Je ne pensais pas arriver trop tard.

Paco, dans l'intention de consoler son frère, lui posa la main sur l'épaule. Il la retira aussitôt, avec un sursaut de stupeur. Sébastian lui jeta un regard attristé.

— *Ça se sent, hein ?* jeta-t-il. Quand on me touche, on devine que je suis constitué de sable... C'est parce que l'eau est déjà en train de s'évaporer. Regarde : tes doigts ont creusé des trous dans ma « peau ».

Peggy saisit l'arrosoir, il était presque vide. Elle sortit le remplir. Sur le seuil, elle se heurta au chien bleu qui avait refusé d'entrer dans le hangar.

— Tu vas faire une bêtise, lui dit-il mentalement. Tu vas te laisser entraîner dans une aventure qui ne te regarde pas. Comme si tu n'avais déjà pas assez d'ennuis avec les fantômes !

— On ne peut pas rester les bras croisés, riposta-t-elle. Tout le monde est concerné. Tu étais là, non ? quand les mirages ont essayé de me capturer.

— Ouais, grommela l'animal. Mais c'est dangereux. Et ces histoires de démons me font peur. Je crois que Sébastian ne nous dit pas tout. Je pense que les choses vont beaucoup plus mal qu'il ne le prétend.

— Il a tout de même parlé d'un enfer...

— Ouais, eh bien moi je crois que c'est encore pire que l'enfer.

*

Il fallait se séparer. Paco remonta dans la camionnette. Malgré l'ombre que le bord du chapeau de paille projetait sur son visage ridé, Peggy Sue vit qu'il pleurait.

— Veille sur lui, chuchota-t-il à l'adolescente en mettant le contact. Je sais bien qu'il n'a plus sa place dans notre monde, mais je ne voudrais pas le perdre si vite... une... une deuxième fois.

Peggy lui serra la main avec tendresse. Elle aussi se sentait sur le point d'éclater en sanglots.

Sitôt le véhicule parti, elle dut se résoudre à regagner la tour de contrôle car elle ne pouvait passer la journée dehors pendant que sa famille s'escrimait à remettre les lieux en état.

*

Alors qu'on allait passer à table, M'man poussa une exclamation de dépit :

— Il n'y a plus d'eau !

P'pa bondit sur l'évier pour inspecter robinets et canalisations. Julia, qui sortait des toilettes du *mess*, confirma que les lavabos avaient eux aussi cessé de fonctionner.

— Bon sang ! gronda P'pa. C'est l'alimentation générale qui est en panne.

— C'est grave ? demanda Maman.

— Oui, répondit son mari. L'aérodrome est relié à la ville par une canalisation qui mesure plus de 50 kilomètres. La panne a pu se produire n'importe où entre ici et la station de distribution. Je vais appeler le shérif. Sans eau, la situation va rapidement devenir intenable. Il faut réparer cela.

Pendant qu'il parlait, il avait saisi le téléphone. Portant le combiné à son oreille, il grimaça.

— Il n'y a pas de tonalité, annonça-t-il. La ligne est coupée. Ça ne fait rien, je vais prendre la voiture et descendre en ville.

— C'est ça ! glapit Julia. Et si tu tombes en panne en cours de route, nous resterons là à mourir de soif !

— Assez ! intervint M'man. Inutile de voir tout en noir. Ce n'est qu'un incident. Dès que ton père aura prévenu le shérif tout rentrera dans l'ordre.

Mais son regard trahissait ses inquiétudes.

Peggy songea que le véhicule familial n'était pas

en bon état. Elle se rappela qu'à l'aller, il avait fallu s'arrêter plusieurs fois pour donner au moteur le temps de refroidir. P'pa prit deux bouteilles d'eau minérale pour le voyage et se rendit au parking. M'man, Julia et Peggy Sue lui emboîtèrent le pas. Hélas, lorsque Barney Fairway voulut mettre le contact rien ne se passa.

— Bon sang ! grogna-t-il. C'est un complot !

Sautant à terre, il souleva le capot et blêmit.

Il n'y avait plus de moteur. Quelqu'un l'avait arraché, laissant dans la caisse métallique un buisson de fils, de tuyaux rompus d'où gouttaient l'huile et l'essence.

Qui donc était assez fort pour emmener un moteur sous son bras, comme une vulgaire miche de pain ?

— C'est un coup monté, grésilla la voix du chien bleu dans la tête de Peggy Sue. L'eau qui n'arrive plus, le téléphone coupé, la voiture sabotée. On veut nous isoler, c'est certain. Mais pourquoi ?

Une certaine stupeur saisit les adultes. D'abord, P'pa s'obstina à retrouver le moteur — il était bien quelque part, non ? — mais il dut se rendre à l'évidence. Le voleur l'avait emporté avec lui, on ne savait où. De plus, il n'y avait aucune trace de pneus imprimée sur la poussière du parking... et pas davantage de marques de semelles s'en allant vers le désert.

— C'est à croire qu'il s'est envolé, grommela P'pa anéanti.

Peggy serra les mâchoires. Ses vieux ennemis, les Invisibles, auraient été capables d'imaginer une pareille blague. Instinctivement, elle regarda autour d'elle et tendit l'oreille dans l'espoir de repérer leurs ricanements, mais il n'y avait rien... que le silence du désert. Énorme, pesant.

*

— Il faut faire une estimation de nos réserves d'eau, décréta M'man. Et commencer à se rationner. Ici, on boit beaucoup. Si personne ne vient à notre secours, nous allons avoir un gros problème.

— Je vais rejoindre la ville à pied, décida Barney Fairway. D'ici la buvette, il doit y avoir soixante kilomètres, tout au plus.

— Dans le désert c'est énorme, haleta M'man. On n'avance pas vite sous un pareil soleil. Tu auras du mal à faire plus de trois kilomètres à l'heure. Ça implique vingt heures de marche. En outre, il te faudra emporter de quoi boire... Pas moins d'une dizaine de litres d'eau, ou bien tu t'effondreras complètement déshydraté.

— Je vais passer la nuit à inspecter les canalisations, dit P'pa. On a peut-être une chance que la panne se soit produite aux abords de l'aérodrome.

Peggy Sue n'y croyait pas. Elle en avait désormais la certitude : tout avait été planifié pour les couper du reste du monde.

*

Peggy Sue et Julia dressèrent la liste des provisions liquides dont la famille disposait. Sodas, eau minérale, bière... tout y passa, mais cela ne représentait pas grand-chose compte tenu de la chaleur ambiante et de la soif intolérable qu'elle déclenchait. Même en restant caché à l'ombre, sans bouger, on avait vite la langue râpeuse.

— C'est mauvais, grommela Julia. On ne tiendra pas plus de trois ou quatre jours... et encore en nous restreignant. Or, moins on boit, plus on a soif. On finit par ne plus penser qu'à ça.

Peggy Sue, elle, pensait surtout à Sébastian. Comment pourrait-on continuer à l'arroser dans ces conditions ? Cela paraissait difficile, et elle en avait le cœur serré. Elle ne pouvait s'empêcher d'imaginer l'adolescent desséché... s'effritant dans les courants d'air.

— À quoi rêves-tu, petite sotte ? lui lança Julia. Quelle tête de linotte tu fais !

*

P'pa chercha vainement une fuite aux alentours de l'aéroport. Il ne détecta aucune tache d'humidité assombrissant le sable.

— Ça vient de plus loin, admit-il. Il n'y a rien à faire, il faudra que je me mette en route dès demain matin. Soixante kilomètres, ce n'est pas le diable, j'y arriverai.

Peggy avait le plus grand mal à dissimuler son inquiétude. Dès qu'elle eut un moment de libre, elle se rendit dans le hangar pour apprendre la mauvaise nouvelle à Sébastian.

— Je m'y attendais, dit le garçon. C'est dirigé contre moi. Ils font cela pour me forcer à rentrer.

— Qui ça « ils » ? demanda Peggy Sue.

— Les généraux qui luttent contre le démon, expliqua l'adolescent. En me privant d'eau, ils ne me laissent que deux solutions : accepter de tomber en poussière ou repartir d'où je viens, pour reprendre la guerre, là où je l'ai laissée.

— Je te donnerai ma ration d'eau, proposa Peggy Sue. Cela t'aidera.

— C'est gentil à toi, fit Sébastian en souriant, mais, d'une part, cela ne sera pas suffisant, d'autre part, je ne veux pas que tu te déshydrates toi aussi.

— Mon père va essayer d'aller à pied jusqu'à la ville, annonça la jeune fille. Il est costaud et c'est un bon marcheur. Avec un peu de chance...

— Qu'il s'en garde bien ! aboya le garçon. Tu ne vois pas que c'est un piège ? Je vais te dire ce qui va se passer s'il part. Quand il sera fatigué et qu'il aura très soif, un mirage lui apparaîtra, lui faisant voir mille merveilles... et il souffrira tellement de la chaleur qu'il ne pourra s'empêcher d'y entrer. Il est grand, costaud, c'est exactement le genre de soldats que cherche à recruter le commandement des forces armées du pays des rêves.

— Alors, que faut-il faire ? demanda Peggy, alarmée.

— Notre seule chance serait que Paco emprunte la camionnette de l'épicier pour nous rendre visite, mais je n'y crois guère.

— Et si mon père se dirigeait vers Villa Verde ?

— Il ne trouverait pas le village, c'est trop compliqué. Il se perdrait dans le désert. Il n'y a pas de panneaux indicateurs, rien...

Les deux adolescents restèrent silencieux, puis Sébastian releva brusquement la tête, comme s'il venait d'avoir une idée.

— Il y a un point d'eau, je me rappelle ! haleta-t-il. Au nord de la piste d'envol, à trois kilomètres. Si les tempêtes de sable ne l'ont pas bouché, il doit toujours être là.

— On pourrait y aller à la tombée de la nuit, proposa Peggy. Tu me montres le chemin, je porterai les seaux.

— D'accord, lança Sébastian. Viens me retrouver dès que ta famille dormira.

Le chien bleu n'approuva pas ces manigances... mais peut-être était-il jaloux de l'amitié naissante entre sa maîtresse et l'évadé du mirage ?

— Et qu'arrivera-t-il si vous vous perdez ? grogna-t-il.

— Tu vas venir avec nous, dit Peggy Sue. Tu es un chien, non ? Tu as du flair, tu retrouveras la route.

— J'ai du flair en temps normal, corrigea l'animal. Mais ici tout va de travers. Je sens que quelque chose se trame dans l'ombre. Depuis deux heures j'ai l'impression d'être encerclé.

— Encerclé ?

— Oui, comme si des créatures rampaient tout autour de nous... des créatures invraisemblables mais qui me font peur.

*

Le repas du soir se déroula dans un silence angoissé. Chacun mâchonnait en évitant de regarder son voisin. P'pa faisait des efforts pour paraître confiant en l'avenir, hélas, ni sa femme ni ses filles n'étaient convaincues par ses airs bravaches.

— Une bonne nuit de sommeil reconstituera mes forces, dit-il. De toute manière je ne pouvais pas partir en pleine nuit. Je ne connais pas la région et je me serais égaré. Demain j'aurai chaud mais je verrai où je vais.

— Tu feras tout de même attention, hein ? murmura M'man en essayant de ne pas trop trahir ses inquiétudes.

Au crépuscule, Peggy Sue mit ses chaussures de marche et son blouson. Elle enfila également des gants, à cause des seaux qui, une fois pleins, lui scieraient les doigts.

« Inutile de compter sur Sébastian, songea-t-elle. Il fait le fanfaron, mais il n'est pas assez costaud pour m'aider. Quand on est constitué de sable humide on ne peut pas se permettre de jouer les colosses. »

L'adolescent l'attendait au seuil du hangar. Dès qu'il la vit, il se mit en marche. Il avançait avec précaution, comme un convalescent.

— J'ai peur du vent, avoua-t-il quand Peggy arriva à sa hauteur. S'il se lève, il peut m'émietter... Je ne suis plus assez solide pour l'affronter. Une grosse bourrasque pourrait effacer les traits de mon visage, tu sais ?

— Tu n'auras qu'à te cacher derrière moi, proposa la jeune fille. Je te protégerai.

Sébastian la remercia, mais elle comprit qu'il n'appréciait pas trop l'idée d'être sauvé par une fille. Les garçons étaient tous pareils !

Ils prirent la direction du nord, le chien bleu trottinant derrière eux. Seules les semelles de Peggy Sue faisaient du bruit sur la piste d'envol, Sébastian, lui, se déplaçait en produisant une sorte de crissement.

« Il se dessèche déjà, songea l'adolescente. Pourvu que nous trouvions le point d'eau. »

S'enfoncer dans le désert en pleine nuit revenait à plonger les yeux fermés dans un tonneau de goudron. Aucune lumière n'éclairait la route. Peggy se sentait mal à l'aise.

— Tu sais où tu vas ? demanda-t-elle au bout de quelques minutes.

— Oui, dit le garçon. C'est vrai que le vent peut m'éparpiller comme un vulgaire château de sable, mais, en contrepartie, je dispose de petits pouvoirs, comme celui de voir dans l'obscurité. Nous sommes sur la bonne route, je reconnais l'endroit.

— *Les créatures*, fit soudain la voix du chien bleu dans l'esprit de Peggy. *Elles nous encerclent...* Elles sont là. Elles émettent des ondes mentales qui grésillent dans mon cerveau.

— Sébastian, chuchota Peggy en se rapprochant du garçon. Mon chien dit que nous sommes pris en chasse par des créatures télépathes. Tu sais de quoi il s'agit ?

— Oui, souffla l'adolescent. Je ne voulais pas t'en parler pour ne pas t'affoler. Ce sont des mangeurs d'espoir.

— Des quoi ?

— Une sorte de gros crabe qui se confond avec les cailloux. Il n'a pas de pinces, mais ses armes sont beaucoup plus redoutables. Il émet des ondes qui détruisent toute joie, tout espoir dans le cœur des gens. On a coutume de les envoyer en avant-garde, pour déprimer les humains, leur ôter leur combativité. Après deux jours de ce traitement, on ne s'intéresse plus à rien, on devient triste, tout nous ennuie.

— Okay, je vois, compléta Peggy. C'est alors que les mirages entrent en scène.

— Oui, confirma Sébastian. Quand les humains sont tristes, accablés, ils cèdent facilement à la tentation ; il ne faut pas beaucoup insister pour les voir sauter à pieds joints dans le premier mirage qui s'entrouvre devant eux.

— Les mangeurs d'espoir..., répéta la jeune fille

— Oui, mais on les surnomme aussi les bêtes grises, parce qu'elles vous emplissent la tête de pensées mornes, grisâtres, qui vous donnent envie de changer d'existence, de vous enfuir n'importe où, pourvu que ça soit différent.

— C'est pour nous qu'on les a envoyées ?

— Bien sûr. Pour toi et tes parents. Ce sera difficile de leur résister mais je t'aiderai. Elles vont travailler toute la nuit, bombardant les tiens d'ondes négatives qui les contamineront dans leur sommeil. Demain matin, tu les trouveras déprimés, incapables de prendre la moindre décision, se fichant de tout. Moi, elles ne peuvent pas m'atteindre parce que j'appartiens au monde du mirage, mais toi, tes parents et ton chien constituez de merveilleuses cibles.

— Et comment peut-on leur résister ?

— En ne dormant jamais. À l'état de veille, on arrive à repousser leurs infiltrations mentales, mais dès qu'on ferme l'œil on est fichu, la tristesse s'implante dans votre cœur. Maintenant assez discuté, dépêchons-nous, mon corps est de plus en plus friable. J'ai du mal à parler.

Peggy Sue l'avait remarqué. Depuis un moment, les mots prononcés par Sébastian devenaient difficiles à comprendre. Ils continuèrent donc à marcher en silence.

— Tu vois les crabes ? demanda-t-elle mentalement au chien bleu.

— Je crois, répondit l'animal. Ce sont de gros cailloux avec des pattes. On les croirait en pierre grise. Il y en a... énormément ! Bon sang, comment va-t-on faire pour les tuer ?

— Je ne sais pas encore, avoua l'adolescente, mais une chose est sûre : pas question de se laisser avoir !

Alors qu'ils se trouvaient à mi-chemin de l'oasis, le vent se leva et Sébastian poussa un gémissement de terreur.

— Mon visage ! haleta-t-il, je sens mon nez qui se déplace ! Vite, cache-moi !

Peggy fit de son corps un écran pour protéger son compagnon. La bourrasque lui soufflait sa mitraille de poussière et de cailloux en pleine figure ; elle devait fermer les yeux pour ne pas être aveuglée.

— Ça va ? criait-elle sans obtenir de réponse.

Elle imaginait déjà les traits de Sébastian effacés. Le nez aplati, les oreilles rabotées.

Le vent du désert tomba aussi soudainement qu'il s'était levé. Peggy empoigna sa lampe et l'alluma.

— Est-ce que je suis affreux ? demanda Sébastian d'une voix beaucoup moins assurée que d'ordinaire.

Peggy l'éclaira. Le nez du garçon avait légèrement dévié et l'oreille droite diminué de volume, toutefois cela n'avait rien de monstrueux. Ces petites imperfections conféraient à l'adolescent un charme un peu « voyou » dont il était dépourvu auparavant.

— Ça va, soupira-t-elle. Je pense que certaines filles te trouveront encore à leur goût, mais il ne faudrait pas que cela se reproduise trop souvent.

— J'ai besoin d'eau, gémit l'adolescent. Je suis en train de me défaire. À la prochaine bourrasque, c'est ma tête tout entière qui s'éparpillera.

Ils atteignirent enfin l'oasis. Peggy Sue s'était représenté l'endroit sous l'aspect d'un agréable boqueteau de palmiers, elle s'était trompée. Il n'y avait qu'un trou dans le sol, rempli d'eau trouble, et trois cactus. Le lieu n'avait rien de romantique. Elle faillit d'ailleurs tomber dans la mare en essayant de remplir les seaux car les parois de l'orifice étaient abruptes.

— Asperge-moi, supplia Sébastian lorsqu'elle remonta. Je n'ai plus la force de soulever quoi que ce soit.

Peggy dut l'arroser, comme une plante. Le corps du garçon absorba le liquide sans en laisser une goutte.

— Ça va mieux, soupira-t-il après un silence de plusieurs minutes. Les grains de sable se « cimentent » entre eux. Je retrouve ma solidité. Merci de m'avoir aidé.

— Il faut rentrer, dit Peggy Sue. Ce sera moins facile avec les seaux pleins, mais tu auras de quoi affronter la journée de demain.

— Tu vas être fatiguée après ces efforts, fit le garçon, et tu auras envie de dormir... c'est normal, mais essaye de résister car les bêtes grises profiteront du sommeil pour s'infiltrer dans ta tête.

— Mon chien me protégera, affirma la jeune fille pour se donner du courage. Il est télépathe.

— Je sais, dit Sébastian. N'oublie pas que je ne suis plus vraiment humain. Je l'entends te parler.

— Ah bon ? fit l'adolescente (un peu jalouse de n'être plus la seule à pouvoir dialoguer avec l'animal). Quoi qu'il en soit, mon chien repérera les pensées des crabes mangeurs d'espoir et les mordra pour les mettre en fuite.

— Je l'espère pour toi, soupira Sébastian. Hélas, il faudra bien qu'il dorme, lui aussi.

— Rentrons, décida Peggy. On gèle ici.

Elle grelottait, effectivement, mais elle ne savait plus si c'était de froid ou de peur.

8

Assiégés !

Excitée par ces aventures formidables, Peggy Sue n'eut pas de mal à s'empêcher de dormir. Allongée sur son lit, elle « parla » longuement avec le chien bleu que l'arrivée des bêtes grises mettait en fureur.

— Tu es télépathe, lui répétait la jeune fille. Tu n'auras qu'à garder l'entrée de ma tête comme on garde une maison.

— Je vois ce que tu veux dire, répondit l'animal, mais je ne suis pas certain d'être, à ce jeu-là, aussi fort que les crabes. Ce sont des soldats entraînés, pas moi.

Quand le soleil se leva, Peggy réprima un premier bâillement. Ses paupières devenaient lourdes.

— Il est temps de boire un café bien fort, songea-t-elle. Ensuite j'irai voir Sébastian pour lui demander comment lutter contre les bêtes grises.

Elle s'approcha de la fenêtre pour tenter de repérer les assiégeants. Trop de cailloux bordaient la piste d'envol, elle dut renoncer.

— Tu les vois, toi ? demanda-t-elle au chien bleu.

— Je les renifle, répondit-il. Aucun d'entre eux n'a la même forme que son voisin. Leur camouflage est parfait. Si on ne les surprend pas en train de bouger — juste quand ils sortent leurs pattes — on est persuadé d'être en face d'un rocher.
— Ils sont gros ?
— Il y en a de toutes les tailles. Comme les canons dans un bataillon d'artillerie.
— Tu n'es pas réjouissant !
— J'essaye de te mettre en garde, c'est tout. Peut-être vaudrait-il mieux s'en aller.

Refusant d'écouter ces propos défaitistes, Peggy Sue quitta sa chambre pour descendre à la cantine des pilotes qui servait désormais de salle à manger familiale.

Elle prépara le déjeuner en s'étonnant de ne pas trouver sa mère aux fourneaux. M'man mettait toujours un point d'honneur à être levée avant tout le monde. Ç'aurait dû être le cas aujourd'hui. *Surtout aujourd'hui* puisque Papa entreprenait de traverser le désert à pied !

L'adolescente disposa les couverts sur la table. Dans la cantine déserte, le moindre bruit résonnait. Le temps passait... et personne ne montrait le bout de son nez. Elle commençait à se sentir inquiète quand P'pa, M'man et Julia descendirent en traînant les pieds. Ils paraissaient à moitié endormis, hagards. Ils s'attablèrent en grognant.

P'pa bâilla interminablement.

— J'suis crevé, marmonna-t-il. J'ai une flemme

d'enfer. Je ne crois pas que je vais partir aujourd'hui.

M'man et Julia l'écoutaient à peine. Elles semblaient toutes deux abîmées dans des pensées peu réjouissantes.

— Bof ! soupira Julia. De toute manière ça ne servirait pas à grand-chose. Tu attraperais une insolation...

— Ou bien tu te ferais piquer par un scorpion, renchérit M'man.

— C'est vrai, admit Papa. Si on doit y passer on y passera, ça ne sert à rien de s'agiter comme des diables.

— Bien dit ! marmonna M'man. Ce qui est écrit est écrit.

Peggy Sue, qui versait le café dans les tasses, suspendit son geste.

— *Hé !* lança-t-elle. Vous semblez oublier qu'on sera rapidement à court d'eau si on ne se bouge pas.

— Ne te mêle pas de ça, grogna son père. Ce sont des problèmes de grandes personnes, tu es trop petite pour comprendre.

— Je suis bien assez âgée pour savoir qu'on va mourir de soif, riposta-t-elle.

— Ça suffit, intervint sa mère, ne réponds pas à ton père ! Tu ne vois pas que nous sommes fatigués ce matin ? Va jouer dehors avec ton chien.

Peggy posa la cafetière au centre de la table, le cœur étreint par un mauvais pressentiment.

« Ils ne sont pas dans leur état normal, pensa-t-elle. On dirait qu'ils ont cent ans ! Même Julia ! »

— C'est l'effet des bêtes grises, murmura le chien bleu. Elles les ont bombardés d'ondes déprimantes durant la nuit. Sébastian ne mentait pas. C'est un poison mental qui vous prive de toute combativité.

*

Au grand désespoir de Peggy, la matinée s'écoula sans que les choses s'arrangent. M'man et Julia se tassèrent dans un fauteuil et passèrent leur temps à feuilleter de vieux magazines (auxquels elles accordaient, du reste, une attention distraite) ; quant à Barney Fairway, il déambulait le long de la piste, l'œil perdu dans le vague, une cigarette éteinte au coin de la bouche.

Peggy Sue s'empressa de le rejoindre.

— Tu sais, lui dit-elle. Si tu ne veux pas aller en ville, il y a une oasis à trois kilomètres au nord. C'est un petit trou d'eau et je ne suis pas sûre qu'on puisse s'y fournir longtemps, mais ça pourrait nous dépanner.

— Hum ? grogna P'pa. Oui, p't'être bien... pourquoi pas. Mais est-ce que ça vaut vraiment la peine ? C'est ça la vraie question. *Est-ce que ça vaut la peine de continuer ?* Regarde où nous en sommes... J'avais un vrai métier, maintenant je suis gardien d'un trou à rats. Non, c'est peut-être pas utile de s'agiter. Et puis je n'en ai plus la force. Je me fais vieux. Va, laisse-moi, tu me fatigues avec tes questions.

— Tu vois ce qui nous attend ? grésilla la voix mentale du chien bleu. On ne pourra pas toujours s'empêcher de dormir. Moi-même je ne tiens plus sur mes pattes. Si on s'endort on se réveillera dans le même état qu'eux, avec l'envie de se jeter au fond d'un puits.

— On va veiller l'un sur l'autre, décida Peggy. Si on dort par tranches d'une heure, on a sans doute une chance d'échapper au bourrage de crâne des bêtes grises.

— Dormir par tranches ?

— Oui, je dors une heure et tu me réveilles. C'est alors ton tour de dormir et je te secoue soixante minutes plus tard.

— Tu crois que ça marchera ?

— On verra bien. J'ai trouvé un vieux réveil dans ma chambre. On le mettra à sonner pour plus de sûreté.

Le chien hocha la tête. La cravate qui pendait à son cou était à présent jaune de poussière.

— Okay, soupira-t-il, montons dans ta chambre. Je ne tiens plus debout.

Peggy Sue sentait ses paupières devenir de plus en plus lourdes de minute en minute.

Elle se demandait de combien d'heures de sommeil elle pourrait se contenter si elle ne voulait pas succomber aux manigances des mangeurs d'espoir.

Une fois sur son lit, elle remonta le gros réveil

en tôle qui avait jadis appartenu à un pilote, et le posa sur la table de chevet. Était-il seulement capable de sonner ? On verrait bien !

— Dors le premier, ordonna-t-elle au chien bleu. Vous, les bêtes, avez moins besoin de sommeil que les humains. Et puis tu es télépathe, tu sauras mieux te défendre contre les incursions mentales des crabes.

Le chien mit le nez sur ses pattes sans rien dire. Dix minutes plus tard, il ronflait.

Peggy Sue resta à le regarder. Ses yeux larmoyaient et les bâillements commençaient de se bousculer dans sa gorge. Elle écoutait le tic-tac du réveil en se demandant si on pouvait lui faire confiance.

Pendant l'heure qui suivit, le chien bleu s'agita beaucoup dans son sommeil. Par moments, il claquait des mâchoires, comme s'il mordait une bête invisible. Peggy faillit piquer du nez trois fois de suite. Le réveil sonna enfin, abrégeant la séance de torture. L'animal sursauta en montrant les crocs. Il lui fallut trois secondes pour se rappeler où il se trouvait.

— Les bêtes grises, annonça-t-il, elles sont entrées dans ma tête. Je les ai repoussées autant que j'ai pu, mais elles sont très fortes.

— Que te racontaient-elles ?

— Que je n'étais qu'un sale corniaud, que je finirais à la fourrière ou dévoré par un coyote... *que tu ne m'aimais pas*.

Peggy saisit le petit animal dans ses bras.

— Bien sûr que je t'aime ! souffla-t-elle. Tu es souvent insupportable mais je t'aime, ne doute jamais de ça.

Le chien bleu lui lécha le visage.

— J'ai peur pour toi, avoua-t-il. Je monterai la garde au seuil de ton cerveau pendant ton sommeil, je te promets que je ferai mon possible pour les mettre en fuite.

— Merci, chuchota Peggy Sue.

Puis elle remonta le réveil, régla la sonnerie... et ferma les paupières.

Elle bascula instantanément dans l'inconscience.

*

Ce furent les coups de langue du chien bleu qui la réveillèrent. Elle n'avait pas entendu la sonnerie (ou bien celle-ci ne s'était pas déclenchée...). Elle ne gardait aucun souvenir des rêves qui l'avaient visitée, toutefois elle se sentait maussade.

— Arrête ça ! ordonna-t-elle au chien, j'ai horreur qu'on me lèche la figure. C'est répugnant. Tu as une haleine de poubelle !

— Les bêtes grises sont venues dans ta tête, annonça l'animal. J'ai mordu la plupart de leurs pensées... mais quelques-unes m'ont échappé. Elles essayaient de te persuader que tu étais moche, bête, et qu'aucun garçon ne s'intéresserait jamais à toi.

— Sans doute ont-elles raison, soupira Peggy.

D'ailleurs, je n'ai pas besoin de leurs services pour penser ça. J'y parviens fort bien toute seule.

Le chien grogna d'impatience.

— Secoue-toi ! lança-t-il. Tu dois résister. Nous devons résister... Tu sais bien que c'est de l'hypnose. Si tu te laisses faire, elles parviendront à te convaincre que tu es une tarte aux pommes !

— D'accord, soupira la jeune fille. À toi de dormir.

Elle était désolée de constater que son bel entrain l'avait abandonnée. De mauvaises idées s'étiraient dans son esprit tels des serpents paresseux, et elle appréhendait de dormir à nouveau... même si elle en mourait d'envie.

Quand le chien bleu se réveilla, il était de méchante humeur.

— J'en ai assez de veiller sur toi comme une nounou ! cracha-t-il. Je vais me dégourdir les pattes. Tu n'as qu'à te débrouiller toute seule avec ton stupide réveille-matin.

Il sauta du lit et disparut dans le couloir.

« Ça commence... », songea Peggy Sue.

*

Elle passa le reste de la journée dans un état proche de la somnolence. Dès qu'elle commettait l'erreur de s'asseoir, le sommeil lui tombait dessus et elle piquait du nez, assommée. Chacune de ces courtes siestes la laissait un peu plus maussade que la précédente.

Maman, Papa et Julia tournaient en rond, désœuvrés. Peggy s'aperçut bientôt que plus rien ne l'intéressait. Elle ouvrit plusieurs livres, plusieurs BD, mais elle eut l'impression que les pages étaient imprimées en gris... et leurs caractères minuscules. Tout cela n'avait aucun intérêt, elle s'étonna même de s'être un jour passionnée pour les aventures fantastiques du Docteur Squelette dont elle avait entassé les dix épisodes dans sa valise.

Julia avait, elle aussi, abandonné ses chers magazines qui relataient la vie secrète des stars du cinéma. Elle déambulait sur la piste, fixant l'horizon, comme si elle espérait en voir surgir quelque chose qui l'arracherait au marasme de l'aéroport.

« Moi aussi, j'aimerais qu'on m'emporte quelque part, se dit Peggy. N'importe où pourvu qu'il s'y passe quelque chose de nouveau. »

Le temps s'étira comme de la guimauve. Lorsque sonna l'heure du déjeuner, rien n'était prêt, personne n'ayant éprouvé la moindre envie de cuisiner pour les autres. D'ailleurs aucun membre de la famille Fairway n'avait faim. Peggy Sue buvait soda sur soda, tout en sachant que c'était une erreur car les provisions liquides seraient bientôt épuisées. Elle s'en fichait... Julia s'en fichait également. Tout le monde s'en fichait.

P'pa, M'man, Julia se plantèrent au bord de la piste d'envol pour scruter le ciel à travers leurs lunettes noires. Peggy ne savait pas où était passé le chien bleu. Elle se dit qu'un coyote l'avait peut-être dévoré... Bof ! Ça n'avait pas d'importance. De toute façon cet horrible petit corniaud commençait sérieusement à l'agacer avec sa manie de se promener dans la tête des gens.

S'il s'était fait croquer par un prédateur du désert, elle aurait enfin la paix !

*

Au début de l'après-midi, tout devint gris. Les cheveux de Julia, les vêtements de P'pa ou de M'man, leurs yeux, leur peau même... Peggy Sue se rendit aux toilettes pour s'examiner dans l'une des glaces fixées au-dessus de la rangée de lavabos. Elle avait les cheveux gris, elle aussi, comme une vieille femme... son T-shirt bleu avait à présent la couleur de la cendre. Sa bouche, sa langue... tout était grisâtre.

Imaginait-elle tout cela... ou bien donnait-elle au monde les couleurs de ses pensées ?

Tout à coup, quelqu'un surgit derrière elle. C'était Sébastian, enveloppé dans une couverture humide pour échapper à la morsure du soleil.

— Ça y est, dit-il, les bêtes grises sont à l'œuvre. Je suis passé devant tes parents sans qu'ils se posent la moindre question. Ils s'en moquent, ils sont déjà ailleurs. Ils attendent l'avion fantôme, l'avion de minuit...

— Ouais, peut-être bien, grommela Peggy. Je ne peux pas leur donner tort, on s'ennuie tellement ici.

Sébastian la saisit par l'épaule et tenta de la secouer, mais son corps manquait de solidité, aussi dut-il renoncer.

— Ça agit dans ta tête, siffla-t-il en fixant l'adolescente. Tu t'es endormie, n'est-ce pas ? Il faut te reprendre. Ton chien pourrait t'aider. Il est télépathe, il...

— Ce sale cabot ? s'écria Peggy Sue. Je ne veux plus le voir. J'en ai assez qu'il soit toujours là à épier mes pensées.

— Ce n'est pas toi qui parles, gronda Sébastian. Les bêtes grises sont en train de te rendre méchante. Elles ont changé ta personnalité. Tu dois lutter. Si je n'avais pas peur de m'éparpiller je t'enverrais une bonne paire de claques. Fais ce que je te dis : va voir ton chien et demande-lui de te nettoyer le cerveau. Il en a le pouvoir. Il peut se montrer assez féroce pour chasser les pensées déprimantes que les mangeurs d'espoir ont implantées en toi.

Peu convaincue, la jeune fille sortit en traînant les pieds. Elle ne voyait pas la nécessité de tout cela.

Quand elle émergea de la tour de contrôle, le paysage lui parut encore plus déprimant. Même le sable du désert évoquait la cendre de cigarette. Quant au chien bleu, ses taches d'ordinaire noires étaient devenues grises ! Elle marcha dans sa direction, mais, dès qu'il l'aperçut, il se mit à aboyer et montra les crocs pour lui signifier de ne pas approcher.

— La sale bête ! siffla Peggy Sue, mais c'est qu'elle me mordrait !

Et, ramassant une pierre, elle la lança sur le chien avec l'intention de lui faire mal. Le couinement de douleur de l'animal la ramena à la réalité. Brusquement, le cocon de cendre qui enveloppait son esprit se fendilla ; elle comprit ce qui était en train d'arriver.

Alors que le corniaud se ruait sur elle en écumant, dans l'évidente intention de la déchiqueter, elle lui décocha une pensée pleine de tendresse. Elle y avait mis toutes ses forces, il en fut presque électrocuté. Il s'immobilisa, la langue pendante, les oreilles couchées, mal assuré sur ses pattes qui tremblaient.

— Tu as raison, dit-il enfin. Nous étions en train de nous laisser manipuler...

Peggy Sue s'agenouilla pour serrer le petit animal contre elle.

— Je te promets que je vais être plus vigilant, déclara mentalement le chien bleu. Je vais faire le ménage dans nos deux têtes. Tu vas voir ça. Je vais me comporter comme un vrai doberman et planter mes crocs dans les fesses de toutes ces pensées grises qu'on a semées en nous.

Et il se mit à l'œuvre. La jeune fille le sentait courir dans son esprit en hurlant tel un loup en colère. Tournant, virant, galopant, il rabattait la meute des idées noires, en faisait un troupeau qu'il mordait sauvagement, le contraignant à quitter l'esprit de sa maîtresse.

Peu à peu, Peggy éprouva une impression d'intense soulagement, comme si on lui ôtait des épaules un sac à dos rempli de pierres.

— Voilà, annonça le chien d'une voix haletante. C'est fait. On est tranquille jusqu'à la tombée du jour.

— Il faut organiser la riposte, décida l'adolescente. Puisqu'il n'y a pas d'autres moyens, je vais chercher un marteau dans l'atelier, et j'irai à la rencontre des bêtes grises pour les réduire en bouillie. Tu n'auras qu'à me montrer où elles sont cachées.

— D'accord ! lança le corniaud. Elles vont voir de quel bois nous nous chauffons !

Dans l'atelier, Peggy prit un gros marteau et traversa la piste en direction du désert. Elle n'aimait pas trop l'idée d'écrabouiller ces bestioles infectes, mais elle ne pouvait pas non plus rester les bras croisés pendant qu'on lui pourrissait la tête !

Aux abords de la piste d'envol, elle ne vit que des pierres, grosses ou petites. Si les bêtes grises se dissimulaient parmi elles, il était difficile de faire la différence.

— Je t'avais prévenue, observa le chien bleu, quand elles rentrent leurs pattes elles se confondent avec les rochers. Je vais les sonder télépathiquement...

Il se concentra, le poil dressé sur l'échine.

— Celle-là ! annonça-t-il enfin, et cette autre, là, à gauche...

Peggy Sue brandit son marteau et s'élança. Bizarrement, au fur et à mesure qu'elle se rapprochait des rochers vivants, une étrange envie de pleurer montait en elle, lui nouant la gorge. Quand elle ne fut plus qu'à trois mètres de sa première cible, elle fondit en sanglots, terrassée par la tristesse. Les larmes lui brouillaient la vue, l'empêchant de voir où elle allait. Elle ne savait même pas pourquoi elle pleurait. C'était plus fort qu'elle. Un incroyable chagrin l'accablait soudain...

— Reviens ! hurlait la voix de Sébastian derrière elle. Ne reste pas là-bas ou tu vas mourir de désespoir.

Le chien bleu s'était avancé pour la secourir, mais il s'immobilisa en chemin pour hurler à la lune, saisi lui aussi par une désespérance aussi subite qu'inexplicable.

Sébastian dut se porter au secours des deux complices. Saisissant Peggy par la main et le chien bleu par la peau du dos, il les ramena tant bien que mal sur la piste d'envol.

— Pauvres fous ! grogna-t-il. Qu'espériez-vous ? Les bêtes grises ont leur système de défense, comme tous les animaux. Elles diffusent des ondes de tristesse intense dans un rayon de trois mètres. C'est comme une barrière mentale contre laquelle on se casse le nez dès qu'on les approche. Si l'on reste trop longtemps au milieu de ce rayonnement, on meurt de chagrin.

Peggy Sue utilisa le bas de son T-shirt pour s'essuyer les joues. Maintenant qu'elle était loin des rochers vivants, ses sanglots s'espaçaient. Le chien bleu avait lui aussi cessé de hurler comme un loup-garou atteint de dépression nerveuse.

— Alors, il va falloir les combattre de loin, haleta la jeune fille. Fabriquer une catapulte ou un lance-pierres géant. (Se tournant vers Sébastian, elle demanda :) Est-ce qu'on peut leur causer préjudice, au moins ?

— Oui, fit le garçon. Elles ressemblent à des pierres, mais leur carapace n'est pas plus solide que celle d'un crabe.

— Très bien ! gronda Peggy, dans ce cas allons dans l'atelier. Nous y trouverons bien de quoi construire une machine de guerre.

— J'aimerais mieux, siffla Sébastian. Je commence à sécher.

La couverture mouillée dont il était enveloppé fumait au soleil. Les trois compagnons se dépêchèrent de gagner l'abri du hangar. Là, ils passèrent trois heures à fabriquer un énorme lance-pierres monté sur roulettes, et utilisant des morceaux de chambre à air en guise d'élastique. Peggy Sue dut se débrouiller à peu près seule car ni le chien bleu ni Sébastian n'étaient en mesure de l'aider. Le premier parce que ses doigts menaçaient de s'émietter, le second parce qu'il ne disposait que de ses mâchoires pour saisir les objets. Enfin, après bien des déboires, la machine de guerre fut prête. Elle était aussi haute que Peggy et se trouvait fixée sur un chariot métallique.

— Allons-y, fit la jeune fille en s'essuyant les mains. Il est temps de gagner notre première bataille !

Les trois compagnons quittèrent le hangar pour

s'avancer vers l'armée des bêtes grises. Lorsqu'elle s'estima à bonne portée, Peggy ramassa une pierre, tendit l'élastique... et tira son premier projectile. Le caillou fit exploser la carapace d'un gros crabe à dos conique. De l'orifice ainsi creusé, s'échappa une fumée noire qui se dilua aussitôt dans le vent.

— Et d'un ! exulta Sébastian, celui-là est bon pour la réparation. Continue !

Dans la demi-heure qui suivit, Peggy Sue se dépensa sans compter. Les projectiles sifflaient, les carapaces explosaient telles des coquilles d'œuf. Lentes à réagir, les bêtes grises mirent un moment à comprendre ce qui leur arrivait. Quand elles eurent analysé le danger, elles concentrèrent leurs ondes mentales sur Peggy pour installer en elle un profond découragement.

— Ça ne sert à rien de continuer, soupira soudain la jeune fille. Elles sont bien trop nombreuses... Ce que je fais est idiot.

— Mais non ! protesta Sébastian. Cela, c'est ce qu'elles essayent de te faire croire, tu ne dois surtout pas les écouter.

Le chien bleu était entré, lui aussi, dans la tête de Peggy pour repousser les mauvaises idées diffusées par les bêtes grises. Toutefois, il commençait à se sentir fatigué et ses attaques mollissaient.

— J'ai envie de me coucher, bâilla-t-il. Mes yeux se ferment tout seuls.

— Moi aussi, balbutia l'adolescente. Mes yeux

se brouillent. C'est normal, nous n'avons dormi que deux heures aujourd'hui.

Elle continua néanmoins à se battre tant qu'elle fut en mesure de distinguer ses cibles, puis elle se laissa tomber au pied du lance-pierres.

— Ce n'est plus possible, bredouilla-t-elle, il faut que je dorme.

— Alors retournons dans le hangar, ordonna Sébastian. Ici, nous sommes trop près des bêtes, nous prenons leurs émissions de plein fouet.

Les trois complices firent demi-tour.

— N'empêche, lança le chien bleu à l'intention de sa maîtresse, tu t'es bien battue. Tu as dû en déglinguer une bonne trentaine.

— C'est formidable, renchérit Sébastian. Elles n'ont pas l'habitude qu'on leur résiste. D'ordinaire, les gens capitulent rapidement.

Une fois dans l'atelier, Peggy ferma la porte. Les ondes des mangeurs d'espoir continuaient à grésiller dans son esprit, lui ôtant toute envie de se rebeller.

— Sébastian, dit-elle, tu vas veiller sur nous. Ne nous laisse pas dormir trop longtemps. Secoue-nous toutes les heures.

— D'accord, fit le garçon. Mais elles sont beaucoup moins nombreuses désormais, et le danger s'est d'autant affaibli.

Peggy Sue l'entendit à peine, elle s'était recroquevillée sur le sol et voguait déjà vers le sommeil, le chien bleu blotti contre sa poitrine.

9

L'avion fantôme

Curieusement, ni Peggy ni le chien bleu ne firent de rêves tristes cette nuit-là. Tout se passa comme si les bêtes grises avaient décidé de les laisser en paix. Aux alentours de minuit, la jeune fille eut l'impression confuse que des événements étranges se déroulaient à l'extérieur, sur la piste d'envol ; toutefois, elle n'eut pas le courage de se lever pour aller voir, et se rendormit.

Au matin, elle avait mal partout d'avoir passé la nuit sur le sol. Elle se redressa en grimaçant, constata qu'elle avait faim.

Sébastian dormait lui aussi. Comme il n'avait pas été arrosé depuis longtemps, il ressemblait à une statue modelée avec du sable. Sa peau n'avait plus rien d'humain et l'on distinguait les grains qui la composaient.

« Il suffirait d'un courant d'air pour l'éparpiller, songea Peggy. Je dois trouver de l'eau pour le réhydrater. »

Au fond de l'atelier, elle dénicha un arrosoir à demi plein et l'utilisa pour asperger le garçon. Il aurait fallu davantage de liquide, néanmoins, cette première aspersion solidifia la structure interne du jeune fugitif. Au bout de quelques minutes, il parut moins fragile. Le chien bleu dressa le museau et flaira l'atmosphère.

— Il se passe quelque chose de bizarre, déclara-t-il mentalement.

— Quoi ? interrogea Peggy.

— Je ne sais pas... On dirait... On dirait que nous sommes seuls. L'air est plein d'une odeur inhabituelle.

Inquiète, la jeune fille fit coulisser la porte de l'atelier et sortit. La lumière l'aveugla. Au premier regard, elle sut que les bêtes grises étaient parties. Le grand lance-pierres gisait au milieu de la piste d'envol, écrasé, laminé, comme si une énorme roue lui était passée dessus. Intriguée, Peggy s'avança. Elle avait vu juste, de grandes traces de pneus maculaient la poussière.

« Un avion..., songea-t-elle, éberluée. Un avion s'est posé ici au cours de la nuit et nous n'avons rien entendu. Comment est-ce possible ? »

Le chien bleu la rejoignit. Il flaira les traces.

— C'est curieux, dit-il. Ce n'est pas une odeur appartenant à notre monde. On dirait quelque chose qui n'existe pas vraiment... et pourtant ça laisse des empreintes là où ça passe.

— Si c'est un avion, observa Peggy. Il est énorme.

— C'est un C47 Dakota, fit la voix de Sébastian derrière elle. Ils utilisent toujours le même appareil, un avion de transport de la Seconde Guerre mondiale, qui s'est perdu dans un mirage au début de la guerre du Pacifique.

— Tu le connais ?

— Oui, c'est lui l'avion fantôme dont tout le monde parle. Il sort du mirage, se pose ici pour prendre des passagers, et repart aussitôt d'où il vient... sinon il ferait comme moi : il tomberait en poussière.

Peggy Sue se raidit.

— *Prendre des passagers ?* répéta-t-elle. Que veux-tu dire ?

— Tu n'as pas encore compris ? soupira Sébastian. Il est venu chercher tes parents, ta sœur. Ils étaient mûrs pour le grand voyage. Les bêtes grises leur avaient miné la cervelle, ils n'aspiraient plus qu'à quitter cette terre.

Sans plus s'occuper du garçon, l'adolescente s'élança vers la tour de contrôle.

— Maman ! Papa ! Julia ! hurla-t-elle.

Elle parcourut vainement les diverses salles. Il n'y avait personne. Sa famille était partie en abandonnant tout derrière elle.

« Ils m'ont même oubliée... », constata-t-elle tandis que les larmes lui montaient aux yeux.

— Ils n'étaient plus dans leur état normal, dit le chien bleu pour la consoler. Tu ne te rappelles donc pas la manière dont ils scrutaient le ciel ces derniers jours ? Ils attendaient l'avion de minuit.

Sébastian les rejoignit d'un pas épuisé.

— Je m'effrite, murmura-t-il. Je sais bien que ce n'est pas le moment, mais il me faut de l'eau...

— Mes parents, gémit Peggy Sue, comment vais-je les retrouver ?

— Tu ne les retrouveras pas, à moins d'un miracle, souffla Sébastian. Il y a des centaines d'univers-mirages, je te l'ai déjà dit. On ne sait pas dans lequel d'entre eux l'avion fantôme les a emmenés. En admettant même que tu puisses les rejoindre, je ne suis pas du tout certain qu'ils auraient envie d'en sortir.

— Alors, je ne les reverrai jamais ?

— Tu es piégée, bel et bien piégée. Maintenant tu es forcée de prendre l'avion de minuit, toi aussi, et de ton plein gré. Plus besoin de t'envoyer les bêtes grises puisque tes parents sont retenus en otages.

Peggy Sue essuya ses larmes d'un revers de la main. La colère prenait le pas en elle sur la tristesse.

— C'est peut-être la meilleure solution, qui sait ? hasarda Sébastian. Si tu parvenais à réveiller le démon endormi, tu pourrais obtenir que tous ceux qui sont fatigués du pays des merveilles soient libérés sans conditions. Et qu'ils soient relâchés en bon état, sur cette piste.

— Mes parents aussi ?

— Tes parents, et tous les autres.

Peggy Sue hocha la tête.

— *Oh ! non*, pleurnicha le chien bleu, tu ne vas pas y aller ?

Si, lâcha l'adolescente, j'y suis bien forcée.

Sébastian fit la grimace.

— Alors je partirai avec toi, décréta-t-il. Sans quelqu'un pour t'aider tu ne survivrais pas longtemps là-bas.

Le chien bleu poussa un aboiement colérique. Il n'appréciait guère l'idée de s'envoler pour un autre monde.

— Moi, à ta place, je les laisserais là-bas ! s'emporta-t-il. Ils ne s'occupent pas tellement bien de toi... sans compter que Julia est infecte ! On se débrouillera très bien sans eux. Il faut les laisser là où ils sont, c'est une chance unique d'avoir enfin la paix !

Peggy ne jugea pas utile de se lancer dans une discussion.

— Je vais chercher de quoi t'asperger, dit-elle à Sébastian. Si nous partons ce soir, inutile d'épargner les réserves d'eau minérale.

Elle prit quatre bouteilles d'un litre dans l'armoire frigorifique et s'en revint les vider sur la tête du garçon.

— Il était temps, haleta celui-ci. Mes mains commençaient à s'émietter, regarde : je n'ai plus de petit doigt à la main gauche, il est tombé en poussière.

— Tu as mal ? s'enquit Peggy.

— Non, pas pour l'instant. Ça sera différent une fois à l'intérieur du mirage.

— C'est comment, là-bas ? demanda la jeune fille. Tu dois tout me dire maintenant.

Sébastian grimaça. Mal lui en prit, car les traits

de son visage n'avaient plus la mobilité de la chair, et sa mimique mit une éternité à s'effacer.

« On dirait une statue qui essaye de changer d'expression », pensa Peggy en détournant les yeux.

— Là-bas, dit l'adolescent, *c'est la guerre*... une guerre impitoyable. Les humains se divisent en deux clans : ceux qui refusent de voir ce qui se passe autour d'eux pour continuer à s'amuser bêtement... et ceux qui ont décidé de réveiller le démon par tous les moyens.

— Et comment réveille-t-on ce fichu démon ?

— Pour le moment personne n'a réussi. Il faut se glisser dans le jardin magique et localiser l'endroit où il dort. Mais avant cela, il faut triompher des pièges installés par ses serviteurs. C'est un parcours mortel. Aucun de mes amis n'en est revenu.

Le chien bleu poussa un nouvel aboiement.

— Raison de plus pour ne pas mettre les pattes là-bas ! lança-t-il.

Peggy Sue fit comme si elle ne l'entendait pas. Du bout des doigts, elle effleura la main granuleuse de Sébastian.

— Merci de m'accompagner, chuchota-t-elle.

— Sans toi le vent m'aurait déjà éparpillé aux quatre coins du désert, dit le garçon avec une gêne évidente. C'est bien normal que je te rende la pareille, et puis... et puis je t'aime bien.

Peggy Sue rougit. C'était la première fois qu'un garçon lui disait ce genre de choses.

Le chien bleu, vaincu, poussa un gémissement et se cacha le museau dans les pattes.

— De quoi aurons-nous besoin ? demanda la jeune fille.

— De rien... sinon de notre courage, soupira Sébastian. Là-bas, les lois naturelles ont peu de rapport avec celles d'ici. Tu verras une fois sur place. Quand nous serons au pays des rêves, ne t'éloigne jamais de moi. Je m'appliquerai à t'enseigner les règles du jeu. Quand j'aurai fini, soit tu seras capable de te débrouiller toute seule... soit tu seras morte.

— D'accord, fit Peggy, quand partons-nous ?

— Cette nuit, dit lugubrement le garçon. L'avion va revenir nous chercher. Il est probable que d'autres personnes seront du voyage.

— D'autres personnes ?

— Oui, des gosses des environs. L'avion leur annonce son prochain passage au moyen de rêves prémonitoires. Ils s'échappent alors de chez eux pour venir au rendez-vous.

*

La journée leur parut longue. Sébastian s'était enveloppé dans sa couverture mouillée et gardait le silence, le chien bleu boudait. Comme chaque fois qu'il était en colère les taches noires de son pelage viraient à l'indigo. Peggy Sue ne cessait de se demander où se trouvait sa famille.

Enfin, la nuit tomba. La lune se leva pour briller d'une lueur inhabituelle. On eût dit qu'elle s'appliquait à éclairer la piste à la manière d'un énorme projecteur.

— C'est un signe, grommela Sébastian. L'avion ne va plus tarder. Tu vas voir... C'est un Dakota. Un appareil de l'ancien temps. Un C47 Dakota.

Peggy Sue s'était toujours étonnée de l'avidité avec laquelle les garçons s'appliquaient à retenir les détails techniques. Pour elle, un avion était gros ou petit, bleu ou rouge... et c'était suffisant !

Enfin, un point argenté se mit à palpiter dans l'obscurité du ciel.

— C'est lui, haleta Sébastian.

— On... on dirait qu'il est transparent, bredouilla Peggy. Regarde, il a l'air d'être en cristal.

Le gros bimoteur à hélices descendait doucement vers la piste avec la grâce d'une plume portée par le vent.

— Il est énorme... souffla Peggy, et pourtant si fragile.

L'avion venait de toucher le sol. Il était entièrement translucide, comme modelé dans du verre. Son fuselage, ses hélices, ses roues, tout avait l'apparence du cristal le plus fin.

Alors, Peggy Sue prit conscience que des inconnus se pressaient aux abords de la piste. Des enfants, mais aussi des grandes personnes. Ils ne parlaient pas. Le visage vide, le regard halluciné, ils fixaient l'avion fantôme surgi du néant.

— Ils meurent d'impatience de monter à bord,

siffla Sébastian. Les pauvres, s'ils savaient ce qui les attend au bout du voyage.

Une porte s'ouvrit sur le fuselage de l'appareil. Une rampe d'accès se déploya, sortie on ne savait d'où. En haut des marches, une hôtesse de l'air souriante apparut. De sa main gantée de blanc, elle salua la foule des passagers. Elle était très jolie.

— Allons-y, fit Sébastian en se redressant. En route pour l'enfer.

10

Le voyage immobile

Peggy Sue avala sa salive avec difficulté. Le chien bleu avait les oreilles plaquées sur la tête en signe d'intense frayeur. La foule se précipita vers la passerelle, bousculant les trois compagnons. Tous couraient, terrifiés à l'idée que l'avion puisse repartir sans eux. Les hôtesses, souriantes, accueillaient les passagers avec une extrême gentillesse.

— Allons-y, décida Peggy. Grimpons dans cet engin du diable avant qu'il n'y ait plus de place.

— Ho ! pour ça pas de danger, ricana amèrement Sébastian. C'est un avion comme tu n'en as jamais vu.

Ils montèrent à bord et les hôtesses leur indiquèrent leurs places. Les sièges étaient innombrables. On se serait cru dans un cinéma. Peggy trouva la chose étrange. D'ordinaire les avions n'étaient pas si grands ! La travée centrale séparant les fauteuils semblait s'étirer à l'infini, telle une route parcourant une prairie.

— Nous allons décoller, annonça l'une des hôtesses d'une voix chantante. Nous espérons que le voyage vous plaira. Si vous le désirez, des salles de jeux sont à votre disposition à l'arrière de l'appareil. N'hésitez pas à les utiliser.

« Des salles de jeux ? » s'étonna Peggy Sue.

On ne lui demanda pas d'attacher sa ceinture. D'ailleurs il n'y avait pas de ceinture. Curieusement, il lui sembla que le grand Dakota de cristal restait immobile alors que la terre s'éloignait. Aucune vibration, aucun bruit de moteur n'était perceptible. « Les hélices ne tournent même pas ! » réalisa soudain la jeune fille. Elle regarda entre ses pieds, à travers le fuselage transparent. Déjà, la tour de contrôle paraissait si petite qu'elle aurait pu tenir sur une carte à jouer. Cela faisait un drôle d'effet d'être ainsi suspendue dans les airs dans un bibelot de verre.

— Combien de temps dure le vol ? demanda-t-elle à Sébastian avachi dans le siège voisin.

Le garçon haussa les épaules.

— Ça dépend, bâilla-t-il. Il faut attendre qu'un mirage s'entrouvre. Le plus souvent c'est assez rapide, mais parfois ça peut prendre des semaines, voire des mois. C'est pour ça que l'avion est si spacieux.

— Des mois ? glapit Peggy.

— Tu ne t'en rendras pas compte, ici, le temps ne s'écoule plus de la même façon.

— On n'aurait jamais dû se lancer dans cette aventure, grogna le chien bleu. Nous allons le regretter.

Peggy Sue quitta son siège pour explorer l'avion. La plupart des passagers en avaient fait autant, et les hôtesses observaient cette cohue, un sourire indulgent aux lèvres. Peggy avait beau marcher, elle ne parvenait pas au bout de l'allée séparant les fauteuils. Plus elle avançait, plus la porte reculait. Quand elle regarda par-dessus son épaule, elle eut du mal à distinguer Sébastian et le chien bleu tant ils se trouvaient loin d'elle. Décontenancée, elle finit par pousser le battant de verre dépoli. Des rires et des éclaboussures l'accueillirent. Derrière la porte s'ouvrait une piscine où barbotaient déjà les jeunes passagers.

— Une piscine..., hoqueta Peggy. Dans un avion ?

Mais elle n'était pas au bout de ses surprises. Quand elle s'approcha du bassin, elle vit que des dauphins nageaient au milieu des enfants. Des dauphins apprivoisés.

Elle fit un pas en arrière. Tout cela était magique... mais guère rassurant.

Désireuse d'en savoir plus, elle traversa la piscine et ouvrit une nouvelle porte. Le souffle lui manqua. Elle se trouvait maintenant dans une prairie bleutée où les enfants chevauchaient des poneys. Il y avait de l'herbe, des fleurs, des collines... et même, tout au fond, une vieille maison d'où montait une odeur de tarte aux pommes sortant du four. À vue d'œil, elle estima que la lande faisait deux kilomètres de long. Avait-on jamais entendu parler d'un avion mesurant 2 000 mètres du nez au bout des ailerons ?

— Si tu le désires tu peux emprunter l'un des

poneys, lui dit gentiment une hôtesse. Ils savent chanter... et celui-ci est parfumé à la vanille. Si tu lui tords l'oreille droite il te racontera des histoires.

Peggy battit en retraite, estimant qu'elle en avait assez vu.

Elle regagna son siège. Sébastian lui jeta un regard moqueur.

— Ne t'effraie pas pour si peu, lui lança-t-il, ce n'est rien à côté de ce qui nous attend à l'arrivée.

Un peu plus tard, les hôtesses demandèrent aux passagers ce qu'ils désiraient manger. Elles accueillaient les exigences les plus saugrenues avec la même bonne humeur, comme si rien n'était impossible. Un enfant réclama trois kilos de glace au chocolat, un autre une tarte aux fraises d'un mètre de diamètre. Ils obtinrent satisfaction dans la minute qui suivit.

Lentement, la physionomie de l'avion se modifia. Il perdit sa belle transparence. De l'herbe commença à pousser sur le plancher, et des nuages se dessinèrent au plafond.

— Nous arrivons, expliqua Sébastian. L'appareil est en train de *devenir* le pays où nous allons. Le mirage le transforme. Quand la métamorphose sera achevée, nous n'aurons même pas à emprunter de passerelle pour sortir, et les sièges où nous sommes assis deviendront des bancs de square. L'avion fantôme permet de voyager en restant immobile.

Les choses se déroulèrent comme il l'avait annoncé. Le Dakota perdit progressivement ses formes. Tout d'un coup, il n'y eut plus ni ailes ni hélices. Peggy et ses compagnons se retrouvèrent assis dans un square aux pelouses roses qu'un jardinier ratissait à l'aide d'un curieux outil : une main de bois géante fixée au bout d'un long manche.

— Que fait-il ? s'étonna la jeune fille.

— Ici, les pelouses sont vivantes, expliqua distraitement Sébastian. Elles aiment bien qu'on leur gratte le dos. Venez, tout cela n'est qu'un décor pour rassurer les immigrants. Si vous voulez réellement servir à quelque chose il faut rejoindre la zone de guerre.

11

Les Minuscules

Peggy Sue avait l'estomac serré. Elle ne pouvait s'empêcher de regarder autour d'elle dans l'espoir d'apercevoir ses parents, sa sœur. Il y avait là beaucoup de gens : des adultes, des enfants, des jeunes, qui tous allaient et venaient, souriants, des rollers aux pieds, ou grimpés en équilibre sur une planche à roulettes. L'ambiance générale était celle d'un bord de plage. Des fanions claquaient au vent, on entendait le bruit de la mer et la musique de manèges invisibles. Des mouettes planaient au-dessus des toits.

— Elles sont phosphorescentes, commenta Sébastian. Elles brillent dans le noir.

Un peu plus loin, d'autres personnes faisaient la queue près d'un remonte-pente, leurs skis sur l'épaule...

— La mer à la montagne ? s'étonna la jeune fille.

— Et l'hiver en été, compléta Sébastian. Ici, tout est conçu pour satisfaire le visiteur. Si nous avions le temps de visiter, je te ferais voir certaines rues de la ville où il neige en permanence et où l'on fête Noël tous les soirs. Cent mètres plus loin, c'est la canicule, et les gens brunissent en slip de bain sur leur pelouse. Il y a des quartiers où l'on vit comme au temps des cow-boys... d'autres où l'on porte des armures, et ainsi de suite. Là-bas se trouve une piste de décollage pour cerfs-volants vivants. On se cramponne à leurs pattes et ils vous emmènent sur les nuages.

— Sur les nuages ? glapit Peggy Sue.

— Oui, beaucoup de gens font du ski sur les nuages, ils prétendent que ça glisse mieux que la neige. Mais il ne faut pas se laisser duper par cette atmosphère de vacances.

— Tu dis qu'il y a la guerre, intervint le chien bleu, pourtant les gens ne semblent pas particulièrement inquiets.

— C'est vrai, admit le garçon. Cela tient à ce que la mémoire des habitants du mirage est trafiquée pour oublier les choses tristes.

— Mais toi, tu t'en souviens..., remarqua Peggy.

— Oui, parce que je suis là depuis trop longtemps, expliqua Sébastian. Au bout de quelques dizaines d'années, le filtre magique n'opère plus, et l'on voit la réalité telle qu'elle est. (Il s'arrêta pour montrer du doigt les multiples pâtisseries qui jalonnaient la rue.) Ces boutiques distribuent gratuitement des gâteaux et des bonbons qui effacent les souvenirs désagréables. Si vous en mangez, vous ne serez plus inquiets. Peggy oubliera ses parents, sa sœur, et ne songera plus qu'à s'amuser. Elle croira être ici depuis une semaine alors que quinze années terrestres se seront écoulées.

— C'est un piège, grommela le chien bleu.

— Exact, admit Sébastian. Voilà pourquoi vous devez être prudents et m'écouter. De ce côté, il existe un quartier où l'on peut devenir ce qu'on veut : un gosse peut se changer en locomotive ou en tigre à rayures vertes, une fille en garçon, un chien en président des États-Unis. Il suffit pour cela d'avaler quelques pilules magiques. Nous sommes ici dans ce qu'on appelle « la ceinture des rêves ». Les effets de la guerre n'y sont pas visibles. Les choses vont se gâter au fur et à mesure que nous nous enfoncerons au cœur du mirage.

L'adolescent pressa le pas, comme s'il avait hâte de sortir de ce territoire où régnait l'illusion. Tandis que Peggy Sue s'attardait pour regarder les vitrines, il la réprimanda.

— Ne traîne pas ! lança-t-il, ou tu vas être contaminée. On s'accoutume vite à ce bonheur frelaté.

La jeune fille se secoua, elle venait de lire une affiche où s'étalait la mention :

DEVENEZ L'ANIMAL DE VOTRE CHOIX !
LOCATION DE COSTUMES VIVANTS !

Sa curiosité en fut éveillée. Elle tenta d'y résister. (Tout cela n'était pas sérieux, on n'avait pas de temps à perdre, il fallait...)

N'empêche ! c'était plus fort qu'elle, elle devait aller voir de quoi il retournait. Quand elle en parla à Sébastian, le garçon poussa un soupir.

— C'est normal, fit-il. J'étais comme toi quand

j'ai débarqué. Le mieux c'est d'y aller tout de suite sinon ça finira par devenir une obsession, et tu seras incapable de te concentrer sur les choses importantes.

Longeant la plage, ils prirent la direction de la falaise. Une bicoque en planches y trônait, au milieu d'une lande de fougères bleues. À l'intérieur, des costumes poilus, plumeux ou écailleux pendaient sur des cintres. On se serait cru dans l'une de ces officines qui louent des accoutrements bizarres pour Halloween. Un homme s'avança, il avait la barbe teinte en rose et une couronne sur la tête.

— Salut, dit-il, je suis Puff, le roi du déguisement vivant. C'est pour qui ?

— Pour la demoiselle, indiqua Sébastian.

— Et qu'a-t-elle envie de devenir, la demoiselle ? s'enquit le fripier. Un poisson, une sirène, une biche ?

Peggy Sue examina les costumes. Elle les trouva plutôt minables. On aurait dit de méchants déguisements de location mangés aux mites. Plumes ou écailles, tout était terne.

— Comme ça, ils ne font pas trop d'effet, admit l'homme. Mais une fois qu'on est dedans, tout change. Il ne faut pas se fier aux apparences.

L'adolescente se sentait un peu idiote. Elle saisit un cintre où pendait un costume d'oiseau aux plumes multicolores.

— On dirait un pyjama de bébé, pouffa-t-elle. Il a même une fermeture Éclair sur le ventre.

— Enfile-le, murmura l'homme à la barbe rose, et tu changeras d'avis.

Pressée d'en finir, Peggy obéit. Le regard trop sérieux de Sébastian la gênait.

— Qu'y a-t-il ? interrogea-t-elle. Tu as l'air contrarié.

— Ce n'est pas sans danger, répondit le garçon.

— Tu m'as affirmé que la mort n'existait pas à l'intérieur du mirage, lança Peggy. Ce n'est pas vrai ?

— Si, confirma Sébastian. Mais le risque est ailleurs... Ces habits magiques ne sont pas éternels. Ils s'usent vite, et, quand ils ont épuisé leur énergie, ils se désagrègent. Si tu es encore en l'air quand cela se produira, tu tomberas comme une pierre. Ne te laisse pas griser par la sensation de liberté qui va te tourner la tête. Essaye de rester assez lucide pour atterrir dès que le costume donnera des signes de fatigue.

La jeune fille tira la fermeture à glissière jusque sous son menton. « Je dois avoir l'air d'une crétine ! songea-t-elle. Une gamine de cinq ans qui se déguise pour Mardi gras ! »

— Parfait ! Parfait ! s'exclama le fripier. Tu es jolie comme un cœur... ou plutôt comme une mouette ! À présent cours sur la falaise... et jette-toi dans le vide. Le costume fera le reste.

— Je dois me jeter dans le vide ? hoqueta Peggy.

— Mais oui, mais oui..., répéta le barbu rosâtre.

Tu verras, c'est super-génial ! Ne t'angoisse pas, ma belle, le costume sait ce qu'il faut faire.

Ne voulant pas passer pour une peureuse, Peggy Sue sortit du magasin et s'élança sur la lande, en direction de la mer.

— Nous sommes dans un mirage, ânonna-t-elle pour se donner du courage. Tout-est-ma-gi-que, il ne peut rien m'arriver.

Le bout de la falaise se rapprochait. Serrant les dents, elle plongea dans l'abîme. Pendant une seconde, en sentant la terre se dérober sous ses pieds, elle crut qu'elle allait piquer droit dans la mer, puis les ailes de tissu se déployèrent... et elle se mit à voler, vraiment, comme un oiseau.

C'était incroyable ! Jamais elle n'avait éprouvé une sensation aussi extraordinaire. Elle ne pesait plus rien, elle tourbillonnait dans les airs.

Elle se mit à décrire des figures compliquées, des loopings, des lacets. Elle monta, monta, comme si elle voulait donner un coup de pied au soleil...

Rien ne comptait plus, que le ciel et la lumière, et cet azur que ses ailes brassaient dans un chuintement de soie déchirée...

Soudain, alors qu'elle amorçait un nouveau piqué, elle vit ses plumes se détacher. Par paquets entiers ! Le vent les emportait ! Presque aussitôt, elle entendit les coutures du déguisement craquer. L'habit magique était en train de se défaire, de partir en lambeaux.

« Ce n'est pas possible, pensa-t-elle. Il... il y a à peine cinq minutes que j'ai quitté la falaise ! »

Elle comprit alors qu'elle avait perdu la notion du temps. C'était cela le grand piège du mirage, l'illusion fatale : on ne voyait pas les heures passer. Les horloges paraissaient immobiles.

Elle regarda au-dessous d'elle et poussa un cri d'horreur. Elle était à plus de mille mètres du sol ! Qu'allait-il se passer si elle se mettait à tomber comme une pierre ?

Brusquement, le costume lui fut arraché par une bourrasque. Il était si usé qu'il s'effilochait. Privée de tout support, Peggy piqua vers la terre avec un hurlement de terreur.

Alors qu'elle se voyait déjà réduite en miettes, elle percuta un petit nuage qui dérivait tranquillement à mi-hauteur. Bien blanc, onctueux, il n'était guère plus grand qu'un canot de sauvetage.

Elle eut l'impression de s'aplatir sur un matelas rempli de fumée. La nuée se révéla un peu collante, mais parfumée à la vanille. Peggy Sue en eut vite plein les cheveux. Les doigts poisseux, elle s'approcha du bord pour jeter un coup d'œil en bas. Elle planait à cinq cents mètres du niveau de la mer. La ligne blanche de la falaise se dessinait, fort loin à l'horizon, et si le vent continuait à souffler, elle allait s'éloigner de ses amis chaque minute davantage.

« Et maintenant, songea-t-elle avec amertume. Que suis-je censée faire ? »

Certes, elle ne mourrait ni de faim ni de soif,

mais que se passerait-il si le nuage l'emmenait à l'autre bout d'un univers dont elle ignorait tout ?

« Je suis naufragée, se dit-elle. La seule particularité, c'est qu'au lieu d'un canot pneumatique je dispose d'un nuage apprivoisé. »

Cela ne la rassurait pas vraiment.

Devait-elle rassembler son courage et sauter dans le vide ?

« D'accord, réfléchit-elle, si je fais ça, je vais plonger droit dans la mer. Qu'arrivera-t-il ensuite ? Vais-je m'enfoncer dans les abîmes ? Vais-je flotter pendant des années avant de m'échouer sur une plage ? »

Dans un monde où l'on ne pouvait pas mourir, tout devenait possible, mais elle était assez peu emballée à l'idée de nager au hasard durant les cinq prochaines années !

— Je devrais sauter maintenant, murmura-t-elle. Avant que la côte ne soit trop éloignée. Si j'attends plus longtemps, je ne disposerai d'aucun point de repère et je ne saurai plus quelle direction prendre.

Malgré cela, elle restait indécise. Paralysée par le vertige.

Et pendant ce temps, le nuage continuait à dériver.

Apercevant un groupe d'enfants-oiseaux en approche rapide, elle se crut sauvée. Elle se dressa et agita les bras en essayant de conserver son équilibre.

— Hé ! cria-t-elle. Venez m'aider ! Je suis coincée, je ne sais plus comment redescendre...

Les enfants passèrent tout près en riant très fort. Ils lui jetèrent un coup d'œil distrait et poursuivirent leur route, comme si de rien n'était.

« Ils s'en fichent ! pensa Peggy Sue. Ils sont tellement plongés dans leur jeu que rien n'a plus d'importance pour eux. »

Elle commençait à se désespérer quand la voix mentale du chien bleu grésilla dans sa tête.

— Tu es là ? ronchonnait-elle. Où étais-tu passée ? Cela fait des heures que je te cherche au hasard des longueurs d'ondes ! Nous étions très inquiets.

Peggy se dépêcha de lui raconter sa mésaventure.

— Sébastian dit que tu as trop attendu, expliqua l'animal. Le déguisement a fini par se dissoudre. C'est un accident, hélas, très fréquent. Des dizaines d'enfants se perdent ainsi, chaque semaine. Ils tombent dans la mer et les courants les emportent. Ils ne se noient pas, mais dérivent éternellement, au gré des vagues. Certains d'entre eux restent parfois dix ou vingt ans ballottés par les remous avant d'être rejetés sur une plage. C'est mortellement ennuyeux.

— Ne me dis pas que je vais rester coincée vingt ans sur ce nuage poisseux ! hoqueta Peggy.

— Non, fit le chien bleu. Sébastian a trouvé une barque. En ce moment nous voguons dans ta direction. Nous allons te récupérer.

— Je n'aurai jamais le courage de sauter dans le vide, haleta l'adolescente, c'est trop haut !

— Pas la peine, expliqua l'animal. Creuse dans l'épaisseur du nuage. Sébastian dit que tu devrais normalement dénicher un coffre de survie. Dedans, il y a une échelle de corde magique. Quand tu la jetteras dans le vide, elle s'étirera automatiquement pour couvrir la distance dont tu auras besoin pour atteindre la barque. Mais attention ! Ne la sors pas trop tôt, car sa durée d'utilisation ne dépasse pas quinze minutes. Passé ce délai, elle s'effilochera, comme le déguisement, tout à l'heure... et tu tomberas.

— Est-ce que je me blesserai en touchant l'eau ? s'inquiéta Peggy Sue.

— Non, marmonna le chien après s'être renseigné. Mais Sébastian dit qu'en rebondissant sur les vagues, tu pourrais t'en trouver déformée... et que ça ne serait guère joli.

— *Déformée ?* coassa Peggy. Qu'est-ce que tu veux dire ?

— Je veux dire : la figure aplatie comme une balle de ping-pong sur laquelle un éléphant vient de poser la patte, par exemple, répondit l'animal d'un ton gêné. Cela ne t'empêcherait pas de vivre... seulement de te regarder dans les glaces. Pour une fille, c'est embêtant.

— Super ! maugréa l'adolescente. J'essayerai de ne pas rater mon coup. En attendant je vais vous guetter.

— Notre embarcation a une voile jaune, dit obligeamment le chien bleu.

Peggy Sue s'efforça de prendre son mal en patience. Il ne lui avait pas fallu longtemps pour trouver le coffre de secours. Elle en avait brièvement soulevé le couvercle pour s'assurer de la présence de l'échelle de corde. À présent, elle se tenait agenouillée au bord du nuage, une main en visière au-dessus des sourcils pour repérer le bateau salvateur.

Il arriva enfin. Quand il jeta l'ancre juste au-dessous du nuage, Peggy lança l'échelle dans le vide.

En dépit du vent qui s'obstinait à lui rabattre le T-shirt sur la tête, les choses se passèrent bien, et elle atteignit le canot avant que l'échelle de corde ne disparaisse.

— Alors, fit Sébastian en mettant le cap vers la falaise. Tu t'es bien amusée ?

Peggy Sue choisit de ne pas répondre.

Elle commençait à comprendre que les divertissements du pays des merveilles n'étaient pas forcément de tout repos.

*

Dès qu'ils eurent touché terre Sébastian s'élança dans une rue en pente. Il marchait vite ; Peggy Sue avait du mal à le suivre. À l'horizon, elle distingua une sorte de barrière géante qui s'étirait d'un bout à l'autre du paysage. Une barrière blanche, en bois, munie d'une petite porte et d'une mignonne boîte aux lettres... *mais aux dimensions colossales*.

— On dirait la barrière d'un jardin de banlieue, observa le chien bleu. Le jardin d'un géant.

— C'est vrai, balbutia Peggy. La boîte aux lettres est suspendue à cent mètres du sol, et elle est aussi grosse qu'une maison de dix étages.

La barrière blanche n'avait rien d'inquiétant en elle-même, à part sa taille inaccoutumée. À côté d'elle, le reste de la ville paraissait minuscule. Les habitations avaient l'air de maisons de poupées.

— C'est le jardin du démon endormi, fit Sébastian d'une voix sourde. C'est là que nous irons, quand vous en saurez davantage sur les dangers qu'il recèle.

Derrière la barrière se dressait un château, blanc lui aussi, avec des tours plantées en tous sens.

— Bizarre, remarqua Peggy. On dirait un arbre dont les branches pousseraient n'importe comment...

— C'est vrai, renchérit le chien bleu. Aucun architecte n'a pu bâtir un manoir comme ça, à moins d'être complètement fou. Regarde : il y a des dizaines de tourelles qui sortent des murs. Et d'autres tours par-dessus les tours. Les murs ne sont même pas droits.

Comme Sébastian ne disait rien, les deux complices en furent réduits à se perdre en suppositions.

— À partir de maintenant faites attention où

vous mettez les pieds ! annonça l'adolescent d'un ton qui n'admettait pas la réplique. Nous entrons dans la zone de guerre. Il n'est plus question de rêves bleus.

Peggy Sue allait se rebeller — elle n'aimait pas, en effet, que les garçons lui donnent des ordres — quand elle aperçut un panneau métallique planté sur le trottoir. On pouvait y lire la mention suivante :

Attention aux Minuscules. Danger de piétinement !

— Regarde ça, lui souffla mentalement le chien bleu. Tout est en train de rétrécir. Les maisons sont ici beaucoup plus petites que dans la zone des rêves.

— Tu as raison, répondit Peggy. Et c'est de pis en pis au fur et à mesure qu'on se rapproche de la barrière blanche. Tout au bout de la rue les bâtiments sont à peine plus grands que des boîtes à chaussures.

C'était insolite. Même les voitures garées au long des trottoirs prenaient peu à peu les dimensions d'un jouet.

— Qu'est-ce que ça signifie ? demanda Peggy à Sébastian. C'est encore une illusion ?

— Hélas non ! soupira le garçon. C'est l'un des premiers effets de la guerre. Je vais vous présenter le général en chef, il vous expliquera cela mieux que moi. Ne vous moquez pas de lui et prenez au sérieux tout ce qu'il dira. Votre survie en dépend. Nous ne sommes pas ici pour nous amuser.

À présent, la taille des maisons diminuait de plus en plus. Les toits ne dépassaient pas l'épaule de Peggy Sue. Arrivé devant une bâtisse d'allure officielle, Sébastian s'agenouilla pour cogner sur la façade avec son index recourbé.

La porte du rez-de-chaussée s'ouvrit et une grand-mère à cheveux gris apparut, ses lunettes au bout du nez. *Elle mesurait à peine vingt centimètres*.

— Voilà, annonça Sébastian. C'est Peggy Sue et le chien bleu. Je pense que vous êtes impatiente de les voir puisque vous vous êtes donné tant de mal pour les attirer ici.

— C'est vrai, mon garçon, admit la femme minuscule. (Se tournant vers la jeune fille et son chien, elle dit :) Bonjour ! Je me présente, je suis Mamie Pickaboo, je suis le chef suprême des armées dans la zone de guerre.

Il fallait tendre l'oreille pour comprendre ses paroles car sa voix faisait penser au couinement d'une souris. Peggy Sue était si surprise qu'elle se contenta de bredouiller un salut embarrassé.

— Je n'ai pas toujours été comme ça, déclara la drôle de petite femme. En débarquant dans le mirage j'avais une taille normale, mais les choses sont allées de travers. Le démon endormi s'est mis à faire des cauchemars, et les règles de notre monde s'en sont trouvées perturbées. Je me suis mise à rapetisser. C'est ce qui se passe quand on reste trop longtemps ici : on devient minuscule.

— Mais pourquoi ? balbutia Peggy.

— Le démon s'alimente de notre substance, dit la générale. Il pompe de ce côté de la barrière la matière dont il a besoin pour son jardin. En résumé : plus le jardin grandit, plus la ville et ses occupants rapetissent. Le monde du mirage ne dispose que d'une certaine quantité de matière. Il ne peut se dilater. Si l'on veut développer quelque chose on est forcé de réduire une masse de matériau équivalente. C'est la règle du « ni plus ni moins ».

Elle pointa sa main miniature vers le château aux mille tourelles qui se dressait très loin, derrière la barrière colossale.

— Cette forteresse croît comme une plante, dit-elle. Chaque jour il lui pousse une nouvelle tour. Et cette tour se développe à nos dépens, en nous confisquant un peu de matière. Voilà pourquoi nous rétrécissons. Ce qui est enlevé ici va s'ajouter là-bas. L'équilibre du mirage demeure, mais nous devenons de plus en plus petits.

— Mais pourquoi le démon a-t-il besoin d'agrandir son château ? questionna Peggy.

— Parce qu'il pousse lui aussi, soupira Mamie Pickaboo. Il grandit en dormant. Si le château ne suivait pas le même mouvement, le démon se retrouverait comprimé entre ses murs comme dans une coquille trop étroite. Il étoufferait, mourrait... et ce serait la fin des univers nés de ses rêves. S'il meurt nous mourrons tous. Nos destins sont liés.

— C'est comme un chevalier qui grandirait à

l'intérieur de son armure, commenta Peggy. Si l'armure ne faisait pas la même chose, il serait fichu.

— Oui, grommela le chien bleu. Ou comme un cabot dans mon genre qui se mettrait à gonfler à l'intérieur de sa niche, jusqu'à devenir aussi gros qu'un bœuf...

— Le château ne peut pas craquer sous la poussée du géant qui se développe, continua la générale. Il est normalement conçu pour être indestructible et protéger le démon contre toutes les agressions. C'est pourquoi il est forcé de grandir aussi vite que son occupant. L'ennui...

— C'est qu'il se fournit en matière chez vous, compléta Peggy Sue.

— Tu as tout compris, soupira Mamie Pickaboo. L'extension du jardin implique la compression de la ville. C'est une règle de base qu'il faut apprendre par cœur, comme si tu étais à l'école.

— Mais, en ce qui nous concerne..., commença Peggy.

— Vous avez déjà commencé à rétrécir, lâcha implacablement la générale Pickaboo. À la minute même où vous êtes sortis de la zone des rêves, les molécules qui vous composent ont entamé leur processus de compression. Je suis certaine que vous mesurez déjà un ou deux millimètres de moins que dans le monde réel.

À cette nouvelle, Peggy sentit un frisson déplaisant lui remonter le long du dos.

— Voilà pourquoi il ne faut pas lambiner, assura Mamie Pickaboo. Plus vous attendrez, plus vous rapetisserez. Si vous devenez trop petits, vous serez totalement désarmés une fois de l'autre côté de la barrière.

Peggy Sue avait la gorge serrée. Elle regarda en direction du château. Elle eut la surprise de voir une autre tourelle éclore au sommet d'un rempart. D'abord protubérance informe dans la pierre du chemin de ronde, la masse se développa à la manière d'un cactus qui bourgeonne, prenant l'apparence d'une tour surmontée d'un toit conique.

— Pour vous prouver que je n'invente rien, reprit Mamie Pickaboo, je vais vous présenter l'ancien général du district, celui qui commandait la zone des combats avant moi.

Entrant dans la maison de poupée qui lui tenait lieu d'habitation, elle ouvrit une commode, fouilla dans un tiroir pour en tirer une boîte grande comme un timbre poste. Revenant sur le perron, elle en ôta le couvercle, démasquant une chose inidentifiable qui s'agitait au fond du coffret.

— Voilà, dit-elle tristement, je vous présente Barnaby Selfridge. Ou du moins ce qu'il en reste. Dans quelques mois je serai comme lui... et vous, vous serez déjà plus petits que cette maisonnette. Nous avons réellement besoin de toi, Peggy Sue. Nous savons que tu te bats depuis des années contre les fantômes, et, plus d'une fois, tu les as tenus en échec. Nous te demandons aujourd'hui de nous aider. Tu es habituée aux prodiges, tu sais déjouer les maléfices... Tous les soldats que nous avons expédiés là-bas étaient inexpérimentés. Pas un n'en est revenu. C'est pour cette raison que nous t'avons tendu ce piège. Pour te contraindre à nous prêter main-forte.

— Où sont mes parents, ma sœur ? siffla la jeune fille.

— Quelque part dans l'un des univers créés par les rêves du démon, répondit la générale. Tous possèdent une porte qui ouvre sur ce jardin. Ce château est la racine commune. La racine du mal. Ta seule chance de les retrouver est de réveiller le démon et d'obtenir qu'il mette fin aux aberrations qui prolifèrent autour de nous. Si tu parviens à passer un accord avec lui, tu récupéreras tes parents.

— Ont-ils déjà commencé à rétrécir ? insista Peggy.

— Sans doute, soupira Mamie Pickaboo. L'extension du château nécessite de gros apports de matière. (Elle fit une pause avant d'ajouter :) Maintenant Sébastian va te mener au camp d'entraînement où l'on t'enseignera les rudiments de la survie en territoire ennemi.

Un peu abasourdie, Peggy Sue prit congé de la générale qui réintégra sa maison de poupée après force remerciements.

— Faites très attention où vous posez les pieds, répéta Sébastian. Nous sommes désormais sur le territoire des Minuscules. C'est le nom des gens qui vivent en bordure de la barrière, à la lisière du jardin, là où le phénomène de compression se fait le plus durement sentir. Ils n'aiment pas tellement nous voir déambuler dans les parages, ils ont peur que nous les écrasions par inadvertance. Ce sont les plus anciens habitants du mirage. Ceux qui ne se sont pas contentés de rester dans la zone des rêves mais ont voulu en savoir davantage sur cet univers bizarre. Maintenant ils ne peuvent plus revenir en arrière, les gens de la « grande » ville sont trop insouciants, trop égoïstes pour se donner la peine de regarder où ils posent leurs semelles, ils les écraseraient sans même s'en rendre compte.

Peggy Sue osait à peine mettre un pied devant l'autre, quant au chien bleu, il flairait le sol, espérant détecter la présence de ces étranges créatures.

— Là-bas, dit Sébastian en désignant la barrière géante, les maisons sont à peine plus grandes que des boîtes d'allumettes, et leurs occupants ont l'air de fourmis. Le plus grave c'est que le phénomène va s'étendre progressivement à toute la ville. À la fin, même la zone des rêves sera compressée. Tous les prisonniers des mirages seront miniaturisés pendant que le château deviendra de plus en plus colossal.

Peggy ne dit rien, elle était trop occupée à scruter le sol. Les toits des immeubles ne montaient pas plus haut que ses genoux.

— Le camp d'entraînement est par là, expliqua Sébastian. Ouvrez grandes vos oreilles et ne jouez pas les malins, vous avez tout à apprendre si vous voulez avoir une chance de revenir vivants.

Sur le sol, certaines parties de la chaussée avaient été peintes en jaune, et se trouvaient séparées du reste de la voie publique par un petit muret de brique haut d'une vingtaine de centimètres.

— Ces chemins sont réservés aux Minuscules, expliqua Sébastian. Nous ne devons pas y pénétrer. Mais si tu y regardes de plus près, tu verras que sur la route jaune, on a tracé une route bleue... Elle est destinée aux Minuscules encore plus petits que la générale Pickaboo. Et si tu te penches encore un peu plus, tu distingueras une route orange peinte sur la route bleue...

— Elle est réservée aux Minuscules qui sont plus petits que les Minuscules qui sont plus petits que les Minuscules ?

— C'est ça, approuva l'adolescent. Les Minuscules se départagent selon leur degré de rapetissement. Il y a les Minuscules 1, les Minuscules 2, et ainsi de suite...

Pendant qu'ils marchaient, ils croisèrent plusieurs groupes d'adultes à différents stades de miniaturisation. Certains mesuraient cinquante centimètres, d'autres trente, d'autres encore à peine vingt. Les plus petits ne cessaient de regarder en l'air, de peur de se faire écraser par les plus grands.

— C'est ce qui nous attend si nous restons trop longtemps si près de la barrière, soupira Sébastian. Le pire, c'est qu'on ne s'en rend pas compte puisque les vêtements rétrécissent en même temps que les corps.

Ils atteignirent enfin le camp d'entraînement où se trouvaient parqués les enfants soldats. Peggy Sue vit tout de suite qu'en dépit de leur âge, les filles et garçons de seize ans étaient beaucoup plus petits qu'elle.

— C'est parce qu'ils ne se décident pas à s'engager sur le champ de bataille, commenta Sébastian. Ils sont là depuis trop longtemps. Ils payent le prix de leurs hésitations.

Le camp se composait de tentes militaires. Quelques-unes étaient encore assez grandes, mais la plupart semblaient avoir été conçues pour des poupées.

— On se regroupe par taille et on ne se mélange pas, fit Sébastian. C'est la règle.

Peggy Sue s'assit dans l'herbe après en avoir inspecté chaque brin de peur d'aplatir quelqu'un.

— On dirait des souris, grommela le chien bleu. Ils m'agacent à courir comme ça sous mon nez, ça me donne envie d'en croquer quelques-uns, juste pour voir le goût qu'ils ont.

— Garde-t'en bien ! lui ordonna Peggy. Ce sont des êtres humains.

— Si tu le dis..., soupira l'animal, peu convaincu.

Un coup de sifflet interrompit les conversations.

— Silence ! cria d'une voix de fausset un petit homme en uniforme de caporal grimpé sur une estrade. Le colonel Baldwin va maintenant vous expliquer comment est bâti le jardin, et les créatures que vous risquez d'y rencontrer.

— Zut ! grogna un garçon près de Peggy, nous revoilà à l'école !

Le caporal debout sur l'estrade fouilla dans sa poche pour en tirer une boîte d'allumettes. Il posa cette boîte sur une table, l'ouvrit... Quelque chose de très petit apparut au centre du tiroir. C'était le colonel Baldwin, le chef des opérations en zone ennemie. Il se mit à parler, mais sa voix ressemblait au bourdonnement d'une mouche. Il fallut brancher un amplificateur pour que l'assemblée puisse comprendre le sens de ses paroles.

— Ne vous moquez pas, jeunes gens, fit-il d'un ton sans réplique. Si vous ne montez pas au combat, vous serez aussi petits que moi d'ici trois semaines... Je ne me fais pas d'illusion sur le sort qui m'attend. Quand je serai devenu microscopique, les acariens du premier tapis venu me dévoreront. J'y suis moralement préparé. À vous de voir si vous avez envie de subir le même sort.

Une rumeur parcourut l'assemblée.

— Derrière la barrière s'étend le jardin, continua le colonel. Il est défendu par des serviteurs sans pitié qui vous traiteront comme si vous étiez des taupes, des rats, des parasites. Nous n'avons aucune carte précise des lieux, car au fil des mois, les massifs se sont transformés en une jungle inextricable. L'obsession des jardiniers, c'est l'eau... Il faut énormément d'eau pour arroser une telle masse végétale. Cette eau, ils vont la pomper à l'extérieur. Dans le monde réel. C'est pour cette raison que les déserts s'étendent. Les mirages utilisent des animaux-réservoirs pour pomper les mares, les étangs, les lacs... Bientôt, ils s'attaqueront aux différents océans, et la Terre ne sera plus qu'une boule de glaise desséchée. Ces animaux-citernes sont aussi gros que des dinosaures, ils peuvent vous piétiner sans même s'en apercevoir...

« Charmant ! » songea Peggy Sue. La voix du colonel continua à résonner dans le haut-parleur.

« Le pauvre homme, se dit Peggy Sue, en fait, il ne sait pas grand-chose de ce qui se passe derrière la barrière blanche. »

— Le danger peut surgir de n'importe où, répétait l'orateur, pour les jardiniers-soldats, vous serez pareils à des oiseaux venus picorer les fruits.

— Quelle est l'utilité de ces fruits ? demanda Peggy en levant la main.

— Ils servent à nourrir le démon endormi, expliqua le colonel par l'entremise de l'amplificateur. Les jardiniers en font la cueillette et l'alimentent durant son sommeil. Voilà pourquoi on veille jalousement sur eux.

Peggy Sue baissa la main.

— Aurons-nous des armes ? interrogea un garçon. Des fusils ? Des épées ?

— Non, répondit le colonel du fond de sa boîte d'allumettes. Pas d'armes, elles ne serviraient à rien. Les seules armes dont vous disposerez seront la ruse et l'intelligence.

L'adolescent grogna, mécontent.

— Dans ce cas, souffla-t-il à son voisin, je ne

mettrai pas les pieds là-bas, je préfère retourner dans la zone des rêves.

Joignant le geste à la parole, il se leva et quitta l'assemblée. Six autres garçons l'imitèrent.

— Y a pas de soldat sans fusil ! grommelaient-ils, ça n'a pas de sens.

— Voilà, soupira Sébastian, ça finit souvent de cette manière. Ils viennent jouer à la guerre sans avoir réellement conscience de ce qui est en jeu. Quant à ceux qui franchissent la barrière, ils se conduisent comme des fanfarons, si bien que les jardiniers-sentinelles n'ont aucun mal à les repérer.

La séance d'instruction s'acheva par une distribution de livrets explicatifs où figuraient plusieurs plans du jardin.

— Ces documents sont déjà anciens, murmura Sébastian. Regarde : à cette époque le château était moins grand qu'aujourd'hui.

Peggy n'eut pas de mal à le vérifier. Les tours de la forteresse qui se dressait à l'horizon semblaient prêtes à égratigner le ventre des nuages.

Le colonel rangé au fond de sa boîte, les participants se dispersèrent.

— Il faut aller s'équiper pour la nuit, dit Sébastian. C'est à la tombée du jour que le jardin se lance à l'assaut de la ville.

— Comment ? interrogea Peggy.

Sébastian désigna les interstices entre les planches de la barrière géante.

— Les plantes..., dit-il, elles faufilent leurs

racines par là, comme les tentacules d'une pieuvre. Elles viennent voler des choses... ou des gens.

— Pourquoi ?

— Parce qu'elles sont impatientes et qu'elles jugent le transfert de matière trop lent.

— Tu veux dire qu'elles estiment que nous ne rapetissons pas assez vite ?

— Oui... alors, comme elles ont besoin de matière pour donner naissance à de nouveaux fruits, elles volent ce qui leur tombe sous le tentacule. Des enfants, principalement.

— Qu'en font-elles ?

— Elles les transforment... en fruits. Les adultes, eux, sont changés en légumes. Je ne plaisante pas. Leurs racines sont hérissées de dards, si elles te piquent, leur venin s'infiltre en toi, le venin de la métamorphose. Si un bananier te mord à la cheville, tu deviens banane au bout de trois jours, à moins de disposer du contrepoison.

— Une banane géante ?

— Une banane géante que le démon mangera en dormant, dès que les jardiniers l'auront cueillie.

Dans la baraque réservée à l'équipement, un sergent d'une quarantaine d'années — mais qui était déjà plus petit qu'eux — leur remit des faucilles.

— Attention ! recommanda-t-il. Elles sont aiguisées de ce matin. Et n'oubliez pas les trousses de sérums antivenimeux. On y a rajouté un antidote contre les morsures d'ananas, les griffures de pomme de terre et les piqûres de radis.

Les trois amis saluèrent le sergent et gagnèrent

la tente qui leur avait été attribuée. Le tapis de sol était en métal, Peggy Sue s'en étonna.

— À cause des racines..., expliqua Sébastian. De cette façon, elles ne peuvent pas creuser par en dessous.

La jeune fille, guère rassurée, s'assit sur l'un des lits de camp.

— Dors en gardant ta faucille à la main, recommanda Sébastian. Si, dans la nuit, tu sens quelque chose te tirer par les pieds, c'est un tentacule végétal. N'hésite pas à le couper.

— D'accord, fit Peggy Sue d'une voix étranglée.

Elle s'étendit sans se déshabiller.

Elle était assez inquiète à l'idée de ce qui risquait de se passer. Le chien bleu vint se coucher près d'elle. Il ne cessait de flairer les odeurs en provenance du jardin.

— Là-bas tout est vivant, dit-il au bout d'un moment. Ça grouille, ça s'impatiente... J'entends des choses qui progressent sous la terre. Ça creuse, comme des dizaines de taupes qui viendraient dans notre direction.

— Ce sont les racines, confirma Sébastian qui, les mains croisées sous sa nuque, contemplait le mât de la tente. Elles sont déjà à l'œuvre. Elles ont repéré notre présence. Elles adorent les gens de notre taille. Les Minuscules ne les intéressent pas, ils feraient des fruits trop petits.

— Avons-nous vraiment commencé à rapetisser ? demanda de nouveau Peggy.

— Ouais, sans doute, bâilla le garçon. Mieux vaut ne pas trop y penser.

Un groupe d'adolescents passa devant la tente, ils semblaient décidés à quitter le camp.

— Ils renoncent ? s'enquit Peggy Sue.

— C'est fréquent, dit Sébastian. Quand les gens prennent conscience qu'ils sont devenus plus petits que les nouveaux arrivants, ça leur fiche la frousse, alors ils repartent à l'arrière, avec l'espoir de retrouver leur taille initiale. Mais ça ne sert à rien. Personne ne peut récupérer les centimètres qu'on lui a volés.

— Au moins ils arrêtent de rapetisser, grommela le chien bleu. Moi, ça ne m'emballe pas d'être à pleine plus gros qu'une souris.

— Quand va-t-on nous ordonner de passer de l'autre côté de la barrière ? s'enquit Peggy.

— Personne ne nous donnera un ordre de ce genre, répliqua l'adolescent. C'est à nous d'en prendre la décision. Ici, on ne force pas les soldats à monter à l'attaque. On y va quand on se sent le courage d'y aller.

— Je n'en ai pas le courage mais j'irai tout de même, dit Peggy. Je dois retrouver mes parents avant qu'on ne les range dans une boîte d'allumettes.

Cette idée ne lui donnait pas du tout envie de rire.

Elle ferma les yeux, gagnée par le sommeil. Elle n'était pas encore accoutumée aux prodiges du mirage et ne bénéficiait pas de l'inépuisable énergie dont Sébastian faisait preuve. Elle posa sa tête sur l'oreiller rudimentaire du lit de sangles. La crainte de rapetisser pendant la nuit continuait à la hanter. Elle aurait voulu prendre des repères, disposer d'un mètre ruban... mais c'était idiot puisque le mètre ruban aurait lui aussi rétréci pendant qu'elle dormait !

Elle bascula dans le sommeil, bercée par la voix lointaine de Sébastian qui passait en revue les principes de survie à observer de l'autre côté de la barrière.

12

Combat nocturne

Peggy Sue se réveilla au beau milieu de la nuit, en même temps que le chien bleu.

— Il va se passer quelque chose, lui souffla mentalement l'animal. C'est imminent.

La jeune fille chercha la faucille, qu'elle avait lâchée pendant son sommeil. D'un pas prudent, elle s'avança sur le seuil de la tente. Le ciel nocturne, à l'intérieur du mirage, était assez impressionnant. Les étoiles qui brillaient, accrochées à la voûte céleste, n'avaient pas toutes la même couleur. Certaines étaient bleues, d'autres rouges. Elles ne clignotaient pas au même rythme, et la plupart faisaient de la musique. De temps en temps, elles s'arrangeaient pour s'allumer de manière à former des mots lumineux, comme une enseigne publicitaire. Elles disaient : *Amuse-toi !* ou écrivaient des onomatopées : *Bing ! Clang ! Splash !*

D'en bas, on avait l'impression d'une fête foraine lointaine. Peggy n'eut pas le temps de les admirer car un cri d'épouvante résonna soudain.

— Les racines ! hurla un garçon. Alerte ! Elles arrivent ! Elles...

Son cri fut coupé net, comme si quelque chose

l'avait happé au passage. Aussitôt, une panique indescriptible s'empara du campement dont les occupants se mirent à fuir en tous sens. Peggy Sue plissa les yeux, essayant de s'y retrouver dans ce tumulte. Elle parvint à distinguer de longs tuyaux s'agitant dans l'obscurité. Des sortes de tentacules qui fouettaient l'air et exploraient les environs à tâtons. Les enfants fuyaient devant ces bras végétaux dépourvus d'yeux qui fouillaient les tentes en quête d'une proie.

Sébastian vint la rejoindre, la faucille à la main.

— Elles viennent chercher la matière première pour leurs nouveaux fruits, grogna-t-il. Généralement elles prennent les garçons pour faire des bananes ou des ananas ; les filles pour fabriquer des abricots ou des mangues. Essaye de ne pas te faire piquer, leur dard est situé juste au bout de la racine, comme sur la queue d'un scorpion.

— Nous avons du contrepoison..., fit remarquer Peggy qui cherchait à se rassurer.

— Oui, mais si le venin est vraiment fort, on ne parvient pas à enrayer complètement le processus de transformation. J'ai eu un copain dont la peau empestait la banane et dont les doigts s'épluchaient. Et j'ai aussi connu une fille dont les cheveux s'étaient changés en feuilles de laitue. Ce n'était pas trop génial.

Brusquement, on cogna sous leurs pieds. Une racine tentait de percer la plaque de tôle servant de tapis de sol. Peggy serra les dents. Le chien bleu, perdant la tête, se mit à aboyer comme un forcené et à courir en cercle, cherchant un ennemi à mordre. Quand il s'agissait de se battre, il était toujours le premier.

Peggy Sue eut peur qu'il ne soit emporté par une liane. Malgré son fichu caractère, elle l'aimait de plus en plus.

Dans un geyser de poussière brune, une racine sortit du sol, juste devant la jeune fille. On eût dit le tentacule d'une pieuvre dont la peau aurait eu la texture de la pomme de terre. Une aiguille d'os d'où gouttait une sève vénéneuse se dressait tout au bout du fouet végétal. La main crispée sur la poignée de la faucille, Peggy fendit l'air d'un mouvement du bras droit. La lame trancha le dard une seconde avant qu'il ne la frappe.

— Bien joué ! haleta Sébastian, tu es plus forte que je ne croyais.

Dans la demi-heure qui suivit, les deux adolescents se battirent comme des diables pour repousser les assauts des lianes vénéneuses. Tout autour d'eux, des cris de panique éclataient. À plusieurs reprises, Peggy vit des enfants disparaître de l'autre côté de la barrière, enlevés par des racines qui s'étaient enroulées autour d'eux pour les ligoter. Les pauvres gosses avaient beau crier, il était impossible de leur venir en aide. Une fois qu'elles avaient saisi leur proie, les lianes se rétractaient pour rejoindre le jardin en tirant leurs prisonniers derrière elles.

Brusquement, le calme revint.

— C'est fini, souffla Sébastian. Elles ne reviendront pas avant demain soir. Tu n'as rien ? Tu n'as pas été piquée ? Et le chien ?

Le chien bleu allait bien. Il s'acharnait sur une racine qu'il avait réussi à sectionner d'un coup de dents.

— Pouah ! grogna-t-il, en plus elles ont un goût infect !

*

L'attaque avait dévasté le campement. Les tentes, arrachées de leurs piquets, étaient en loques. Plusieurs adolescents gémissaient en se tenant la jambe ou le bras. Ils avaient été piqués. Les infirmiers s'affairaient autour d'eux pour leur injecter des doses massives de contrepoison.

— Ils ne sont pas tirés d'affaire, murmura Sébastian en s'épongeant le front. J'ai connu un garçon dont le sang s'était changé en jus de raisin. Ça attirait les guêpes qui n'arrêtaient pas de l'attaquer. Plus tard, le sang s'est mis à fermenter dans ses veines pour devenir du vin, si bien qu'il était tout le temps ivre mort !

— Arrête, avec ces histoires horribles ! s'impatienta Peggy. C'est comme ça tous les soirs ?

— Presque. Et ce sera pareil quand nous serons dans le jardin. Le seul moyen de tromper les racines, ce sera de se frotter avec le jus des fruits qui poussent là-bas. De cette façon, elles nous prendront peut-être pour des ananas. C'est un camouflage efficace. Encore faut-il pouvoir mettre la main sur un fruit et le presser. Là-bas, chaque arbre est surveillé, chaque buisson protégé.

— J'ai réfléchi à une chose, déclara Peggy Sue. Plus nous attendons, plus nous rapetissons, exact ?

— Exact.

— Donc, plus nous rapetissons, plus nos enjambées seront courtes, et plus il nous faudra de temps pour atteindre le château.

— Toujours exact. Et plus nous passerons de temps dans le jardin, plus les jardiniers-soldats auront de chances de nous attraper.

La jeune fille hocha la tête.

— Alors il faut partir demain, décida-t-elle. Nous improviserons au fil de la route. À mon avis tu en sais autant que ce colonel minuscule qui bourdonne au fond de sa boîte d'allumettes.

— Je suis d'accord, fit Sébastian. Je pense que nous formerons une bonne équipe.

Pendant l'heure qui suivit, ils prêtèrent main-forte aux équipes qui essayaient de remettre le campement sur pied. L'attaque des racines vénéneuses avait provoqué une vague de désertions, et de nombreux adolescents — brutalement réveillés de leurs rêves guerriers — refluaient en désordre vers la zone où l'on s'amusait de manière moins dangereuse.

— C'est bien là le problème, soupira Sébastian, beaucoup viennent ici avec l'espoir de rigoler un bon coup. Ils se croient dans un jeu vidéo. Dès les premiers assauts, ils déchantent.

Peggy Sue se rendit à la baraque d'équipement pour réclamer deux sacs à dos et du matériel de survie.

— Vous n'avez pas suivi le cycle complet de formation, protesta le sergent. Vous ne survivrez pas une heure de l'autre côté de la barrière.

— Allons donc ! ricana la jeune fille. Ceux qui ont suivi votre enseignement jusqu'au bout sont-ils revenus ?

— Non, avoua le sergent.

— Vous voyez ! conclut Peggy en s'éloignant.

De retour à la tente, elle donna l'un des sacs à Sébastian.

— Alors, c'est décidé ? s'enquit le garçon.

— Oui, lâcha l'adolescente. Il est temps de se jeter à l'eau avant d'être devenus des nains. Je me sens déjà plus petite qu'en arrivant. Chaque fois que je regarde la barrière, elle me semble plus haute.

— On passera la frontière à l'aube, dit Sébastian. Dès qu'on sera de l'autre côté, il faudra se frotter la peau avec le jus des premiers fruits que nous rencontrerons, cela déroutera les jardiniers.

— Ils ne verront pas la différence ?

— Non, ce ne sont pas des êtres humains. Ils se fient uniquement à leur odorat.

*

Quand l'aube se leva, les étoiles se mirent toutes à crier : « Au revoir, à ce soir ! Nous vous aimons ! » Leurs mille petites voix, affaiblies par la distance, se mélangeaient, donnant naissance à une cacophonie étrangement cristalline.

Puis elles s'éteignirent à la même seconde, comme si l'on avait actionné un interrupteur.

— On y va ! lança Peggy en se redressant.

D'un seul mouvement, les trois compagnons se dirigèrent vers la barrière géante qui barrait l'horizon. Le cœur de la jeune fille se mit à battre plus vite. Une rumeur s'éleva dans le campement, et des doigts se tendirent pour désigner ces fous qui, sans attendre la permission de leurs supérieurs, se jetaient dans l'aventure.

— Voilà encore des petits malins qu'on ne reverra pas de sitôt ! souffla quelqu'un sur le passage de Peggy Sue.

13

Le territoire interdit

L'adolescente ne put retenir un frisson lorsqu'elle se faufila entre deux planches disjointes. Dès qu'on franchissait cette ligne frontière, on posait le pied dans un monde gigantesque où toutes les dimensions semblaient multipliées par 100 ! Le moindre brin d'herbe avait la taille d'un arbre, les pelouses se changeaient en véritables forêts. Il n'était guère facile de retrouver son chemin. Un grondement étrange et continu faisait trembler le sol.

— Qu'est-ce que c'est ? demanda Peggy.

— C'est le bruit de l'herbe qui pousse, expliqua Sébastian, des feuilles qui se déplient pour recevoir la lumière, des fleurs qui s'ouvrent.

— On dirait une usine qui se met en marche ! s'esclaffa Peggy Sue. Jamais je n'aurais pensé que la nature puisse être aussi bruyante. Ça n'a rien de reposant.

— L'ennui, dit l'adolescent, c'est que les boussoles sont inutiles puisqu'il n'y a pas de pôle magnétique. Et comme l'herbe nous bouche la vue, on se met vite à tourner en rond. Il faut progresser en direction du château, mais ici nous sommes dans un creux, et les arbres nous cachent l'horizon. De temps à autre il faudra grimper sur quelque chose pour faire le point et s'assurer que nous ne tournons pas le dos à notre destination.

« C'est vrai qu'il est facile de se perdre, songea Peggy, tout se ressemble, et les brins d'herbe sont si serrés qu'il est difficile de circuler entre eux. »

Les odeurs végétales étaient tellement fortes que la tête vous en tournait.

— J'ai l'impression d'être tombé dans une assiette de potage ! grommela le chien bleu. C'est à vous dissuader de devenir un ruminant !

Le vent faisait bouger l'herbe, ce qui se révélait assez dangereux car si l'on se retrouvait coincé entre deux fougères, on était pris dans une pince et l'on entendait ses os craquer.

Il fallut escalader une côte abrupte au sommet de laquelle on tomba nez à nez avec une dizaine de tomates dont la plus grosse avait la taille d'une maison de trois étages. Sébastian sortit son couteau pour l'inciser.

— Allez-y ! commanda-t-il, frottez-vous avec son jus. Si nous rencontrons un jardinier, il suffira de rester immobile pour qu'il nous prenne pour des pommes d'amour occupées à mûrir au soleil.

Peggy Sue et le chien bleu obéirent.

— Ça suffit, souffla Sébastian, trempé de la tête aux pieds par le liquide rougeâtre. À partir de maintenant il faut être prudent. Nous sommes dans un potager, cela signifie que nous allons fatalement croiser un jardinier.

Peggy hocha la tête ; l'appréhension lui nouait l'estomac.

Ils venaient à peine de se remettre en marche, que Sébastian poussa un cri d'alerte.

— Ennemi droit devant ! haleta-t-il, ne bougez plus... ne parlez pas. Essayez de penser que vous êtes des tomates heureuses de se prélasser au soleil.

« Facile à dire ! » songea Peggy Sue qui, jusqu'alors, ne s'était jamais imaginée dans la peau d'une tomate... heureuse ou non.

Elle s'agenouilla sur le sol et s'immobilisa, les yeux grands ouverts pour essayer de localiser d'où venait le danger. Tout d'abord elle ne vit rien, car le jardinier se confondait avec la végétation environnante. C'était une créature de taille colossale, mais curieusement habillée de feuilles de maïs tressées. Sa tête était minuscule, ronde. Sa peau évoquait la chair ridée d'une vieille pomme. Elle n'avait pas de mains au sens habituel du terme : son poignet droit se prolongeait en un étrange sécateur d'os, son poignet gauche en une pelle creuse, elle aussi façonnée en corne. À la place des pieds, elle avait deux râteaux.

« C'est une créature-outil, songea Peggy Sue. On l'a conçue pour exécuter un certain travail, rien de plus. »

L'un des pieds-râteaux se posa devant elle. Il ressemblait à une patte pourvue d'innombrables griffes. Sur la face ronde du jardinier, les narines palpitaient, analysant les odeurs. Les yeux se réduisaient à deux pépins. La main-pelle descendit pour effleurer les tomates, cherchant à isoler celles qui étaient mûres.

Peggy Sue eut soudain peur que l'odeur du jus dont elle était enduite ne trompe le jardinier.

« Pourvu qu'il ne lui vienne pas l'idée de me ramasser ! » pensa-t-elle tandis que la panique s'emparait d'elle.

Heureusement, la créature s'éloigna ; ses pieds, qui ratissaient l'allée, dessinaient des lignes parallèles au milieu des gravillons.

Quand elle eut disparu derrière un boqueteau, Sébastian sortit de son immobilité.

— Il y en a d'autres, souffla-t-il. Chacune est spécialisée dans un domaine particulier. Il y a les semeuses, les ramasseuses... et surtout celles qui chassent les parasites.

— Tu parles de nous ? fit Peggy.

— Oui, les jardiniers nous considèrent comme des nuisibles, des pucerons, des taupes ou des limaces.

Le chien bleu avait le poil hérissé. Le géant aux mains en forme de sécateur l'avait glacé d'effroi.

— Nous en croiserons d'autres, répéta Sébastian. Ne vous mettez jamais à courir, ne criez pas. Si vous voulez survivre, appliquez-vous à imiter les légumes.

Ils reprirent leur progression à travers les hautes herbes. Au sommet de la colline, ils s'étendirent à plat ventre pour observer le paysage. Peggy Sue en fut éblouie. Le jardin était si grand qu'il semblait courir jusqu'à la ligne d'horizon. Il se composait d'une succession de massifs et de pelouses vastes comme des pays. Elle eut l'impression d'être en train de contempler un globe terrestre pendant un cours de géographie. Les allées sablonneuses séparaient chacun de ces « continents » comme auraient pu le faire des océans. C'était tout à la fois très beau... et effrayant.

— Nous sommes trop petits, souffla-t-elle, il va nous falloir des années pour traverser une pareille étendue ! J'aurai trente ans quand j'arriverai enfin à la porte du château !

— Peut-être pas, fit le chien bleu, je crois que c'est une illusion d'optique destinée à nous décourager.

— Possible, grogna Sébastian. Le jardin est rempli de pièges bizarres.

Il se tut, car un animal incroyable venait d'apparaître au tournant d'une allée. En raison de sa taille, Peggy Sue crut qu'il s'agissait d'un dinosaure.

— C'est une citerne vivante, expliqua Sébastian. Tu vois sa trompe ? Quand le mirage ouvre ses portes sur la réalité, l'animal-citerne la projette par l'ouverture et se met à pomper l'eau des mares, des fleuves... des océans même ! L'eau est un problème majeur ici, car, au fur et à mesure qu'il s'étend, le jardin nécessite des arrosages de plus en plus importants.

Peggy Sue observa la bête gigantesque qui se dandinait dans l'allée. Elle ne paraissait pas méchante. Au bout de son cou de brontosaure, sa tête se balançait, toute petite. Comme les éléphants, elle possédait une trompe, mais cette trompe — pour l'instant roulée sur son poitrail — était incroyablement longue et faisait penser à ces lances d'incendie utilisées par les pompiers.

— Tu vois, chuchota Sébastian, ses flancs sont ridés et flasques parce que son ventre est vide. Elle attend avec impatience la prochaine halte dans la réalité pour se remplir. Alors sa bedaine deviendra énorme, car la bête engloutira des tonnes et des tonnes d'eau. Elle peut tout avaler, même de l'eau de mer, son estomac filtre le sel et la rend douce.

— Que fait-elle lorsqu'elle est pleine ? s'enquit Peggy.

— Elle se transforme en arrosoir et vaporise son contenu sur le jardin, là où c'est utile. Il faut faire attention aux gouttes d'eau. Quand elles tombent de si haut et qu'elles sont aussi grosses, elles peuvent t'aplatir comme le ferait un rocher.

— La bête n'est pas mauvaise, observa le chien bleu. Elle n'a même pas conscience de notre présence. Elle ne se préoccupe que de la soif des plantes.

— Il faudra tout de même faire attention de ne pas nous fourrer dans ses jambes, fit remarquer Peggy Sue.

Le monstre s'éloigna en faisant trembler le sol Six paires de pattes musculeuses soutenaient son interminable ventre. Peggy l'imagina, lançant sa trompe dans la réalité par l'entrebâillement du mirage, et pompant l'eau des oasis, des sources.

— Il y en a tout un troupeau, ajouta Sébastian. Heureusement, on les entend approcher. Elles ne s'écartent jamais des allées pour ne pas risquer d'abîmer les plantations.

Les trois compagnons se relevèrent avec l'intention de se déplacer le plus possible à l'abri des hautes herbes.

« Il faudra franchir pelouse après pelouse, songea Peggy. Ce ne sera pas facile. »

Le château blanc lui semblait terriblement éloigné, une brume diffuse le masquait en partie, mais il suffisait de le fixer pendant trois ou quatre minutes pour voir son apparence se modifier.

« Il ne cesse jamais de pousser... », réalisa l'adolescente.

À n'en pas douter, il aurait bientôt la taille d'une chaîne de montagnes et boucherait l'horizon. À force de gagner en hauteur, les neiges éternelles s'installeraient sur ses remparts... et pendant ce temps, tout ce qui ne faisait pas partie du jardin continuerait de rétrécir.

Le chien bleu se figea. Une curieuse petite maison se dressait devant eux, fabriquée à partir d'herbe tressée et de morceaux d'écorce. À l'intérieur, Peggy découvrit des sacs à dos semblables au sien, ainsi que des vêtements éparpillés.

— Un campement, souffla-t-elle. Probablement abandonné.

— Oui, dit Sébastian. Cet abri a sans doute été bâti par les garçons et les filles qui nous ont précédés. Où sont-ils à présent ?

Le chien bleu flaira les sacs de couchage posés sur le sol.

— Personne n'a dormi dedans depuis longtemps, déclara-t-il. C'étaient des enfants de votre âge, mais ils étaient en train de perdre l'esprit... je le sens. Un maléfice était sur eux.

Peggy Sue fit rapidement le tour des lieux. Les anciens occupants avaient fui en oubliant derrière eux les objets les plus utiles : couteaux, pelles, lampes de poche.

— Que s'est-il passé ? murmura-t-elle. Tu crois qu'on les a attaqués ?

— Non, fit le chien bleu. Il n'y a pas d'odeur de bataille, mais je flaire un relent de sorcellerie... C'est comme un bonbon acidulé fourré à la moutarde.

— Il fallait s'y attendre, soupira Sébastian, de nombreux adolescents nous ont précédés ; on ne les a jamais vus revenir.

Tout à coup, Peggy remarqua un carnet tombé par terre. Les pages étaient couvertes d'une écriture enfantine qui débordait des lignes. Elle le ramassa.

Sur le premier feuillet, elle lut :

Je m'appelle Sarah, j'ai quinze ans, ceci est le journal de voyage que je vais m'efforcer de tenir tout au long de notre expédition. Ce matin, à l'aube, nous avons franchi la barrière pour entrer dans le jardin. Mike et Kevin m'accompagnent. Nous n'avons aucune idée de ce qui nous attend.

Peggy Sue feuilleta rapidement le carnet. Elle nota que l'écriture se dégradait pour devenir illisible. Seuls quelques mots, çà et là, restaient déchiffrables :

Peur... le jardinier a coupé la tête de Mike avec son sécateur... maléfices... les fruits...

Un frisson d'angoisse lui hérissa les cheveux sur la nuque.

— Ils n'ont pas tenu bien longtemps, marmonna Sébastian qui avait lu par-dessus son épaule. À peine quatre jours en territoire ennemi.

Peggy Sue continua sa lecture. La pauvre Sarah s'était manifestement obstinée à poursuivre la rédaction de son journal alors même que ses mains tremblaient au point de changer son écriture en un gribouillis dépourvu de sens.

On ne s'en rend pas compte tout de suite..., lut-elle. *Ça vous prend sournoisement... se méfier. Mais le moyen de faire autrement ?*

Sur l'avant-dernier feuillet elle lut : *Attention ! Danger ! Ne commettez pas la même erreur que nous...*

L'ultime page du journal ne comportait qu'une ligne, tracée, elle, d'une belle écriture régulière, et qui disait :

Maintenant je suis heureuse, je n'ai plus peur du tout, je sais que tout va aller pour le mieux. C'était stupide de lutter, tellement stupide !

Cette affirmation effraya Peggy Sue plus que tout ce qui précédait.

Que s'était-il passé ? Pourquoi Sarah avait-elle brusquement cessé d'avoir peur ?

Elle regarda autour d'elle. Point n'était besoin d'avoir beaucoup d'imagination pour se représenter les heures de terreur que Sarah avait dû passer dans la cabane, à écouter se rapprocher le pas des sentinelles aux pieds en forme de râteaux.

(Le jardinier a coupé la tête de Kevin avec son sécateur...)

— Ne restons pas ici, décida Peggy Sue. Ce n'est pas un endroit sûr.

Sébastian haussa les épaules.

— Je sais pourquoi les jardiniers les ont repérés, lança-t-il, ils ont simplement oublié de se frotter régulièrement le corps avec le jus d'un fruit ou d'un légume. Leur camouflage était imparfait. Les odeurs végétales s'évaporent vite avec cette chaleur, c'est pourquoi il faut recommencer les applications plusieurs fois par jour.

Et, tirant son couteau de son fourreau, il marcha vers une pomme de terre aussi grosse que lui et l'entailla.

Après avoir prélevé un gros quartier sur le légume, il s'en frictionna. Quand il eut terminé, il tendit le fragment à Peggy.

— Tiens, ordonna-t-il, fais comme moi.

— Ça sent la terre, protesta le chien bleu.

— Justement, grogna le garçon, l'important c'est que ça masque notre odeur naturelle.

Peggy obéit. Le jus de la pomme de terre dégageait un parfum fade de cave ou de sous-bois. Elle s'en barbouilla le visage, les mains, les jambes. L'amidon déposa un film poisseux à la surface de sa peau. C'était désagréable. Quand elle dut faire subir le même sort au chien bleu, l'animal protesta.

— Ça sent mauvais ! grogna-t-il. Et puis ça va tacher ma cravate !

Avant de s'éloigner de la cabane, elle glissa le carnet dans sa poche. Peut-être, en l'étudiant de près, parviendrait-elle à le déchiffrer ?

Elle jugeait Sébastian trop sûr de lui — comme tous les garçons ! —, elle était persuadée qu'il aurait mieux valu se montrer prudent. Étudier les environs au lieu de foncer comme si l'on participait à une course contre la montre.

(Le jardinier a coupé la tête de Kevin avec son sécateur...)

Çà et là, entre les herbes, elle apercevait des objets abandonnés par les jeunes gens qui les avaient précédés. Des chaussures... des pulls... Elle tremblait à l'idée de se retrouver nez à nez avec un squelette ou quelque chose de ce genre.

Soudain, elle crut discerner une forme entre les herbes géantes. C'était celle d'une jeune fille roulée en boule, les yeux fermés. « Sarah ! » pensa-t-elle immédiatement. Elle courut vers l'adolescente avec l'espoir qu'elle était toujours en vie.

Quand elle s'agenouilla près de l'inconnue, elle

vit que celle-ci — sans doute dans l'espoir de se dissimuler — s'était à moitié enterrée dans le sol.

— Sarah ? appela-t-elle. Sarah, c'est toi ? J'ai trouvé ton carnet de voyage... Tu m'entends ?

— Elle respire, observa Sébastian. Elle a l'air endormie. Il faut la sortir de ce trou.

— Non ! glapit le chien bleu, ne la touchez pas ! Elle est ensorcelée.

Mais ni Peggy ni Sébastian ne prêtèrent attention à cet avertissement. Ils essayaient tous deux de ranimer la jeune fille en lui tapotant le visage.

Celle-ci se mit à gémir.

— Laissez-moi, marmonna-t-elle. Passez votre chemin ou sinon j'appelle le jardinier. Vous n'avez pas le droit de me cueillir...

— Sarah ! insista Peggy. C'est bien toi qui as écrit ce journal ?

L'adolescente consentit enfin à soulever les paupières. Son expression était maussade, visiblement elle n'appréciait guère qu'on lui porte secours.

— *Sarah ?* murmura-t-elle. Oui, c'était mon nom, avant... quand j'étais humaine. À présent je n'ai plus rien à faire avec vous. Cessez de me persécuter où j'appelle le jardinier qui vous coupera la tête. Laissez-moi pousser en paix ! Je dois achever ma transformation.

— Elle est folle, haleta Sébastian, elle se prend pour un légume !

— Si tu n'es plus Sarah, qui es-tu ? demanda Peggy en se penchant sur la jeune fille.

— Ça se voit, non ? ricana celle-ci. Je suis une

pomme de terre. Je ne suis pas encore parfaite, mais je fais des efforts. Je veux devenir belle pour qu'on me ramasse et qu'on me fasse bouillir. Je veux qu'on me passe à la moulinette et qu'on m'incorpore à la purée du démon...

— Tu es comme nous ! lança Peggy en la secouant par les épaules. Réagis ! Tu n'es pas une pomme de terre ! Réveille-toi, tu es hypnotisée !

— Tu te trompes, siffla le chien bleu, elle n'est plus humaine.

— Allez-vous-en ! hurla Sarah. Je ne veux pas être mangée par de vulgaires humains ! Je me réserve pour le démon !

— Il faut qu'elle se taise, souffla Sébastian, sinon elle va finir par attirer les sentinelles.

— Sortons-la de ce trou ! décida Peggy. Glisse ta main sous son bras droit, moi je prends le gauche, et tirons ensemble.

Hélas, dès qu'ils amorcèrent cette manœuvre, Sarah se mit à pousser des cris effrayants.

— Arrêtez ! lança le chien bleu, regardez ses mains... ses pieds !

Peggy et Sébastian obéirent et poussèrent le même gémissement de stupeur.

Les doigts et les orteils de Sarah s'étaient changés en de longues racines profondément plantées dans le sol. *Elle n'avait pas menti : elle était bel et bien en train de se métamorphoser en pomme de terre !*

— Impossible de l'arracher de sa niche,

balbutia Sébastian, chacun de ses doigts mesure sûrement plus d'un mètre.

Peggy Sue écarquilla les yeux, horrifiée par ce qu'elle voyait. Au niveau du sol, l'épiderme de Sarah avait pris l'apparence de la peau de pomme de terre. Ses jambes, elles-mêmes, avaient commencé à se changer en une masse ovoïde et bosselée.

Sarah n'arrêtait plus d'appeler à l'aide.

— Jardinier ! vociférait-elle, jardinier ! Venez m'aider... deux intrus humains m'empêchent de pousser tranquillement !

— Fichons le camp ! jeta Sébastian, on ne peut plus rien pour elle. Si on coupe ses racines, elle mourra.

Les feuillages s'emplirent d'un grand froissement tandis qu'un raclement faisait vibrer le sol.

« Un jardinier, pensa Peggy gagnée par l'affolement. Il vient voir ce qui se passe. »

— Sauve qui peut ! aboya le chien bleu.

Les lames géantes du sécateur d'os claquaient au-dessus de leurs têtes, à la recherche d'une proie.

« Heureusement que nous sommes enduits de jus de patate, murmura mentalement le chien, il aura peut-être du mal à nous repérer. »

Malgré cela, les trois compagnons n'en menaient pas large.

Profitant de l'abri fourni par les hautes herbes, ils s'éloignèrent le plus rapidement possible du jardinier-sentinelle penché sur Sarah. Pendant qu'ils fuyaient, la voix de la jeune fille ensorcelée continuait à résonner derrière eux. Elle disait :

— Ils voulaient me ramasser, ces sales humains, mais je leur ai dit que c'était hors de question, seul le démon aura le droit de me manger... si je parviens à être digne de sa table.

14

Premier maléfice

Ils coururent jusqu'à ce que le souffle leur manque, ne prenant pas le temps de regarder par-dessus leur épaule. Quand, enfin, ils tombèrent à genoux sur la mousse, ils n'avaient plus la force de parler.

Peggy Sue sortit sa gourde de son sac à dos et remplit l'écuelle du chien bleu qui tirait une langue presque aussi longue que la cravate dont il ne se séparait jamais.

— La nuit va bientôt tomber, observa Sébastian. Lorsque le jardin souffre du manque d'eau, les jardiniers abrègent les journées.

— C'est possible ?

— Ici, le soleil est comme une lampe. On l'éteint en abaissant un interrupteur.

Peggy se demanda quels nouveaux périls leur réservait la nuit. Le journal de voyage de Sarah faisait une bosse dans sa poche. Elle s'interrogeait sur la manière dont la jeune fille avait succombé au maléfice qui l'avait conduite à se prendre pour une pomme de terre.

— On va camper, dit Sébastian. Il ne faudra allumer ni feu ni lampe, c'est compris ?

Presque aussitôt le soleil s'éteignit avec un claquement sec, et les ténèbres tombèrent sur le jardin magique.

L'air s'emplit du bruit des fleurs qui refermaient leurs pétales. On eût dit qu'une escouade de matelots bouclaient les mille écoutilles d'un sous-marin gigantesque. Peggy Sue s'adossa à un brin d'herbe, le chien bleu vint se blottir contre elle.

Malgré leurs craintes, ils dormirent d'une traite jusqu'à l'aube.

*

Ce fut le grésillement du soleil, dont les jardiniers augmentaient doucement la lumière, qui réveilla Peggy Sue. Se rappelant les recommandations de Sébastian, elle tira son canif et se mit en quête d'un fruit. Elle n'avait pas envie d'aller trop loin car elle ne se sentait pas en sécurité. Elle réussit à dénicher une dizaine d'énormes tomates d'un rouge éclatant. Après avoir incisé la plus grosse, elle se baigna dans son jus. Ça n'avait rien d'agréable, mais sa sécurité était à ce prix.

Elle se félicita aussitôt d'avoir pris ses précautions car un jardinier apparut entre les arbres. Il avait l'air d'un épouvantail habillé de vieilles feuilles séchées, et ses mains d'os planaient dans les airs en accrochant les rayons du soleil. Peggy se fit toute petite et s'immobilisa. Les narines palpitèrent sur la face ronde de la créature.

« Elle analyse les odeurs, pensa l'adolescente,

pourvu qu'elle ne repère pas Sébastian et le chien bleu. »

Le géant squelettique ne se décidait pas à s'éloigner. Quelque chose le gênait. Sans doute percevait-il, à travers les herbes, les relents émis par le garçon et l'animal.

Peggy Sue n'en pouvait plus de rester recroquevillée près de l'immense pied gauche en forme de râteau. Elle serrait les mâchoires pour empêcher ses dents de claquer. La sentinelle s'en alla enfin. Dès qu'il eut disparut derrière les arbres, Peggy s'empressa de réveiller ses compagnons pour leur enjoindre d'aller prendre un bain de jus de tomate.

— Ils ont flairé notre présence, dit Sébastian lorsqu'elle lui eut parlé de sa rencontre matinale. Ils nous cherchent.

La jeune fille s'étonna de n'avoir pas faim mais le garçon lui rappela que les humains n'avaient nul besoin de manger à l'intérieur du mirage, si ce n'était pas gourmandise.

— Seul le démon a besoin de nourriture, énonça-t-il, car c'est lui qui fabrique le mirage. S'il mourait, cet univers rétrécirait brusquement, comme un ballon de baudruche qui se dégonfle, et nous serions tous écrasés.

Cette inquiétante vérité énoncée, Sébastian se hissa au sommet d'un brin d'herbe pour essayer de s'orienter car il n'était pas question de tourner en rond... comme l'avaient sûrement fait la plupart de leurs prédécesseurs.

— Par là ! annonça-t-il en redescendant. Nous allons sortir du premier massif. Ensuite il nous faudra traverser une allée de gravillons pour aborder la seconde pelouse. Ce sera à peu près aussi plaisant que de se déplacer sur un désert de caillasse. De plus, il ne faudra pas traîner, vous savez pourquoi...

— À cause des animaux-citernes, compléta le chien bleu dont la cravate traînait sur le sol.

— Exact, ils sont lourds mais rapides. Ce serait une erreur de les croire pataudés. On a à peine le temps de les apercevoir qu'en trois enjambées ils sont déjà sur vous.

Cette nouvelle aurait dû inquiéter Peggy Sue, pourtant elle se mit à siffloter en marchant.

« C'est bizarre, songea-t-elle. Je n'ai pas peur du tout. Qu'est-ce qui m'arrive ? »

Elle jeta un coup d'œil au chien bleu. Il folâtrait entre les brins d'herbe, tel un jeune chiot.

« Bizarre », se dit-elle... et elle n'y pensa plus.

Au fur et à mesure qu'ils descendaient le versant de la colline et se rapprochaient de l'allée où circulaient les dinosaures-réservoirs, Peggy se sentit de plus en plus légère. Elle avait du mal à rassembler ses pensées... et même à se rappeler ce qu'elle faisait là.

En fait, elle se fichait un peu de la raison de la promenade, elle n'avait plus qu'une envie : arracher ses vêtements, se mettre toute nue et offrir sa peau au soleil pour brunir sur toutes les coutures.

L'air était plein de parfums merveilleux... l'odeur de la terre dominait les autres, énorme, entêtante. Peggy regrettait de n'avoir pas de plus gros poumons pour l'aspirer davantage.

Elle prit peu à peu du retard, laissant le chien et le garçon la devancer. Elle ne comprenait pas pourquoi ils se pressaient tant. N'aurait-il pas été plus amusant de se prélasser dans l'herbe, de se rôtir au soleil ? Elle eut envie de jeter son sac à dos dont les bretelles lui sciaient les épaules.

Elle rit toute seule. Elle aurait aimé se changer en papillon pour aller de fleur en fleur. Ou bien être un oiseau perché sur une branche... Non, mieux que ça : *elle aurait voulu être un fruit mûrissant au soleil*. Un beau fruit immobile, bien installé dans la chaleur de midi. Un fruit seulement préoccupé de grossir, de s'épanouir, de prendre toujours plus de goût, plus de parfum... Oh ! comme ce devait être plaisant de rester là, attaché à une tige, à ne rien faire qu'attendre comme un gros chat ronronnant sur un canapé.

Elle ne savait pas d'où lui venaient ces idées étranges, mais elle s'y abandonnait avec délice.

Elle atteignit le pied de la colline dans un état de rêverie proche du somnambulisme. Sébastian lui cria quelque chose qu'elle n'écouta pas. Ce garçon l'ennuyait à s'agiter ainsi. Elle aspirait à plus de tranquillité... à la tranquillité absolue des... *des tomates, par exemple* ! Que ce devait être agréable de rougir lentement, de devenir peu à peu la plus grosse, la plus lumineuse tomate du jardin. Et puis, les petites feuilles vertes piquées de part et d'autre de la tige étaient si jolies !

On avait atteint la route de gravillons, elle s'y engagea distraitement à la suite des autres, toujours plongée dans son rêve éveillé. Elle regarda les petits cailloux sur lesquels ses semelles crissaient. Oh ! ce ne devait pas être bien confortable pour une tomate de pousser ici, non, il fallait un terrain plus moelleux, doux comme un coussin de velours, une terre meuble où s'étaler à loisir. Être tomate, c'était découvrir les joies de la paresse, de la rêverie... on ne faisait plus rien à part somnoler en laissant son esprit gambader et...

À une dizaine de mètres devant elle Sébastian remuait les bras avec véhémence en criant quelque chose qu'elle ne comprenait pas. Comme les garçons étaient fatigants ! Ne pouvaient-ils rester tranquilles une minute ? Avec eux tout dégénérait immanquablement en bagarre. Elle décida de n'y pas prêter attention. Le chien bondissait lui aussi en aboyant. Ah ! qu'ils étaient donc pénibles tous les deux.

Elle baissa la tête pour ne plus les voir et s'abîma dans la contemplation des cailloux entre ses pieds. Ils étaient propres et bien blancs, mais elle n'aurait pas aimé y pousser... si elle avait été une tomate, bien sûr, ce qui n'était — hélas ! — pas le cas.

« Tiens, pensa-t-elle soudain, les graviers bougent tout seuls. On dirait qu'ils dansent. »

Elle s'agenouilla pour mieux les observer. Non,

les gravillons ne dansaient pas, ils ne faisaient qu'obéir à une sorte de secousse ébranlant le sol. Toute l'allée résonnait à présent comme la peau d'un tambour qu'on aurait martelée.

Peggy Sue releva la tête. De l'autre côté de la route, dressé en bordure de la deuxième pelouse, Sébastian lui adressait des signes désespérés. Le chien aboyait en sautant, et la ridicule cravate dont il était affublé s'agitait au rythme de ses bonds.

« Peut-être danse-t-il lui aussi, se demanda la jeune fille. Comme les cailloux ? »

Devait-elle en faire autant ? Elle étudia leurs mouvements : le garçon agitait les bras, le chien sautait en tirant la langue. Si elle les imitait elle aurait l'air plutôt ridicule.

Sébastian semblait désigner quelque chose qui se tenait derrière elle. Il faisait des grimaces idiotes qui l'enlaidissaient. C'était stupide car il était plutôt mignon.

Avec un soupir de résignation elle regarda par-dessus son épaule. Une grosse bête remontait l'allée, se dirigeant droit sur elle... une *très* grosse bête, mais pas méchante, cela se voyait. Elle avait une tête minuscule et une trompe interminable. On aurait dit un éléphant dessiné par un petit enfant. Il lui manquait les oreilles... et son cou était immense, et puis il avait trop de pattes, et puis...

Peggy fut prise d'un fou rire. Non, c'était vraiment trop drôle ! Une bête pareille ne pouvait pas exister. Elle se rapprochait de plus en plus mais Peggy n'avait pas peur, non, elle savait que l'énorme animal avait pour consigne de ne jamais faire de mal aux fruits ou aux légumes... elle ne risquait donc rien.

« Je voudrais bien qu'il m'arrose, se dit-elle, j'ai un peu chaud. Si ça continue je vais me dessécher et perdre tout mon jus. »

Elle regardait les pattes du monstre s'élever et s'abaisser en cadence. Le sol tremblait de plus en plus et elle avait du mal à conserver son équilibre. Elle gardait le nez levé, espérant que la créature fantastique déroulerait sa trompe pour lui donner l'eau dont elle commençait à manquer.

Soudain, le chien qui portait une cravate bondit vers elle, planta ses crocs dans la jambe de son pantalon et tira de toutes ses forces, la contraignant à traverser l'allée.

Ah ! qu'il était embêtant ! Il allait lui faire manquer l'arrosage !

— Lâche-moi, idiot de chien ! lui cria-t-elle.

Mais l'animal s'obstinait à la tirer vers la pelouse, et elle dut le suivre. L'une des pattes du monstre-citerne la frôla, elle ne s'en aperçut même pas tant elle était mécontente d'être ainsi soustraite à l'arrosage matinal. Tous les fruits, tous les légumes seraient rafraîchis sauf elle, ah ! c'était malin !

Perdant l'équilibre, elle tomba dans l'herbe.

— Tu es complètement folle ! hurlait Sébastian. Où avais-tu la tête ? Tu ne voyais donc pas que l'animal-réservoir allait t'écraser ? Il s'en est fallu d'un cheveu.

Il semblait hors de lui la colère lui rougissait le

visage. Peggy Sue haussa les épaules. Décidément, elle ne comprenait rien aux réactions des humains. La vie des légumes était bien plus reposante.

Le garçon la saisit par les épaules et la secoua, mais elle ne l'écouta pas. Ses paroles n'avaient aucun sens pour elle. Elles n'étaient que d'horribles bruits sortant de sa bouche. Les légumes, eux, communiquaient gentiment en remuant leurs feuilles. *Flip-flop... flip-flop...* ça ne gênait personne.

Les deux individus la dévisageaient avec inquiétude. Le garçon et le chien... elle avait oublié leurs noms. D'ailleurs c'était idiot, un nom ! Les légumes n'en avaient pas. Ça ne vous encombrait pas la tête.

Ils l'obligèrent à se redresser et la marche reprit. De temps en temps, ils se retournaient pour s'assurer qu'elle les suivait. Comme c'était stupide de toujours marcher au lieu de se poser dans un coin, d'y planter ses racines et d'attendre en se gavant de soleil.

*

À partir de cet instant elle perdit la notion du temps. Quand le garçon décida de faire halte, elle accueillit cette nouvelle avec bonheur et s'assit à l'écart. Comme personne ne s'occupait d'elle, elle ôta chaussures, chaussettes, et creusa un trou dans le sol pour y enfouir ses pieds. Elle ne savait pas pourquoi elle agissait ainsi mais quelque chose l'y poussait. Une force qui la dépassait. Elle recouvrit ses pieds nus de terre, jusqu'à la hauteur des chevilles.

Ah ! c'était bien agréable ! Elle aurait dû faire cela depuis longtemps !

Ces travaux de jardinage terminés, elle sombra dans la somnolence.

Elle ne pensait plus à rien, qu'à mûrir, qu'à s'offrir le plus possible au soleil. De temps à autre, elle soulevait les paupières pour voir si sa peau devenait rouge... d'un beau rouge tomate.

Les coups de langue du chien la forcèrent à reprendre conscience. Il la débarbouillait avec vigueur, lui couvrant la figure de salive. Elle essaya de se débattre, mais elle n'avait déjà plus l'énergie nécessaire pour le repousser.

Elle finit par tomber à la renverse. À présent, l'animal creusait le sol pour lui dégager les pieds.

— Réveille-toi ! hurlait la voix du chien dans son esprit. Tu es victime d'un maléfice ! Réagis, bon sang ! Réagis !

Pendant tout ce temps, Peggy pensait : « Qu'il me fiche la paix, je suis une tomate, je veux mûrir tranquillement dans mon coin, je veux être belle, rouge et juteuse pour le repas du démon. »

Le chien lui mordit le mollet. La douleur l'arracha à l'hypnose dont elle était prisonnière.

— Regarde tes pieds ! lui lança le chien bleu. Si je n'étais pas intervenu tu aurais subi le même sort que Sarah.

Peggy Sue s'assit et poussa un cri d'horreur : de petites racines avaient commencé à pousser au bout de ses orteils !

— Il faut les couper pendant qu'elles sont encore tendres, dit le chien. Si on avait attendu, elles auraient poussé dans la terre, profondément, et il aurait été impossible de te sortir de ce trou.

— C'est affreux, balbutia la jeune fille. Qu'est-ce qui m'est arrivé ?

— *Le jus...*, répondit l'animal. Le jus de tomate dont tu t'es enduite ce matin, il est magique. En pénétrant dans la peau, il transforme peu à peu les gens en légume, ou en fruit... C'est ce qui est arrivé à Sarah.

— Mais toi, s'étonna Peggy, tu n'es pas contaminé.

— Non, parce que je suis un animal, et que le piège a été conçu pour des hommes.

Peggy se frotta les yeux. Elle avait du mal à reprendre contact avec la réalité.

— Tu pensais comme une tomate, reprit le chien. J'ai fini par comprendre qu'il fallait te nettoyer du jus dont tu étais couverte. Regarde Sébastian... il a tenu plus longtemps que toi, mais le maléfice a fini par le dominer, lui aussi.

Peggy jeta un coup d'œil par-dessus son épaule. Le garçon était occupé à s'enterrer les pieds après avoir ôté chaussures et chaussettes.

— Tu vois comment ça fonctionne, grommela le chien bleu. Les racines poussent en premier... le reste du corps suit lentement. Je pense que parmi les légumes qui nous entourent, beaucoup sont d'anciens enfants. Je suis sûre que tu étais très contente de te changer en tomate.

— Oui, avoua Peggy Sue. Je trouvais ça formidable. Servir de nourriture au démon me semblait un grand honneur... un honneur dont il me fallait me montrer digne.

Ouvrant son canif, elle entreprit de couper une à une les petites racines qui lui sortaient des orteils. Ce n'était pas plus douloureux que de se tailler les ongles.

Quand elle eut fini, elle remit ses souliers et partit s'occuper de Sébastian qu'elle débarbouilla avec l'eau de sa gourde.

Quand le garçon eut recouvré ses esprits, elle lui expliqua ce qui venait de se passer.

— Je ne me rappelle plus grand-chose, avoua l'adolescent. Je te vois au milieu de la route, manquant de te faire écraser par l'animal-citerne, mais ensuite mes souvenirs se brouillent...

— Il ne faut plus utiliser le jus des légumes ou des fruits, dit Peggy Sue. C'est une ruse des jardiniers pour nous piéger. Sans le chien bleu, nous y passions, toi et moi.

Les trois amis restèrent un moment silencieux, conscients d'avoir frôlé la catastrophe.

— C'était le maléfice de la première pelouse, maugréa le chien. Je me demande ce qui nous attend sur la seconde.

15

Le monde des taupes

Ils eurent bien du mal à se remettre en marche car les effets du sortilège s'attardaient en eux, les encourageant à la paresse. Peggy Sue ne cessait d'entendre une petite voix résonner dans sa tête, une voix qui disait : *À quoi bon continuer ? Tout cela ne sert à rien... savoure plutôt la paix des légumes.*

L'envie de creuser un nouveau trou pour s'enterrer les pieds la harcelait ; elle devait faire de gros efforts pour ne pas y céder.

Pour l'heure, la seconde pelouse ressemblait à s'y méprendre à la première. Maintenant que son odeur humaine n'était plus camouflée par celle des fruits magiques, Peggy se sentait vulnérable. Les jardiniers n'auraient aucun mal à la localiser.

Elle ressassait ces sinistres pensées quand elle aperçut le premier trou...

— Une taupinière, diagnostiqua Sébastian.

— C'est vrai, confirma le chien bleu. Mais la taupe est morte depuis longtemps... pourtant les galeries sont habitées, je le sens.

— Par qui ? demanda Peggy Sue.

— Par des enfants, comme vous..., lâcha l'animal. Faites attention, ils ont peur.

Peggy s'avança au bord de l'orifice. Des marches rudimentaires avaient été creusées dans la terre. Elle sortit sa lampe et s'engagea dans l'escalier qui plongeait dans les ténèbres.

— Il y a quelqu'un ? cria-t-elle. Nous venons en amis... Nous avons passé la barrière blanche hier matin. Vous m'entendez ?

Elle perçut l'écho d'une fuite dans l'obscurité, des chuchotements. Enfin, au bout d'une minute, un jeune garçon lança :

— Êtes-vous encore à peu près humains ?

— Oui, répondit la jeune fille.

— Éteignez votre saleté de lampe, grogna l'inconnu, et gardez les mains levées.

Peggy se conforma aux souhaits du gamin.

Des pas se rapprochèrent, puis une bande de gosses surgit au détour du tunnel. Ils étaient affreusement sales, vêtus pour la plupart de guenilles découpées dans des feuilles de maïs. Certains garçons portaient des demi-coquilles de noix en guise de casques. D'autres avaient creusé des noisettes pour se confectionner des heaumes de chevalier du Moyen Âge. Ils étaient armés de massues épineuses (en réalité des tiges de rosier durcies au feu).

Leur chef était un adolescent assez gros, mais dont les bras épais trahissaient la force herculéenne.

— Je m'appelle Nasty, grogna-t-il. Je suis le chef

des survivants. Nous vivons dans la taupinière pour échapper aux jardiniers. Si vous êtes arrivés jusqu'ici c'est que vous avez déjoué le maléfice du jus de légume. La plupart y succombent.

Peggy Sue se présenta. Elle vit tout de suite que Sébastian n'éprouvait aucune sympathie pour Nasty. D'ailleurs, ils ne se serrèrent pas la main.

— Venez, ordonna le gros garçon aux épaules de lutteur, ne restons pas au bord du trou. C'est dangereux. N'ayez pas peur, nous nous éclairons à l'aide de vers luisants apprivoisés. Nous les cajolons et ils nous donnent leur lumière.

— Combien êtes-vous ? s'enquit Peggy Sue.

— Une trentaine, répondit Nasty. Nous sommes les survivants de la deuxième pelouse. Moi, je suis allé jusqu'au bout de la troisième, puis j'ai fait demi-tour.

— Pourquoi ? interrogea l'adolescente.

— C'est impossible d'aller plus loin, fit Nasty avec une grimace de dégoût. Les pièges sont de plus en plus compliqués.

— Depuis quand es-tu là ?

— Je ne sais pas... dix ans, peut-être. Ici, on perd la notion du temps. On ne mange pas, on ne grandit pas. Tout est immobile.

Ils se déplaçaient maintenant dans un tunnel aussi large qu'une avenue. Le long des parois, de grosses chenilles assoupies diffusaient une lueur verdâtre. Les survivants avaient construit des huttes à l'aide de débris végétaux. Beaucoup d'adolescents jouaient aux cartes ou aux dés.

— Il faut bien s'occuper, grogna Nasty en remarquant le coup d'œil de Peggy Sue.

— Pourquoi ne repassez-vous pas la barrière en sens inverse ? demanda l'adolescente.

— Pour retourner dans la zone des rêves ? ricana Nasty. Merci bien ! Tous ceux qui vivent là-bas vont devenir minuscules, c'est inévitable. Nous préférons rester ici et conserver notre taille réelle. Je n'ai pas envie de me transformer en microbe.

Il semblait maussade, désabusé. Peggy eut l'impression que la vie dans la taupinière devait être horriblement ennuyeuse.

Arrivé au centre du village, Nasty les invita à s'asseoir en cercle devant sa cabane. Contrairement aux règles de l'hospitalité, il n'offrit à ses invités ni boisson ni nourriture.

— Il ne faut rien manger de ce qu'on trouve dehors, expliqua-t-il. Seuls les animaux sont immunisés. Tous les légumes, tous les fruits sont porteurs de maléfices. Malgré cela, il est difficile de ne pas céder à la gourmandise.

— Vraiment ? fit Sébastian avec scepticisme.

— Vraiment, répéta Nasty d'un ton sourd. Les odeurs qui nous parviennent de l'extérieur sont parfois si alléchantes que certains de mes gars ne peuvent y résister. Ils s'échappent de la taupinière pour aller se goinfrer de mûres ou de groseilles..

— Et alors ? s'enquit Peggy.

— Alors ils n'ont plus qu'une idée : devenir mûre ou groseille, soupira Nasty. Vous en avez fait l'expérience en vous frottant avec le jus des fruits.

Quand on les mange, c'est encore plus efficace. On se métamorphose en l'espace d'une journée.

Il semblait fatigué de toujours répéter la même chose. Comme s'il avait lu dans les pensées de Peggy Sue, il dit :

— J'ai beau prévenir ceux qui passent ici, personne ne m'écoute. Ils veulent continuer, devenir des héros... et on ne les revoit jamais.

D'autres enfants vinrent s'asseoir. Ils affichaient tous la mine renfrognée des gens qui s'ennuient à mourir. Ils se présentèrent : Kathy, Olga, Ronan, Élodie, Dekker...

— Une belle bande d'écervelés, oui ! grogna Nasty. Si je n'étais pas là pour veiller sur eux, il y a longtemps qu'ils auraient succombé aux pièges du jardin.

— Dis-nous ce que tu as vu au bout de la deuxième pelouse, lança Peggy Sue. Qu'est-ce qui t'a convaincu de rebrousser chemin ?

Les épaules de Nasty s'affaissèrent, et il poussa un soupir de lassitude.

— Tout au bout, murmura-t-il enfin, le regard vague, au-delà de la dernière pelouse, il y a une route de pavés blancs, si blancs qu'on les croirait taillés dans la craie. C'est l'unique moyen de parvenir au château car, de part et d'autre de ce chemin, se dressent des massifs de fleurs tueuses ou de cactus éternueurs.

— Des cactus éternueurs ? s'étonna Peggy.

— Oui, confirma Nasty. Ils sont allergiques aux enfants. Dès qu'ils flairent la présence d'un gosse ils se mettent à éternuer, et toutes leurs épines s'envolent dans les airs. On s'en retrouve criblés... et comme elles sont empoisonnées, on s'écroule dans la minute qui suit. Il est très difficile de franchir ce barrage. Quelques-uns y parviennent, en ayant recours à je ne sais quelle ruse, mais cela ne leur sert pas à grand-chose, parce que ensuite il leur faut bien se résoudre à marcher sur la route de pavés blancs s'ils veulent accéder au pont-levis.

— Et cette route est ensorcelée ?

— Exactement. Dès qu'on y pose le pied, on commence à rapetisser, si bien qu'on a l'illusion de voir le chemin s'allonger et le château reculer. En réalité, la route ne bouge pas, ce sont les marcheurs qui deviennent chaque jour plus petits. Au bout d'une semaine, on a la taille d'un puceron, et la route de pavés blancs vous paraît aussi longue que la distance qui sépare la Terre de la Lune. Quand j'ai vu ça, j'ai compris qu'il était inutile de prendre des risques. J'ai tourné les talons et je suis revenu ici. La taupinière est immense, on peut s'y cacher à l'aise, et les jardiniers nous fichent la paix.

— Tu penses sincèrement qu'on n'a aucune chance d'atteindre le château ? insista Sébastian.

— Aucune, marmonna Nasty. J'ai survécu à pas mal de pièges, je ne suis pas un dégonflé, mais la partie est truquée. Quand je pense à tous ces pauvres gosses qui, en ce moment, s'obstinent à remonter la route de pavés blancs sans même se rendre compte qu'ils deviennent de plus en plus petits et qu'il leur faudra cinq siècles pour atteindre le pont-levis, je me dis que j'ai choisi la meilleure solution.

Peggy Sue retint une grimace. Elle ne partageait pas le défaitisme de Nasty, mais elle sentait son inquiétude s'accroître à l'idée des épreuves qui les attendaient.

— Je n'ai qu'un conseil à vous donner, fit le gros garçon, restez ici, je m'occuperai de vous. Mes gars et mes filles ne sont pas malheureux. J'invente sans cesse de nouveaux jeux pour les tenir occupés. La taupinière est une sorte de camp de vacances ; j'en suis le moniteur. On s'amuse bien, vous verrez ! Laissez tomber cette guerre idiote.

Il s'était redressé et faisait soudain de grands gestes en désignant les galeries voisines.

— Olga et Ronan vont vous faire visiter nos installations, lança-t-il avec une bonne humeur qui sonnait faux. Nous avons tout construit de nos propres mains. Allez-y... découvrez le camp de vacances souterrain de Nasty le Survivant !

Peggy Sue, Sébastian et le chien bleu n'eurent pas le courage de refuser. Pendant que Nasty s'en allait surveiller le chantier d'un nouveau toboggan, ils emboîtèrent le pas aux deux enfants qui devaient leur servir de guides.

Olga était une petite rousse très maigre, au visage encadré de longues nattes, Ronan un garçon tout en jambes que le séjour dans la taupinière avait affublé d'une pâleur d'endive. Ils ne semblaient, ni l'un ni l'autre, très heureux des vacances obligatoires imposées par Nasty.

Sans entrain, ils firent découvrir aux trois amis les installations foraines des tunnels. Il y avait des manèges, des piscines, des balançoires, une piste où l'on pouvait se livrer à des courses de chars tirés par des grillons apprivoisés. Une coupole immense où il était possible de voler suspendu par un harnais à un papillon de nuit.

— Tout cela n'a pas l'air de beaucoup vous réjouir, observa Peggy en se tournant vers Olga.

La fillette aux nattes rousses fit la moue.

— Bof ! soupira-t-elle. Au début si, c'était drôle, mais quand on fait ça tous les jours on finit par s'en lasser.

— Nasty s'occupe bien de nous, renchérit Ronan, il veut notre bonheur, mais il nous tient prisonniers. En essayant de nous protéger de l'extérieur, il est devenu notre geôlier.

— C'est vrai, fit Olga, il nous croit plus petits que nous ne sommes réellement. Il nous prend pour des bébés. Il veut nous empêcher de nous confronter aux pièges du dehors.

— Et vous ? interrogea Peggy, que souhaitez-vous réellement ?

— Nous voudrions sortir, chuchota Olga, poursuivre la mission, aller jusqu'au château.

— Même si c'est dangereux ?

— Oui !

Peggy Sue dévisagea les deux enfants. Elle vit briller dans leurs yeux une sorte d'espoir désespéré.

— Vous êtes nombreux à penser ainsi ? demanda-t-elle.

— Oui, murmura Ronan en regardant par-dessus son épaule pour s'assurer que Nasty n'était pas dans les parages. Mais personne n'ose le dire. C'est triste, mais nous avons fini par avoir peur de Nasty alors qu'il ne veut que notre bien.

Effrayés à l'idée d'en avoir trop dit, les deux enfants n'abordèrent plus ce sujet pendant le reste de la visite.

Nasty avait magnifiquement aménagé les souterrains, mais ses attractions : autos tamponneuses, montagnes russes, n'étaient fréquentées que par des gosses moroses.

— Ici, annonça Olga, on fabrique des confettis avec des pétales de fleurs séchées. Là, des serpentins avec des herbes colorées taillées en lanières.

À plusieurs reprises, ils durent se ranger pour laisser la place à des cohortes d'insectes peinturlurés de couleurs vives, et que chevauchaient de jeunes cavaliers.

— Il y a aussi un orchestre, marmonna Ronan. Les flûtes sont bricolées avec des tiges coupées en morceaux ; pour les tambours on utilise de la peau de champignon tannée tendue sur des coquilles de noix géantes.

À l'entendre, tout cela paraissait d'un ennui mortel.

Alors qu'ils revenaient vers la hutte de Nasty, Olga prit la main de Peggy Sue dans la sienne.

— Quand tu partiras, souffla-t-elle, tu m'emmèneras avec toi, dis ?

— Oui, lança aussitôt Ronan, moi aussi... moi aussi je veux venir avec vous ! Je n'en peux plus de faire tous les jours les mêmes tours de manège !

Peggy n'eut pas le temps de répondre car Nasty surgit de derrière une cabane, l'air soupçonneux.

— Alors, fit-il, ça vous a plu ? Vous allez rester avec nous, *bien sûr*.

*

L'après-midi parut interminable aux trois amis qui durent faire semblant de s'amuser dans l'étrange fête souterraine. Peggy Sue n'était pas dupe : les enfants feignaient de rire aux éclats mais leurs yeux mornes trahissaient l'ennui.

— Nous sommes tombés dans une prison, souffla-t-elle à Sébastian. Une prison déguisée en parc d'attractions. Je ne suis pas certaine que Nasty ait l'intention de nous laisser partir.

— Tu crois qu'il pourrait nous capturer ? murmura le garçon.

— Oui, répondit l'adolescente, pour notre bien...

Un peu plus tard, Nasty entraîna Peggy Sue à l'écart sous prétexte de lui montrer les plans de sa nouvelle attraction : une grande roue équipée d'une cinquantaine de nacelles d'osier.

— Il ne faut pas écouter ce que disent les

gosses, fit-il soudain en jetant un regard en coin à la jeune fille. Ils sont trop petits, ils ne savent pas ce qui est bon pour eux.

— Mais toi tu le sais ? répliqua l'adolescente.

— Oui, gronda Nasty. Moi, je suis un survivant. Je sais ce qui les attend là-haut. Pourquoi crois-tu que je sois gros ? Avant j'étais aussi mince que toi, mais, sur la deuxième pelouse on trouve des fruits terriblement appétissants qu'on ne peut s'empêcher de manger. Ce sont des fruits maléfiques. Ils vous font grossir en l'espace d'une nuit ! On se couche maigre et l'on se réveille pesant trois fois le poids qu'on faisait la veille.

— C'est ce qui t'est arrivé ?

— Oui. Mes compagnons de voyage — qui s'étaient gavés — étaient devenus si énormes qu'ils ne pouvaient même plus se relever. Des baleines, clouées au sol... C'était terrible. J'ai essayé de les traîner, mais je n'avais pas assez de force. J'ai dû me résoudre à les abandonner et prendre la fuite avant le passage des ramasseurs.

— Des ramasseurs ?

— Bien sûr ! Es-tu complètement idiote ou fais-tu semblant ? J'espère que tu n'as pas gobé ces histoires de démon végétarien qui ne se nourrirait que de légumes et de fruits ?

Peggy Sue se sentit pâlir.

— Tu veux dire..., bredouilla-t-elle.

— Je veux dire que le démon est un ogre, martela Nasty. Un ogre endormi, soit, mais qui se nourrit d'enfants comme dans les contes de fées de nos parents. C'est pour cette raison que les jardiniers font pousser des fruits ensorcelés sur la deuxième pelouse, pour être en mesure de fournir à leur maître un gibier bien gras. Je l'ai compris quand j'ai vu les ramasseurs s'emparer de mes compagnons. Voilà pourquoi je protège les enfants contre leur gré. Ils sont si naïfs ! Ils n'ont aucune idée de ce qui les attend, là-haut. Ils croient que la traversée du jardin sera une excursion amusante. Il n'en est rien. La mort n'existe pas dans la zone des rêves, c'est vrai, mais ici, dans le jardin, il en va autrement ! Le démon change les règles quand ça l'arrange !

Pendant qu'il vociférait, il s'était mis à transpirer, et Peggy Sue se demanda s'il n'était pas un peu fou.

Comme elle allait s'éloigner sous un vague prétexte, Nasty lui saisit le poignet.

— Si tu veux partir je ne te retiendrai pas, gronda-t-il, mais n'emmène aucun de mes enfants ou tu auras affaire à moi !

Il ne plaisantait nullement, et Peggy Sue voyait mal comment elle allait se sortir de ce mauvais pas.

Alors qu'elle se pressait d'aller rejoindre Sébastian et le chien bleu, un appel retentit : « La nuit ! La nuit tombe ! »

C'était la sentinelle postée à l'entrée du tunnel qui criait ainsi. Peggy Sue crut repérer une note de panique dans sa voix. Aussitôt, les enfants quittèrent les manèges pour gagner la galerie centrale. Ils couraient, se bousculaient. Apercevant Olga et Ronan, Peggy leur demanda où ils se rendaient.

— Au dortoir, répondit la fillette. C'est la règle. Venez vite, la nuit est dangereuse.

Peggy Sue, Sébastian et le chien suivirent la foule. Ils débouchèrent dans une salle voûtée où s'alignaient autant de lits que la taupinière abritait de pensionnaires. Nasty se tenait là, surveillant le coucher des enfants. Chaque fois que l'un d'eux se glissait entre les couvertures, il lui saisissait le pied droit et lui attachait la cheville au moyen d'une corde fixée au montant du lit.

— Qu'est-ce que tu fais ? s'étonna Peggy.

— Je les protège contre les maléfices nocturnes, expliqua le maître de la taupinière sans cesser de ligoter les gosses. Ces liens proviennent d'une corde magique que j'ai récupérée chez les jardiniers. Elle n'obéit qu'à moi et personne ne peut défaire les nœuds que je boucle. Aucun couteau n'est en mesure de la trancher.

— Mais à quoi cela sert-il ? s'impatienta Sébastian.

Nasty émit un ricanement méprisant.

— Vous n'avez pas idée des dangers qui vous guettent, siffla-t-il. La nuit, les fleurs émettent des odeurs hypnotiques qui pénètrent jusqu'ici. Des parfums succulents de pâtisserie, de bonbons... parfois cela sent la brioche en train de cuire, à d'autres moments la tarte aux pommes ou la crème au chocolat. C'est si délicieux qu'on ne peut s'empêcher de se lever pour essayer de mettre la main sur ces merveilles. On a beau savoir qu'il s'agit d'un piège, on finit par perdre la tête... et l'on sort de la taupinière. C'est pour ça que je les attache, *tous*. Je suis le seul à pouvoir défaire les nœuds ; quant aux lits auxquels les cordes sont reliées, ils ont été taillés dans une pierre bien trop lourde pour qu'on puisse les traîner derrière soi.

— Sortir serait vraiment si dangereux ? s'enquit Peggy Sue.

— *Bien sûr !* s'emporta Nasty. Regarde ce qui m'est arrivé ! Ce sont ces mêmes odeurs merveilleuses qui nous ont perdus, mes compagnons et moi. Quand j'ai mordu dans cette groseille ensorcelée, elle avait un goût de confiture, de tarte, de pâte de fruit, de... de... Je ne sais pas au juste, mais ce n'était plus seulement une groseille, c'était le dessert le plus fabuleux qui m'ait été donné de manger dans toute mon existence.

Peggy Sue recula d'un pas car il paraissait réellement en colère.

— *Vous ne résisterez pas !* prophétisa Nasty en pointant l'index en direction de Peggy et de Sébastian. Ne vous croyez pas plus malins que vous n'êtes ! Si je ne vous attache pas, dès minuit sonné vous vous faufilerez hors de la taupinière pour courir à la poursuite des odeurs. Oh ! vous ne mettrez pas longtemps à trouver les fruits en question, mais demain, quand vous vous réveillerez vous peserez chacun deux cent cinquante kilos, et les ramasseurs vous porteront à la cuisine du château.

« Il dit peut-être la vérité... », songea Peggy en frissonnant.

— Je ne force personne, reprit Nasty, mais j'ai taillé quelques lits d'avance, vous pouvez vous y coucher. Je dispose encore d'assez de cordes pour vous entraver tous. C'est à vous de choisir. Dépêchez-vous, les émissions de parfums ne vont plus tarder maintenant et je dois penser à ma propre protection car je ne peux pas m'attacher moi-même. Si je le faisais, je n'aurais aucun mal à ordonner à la corde de me libérer.

— Comment procèdes-tu, alors ? s'enquit Sébastian.

— Je cours me cacher tout au fond des galeries, soupira Nasty. Très loin de la surface, je rampe à travers des boyaux minuscules, là où personne ne voudrait mettre les pieds, et je m'enfonce de la boue dans les narines. À cette profondeur, la terre sent si mauvais que sa puanteur finit par masquer les parfums en provenance du dehors... mais ce n'est guère agréable, et il faut avoir un certain courage pour tenir le coup.

— D'accord, capitula Peggy Sue, attache-nous.

Elle s'assit sur l'un des lits de pierre sculpté par Nasty. La corde magique était fixée à l'un des montants. Grise, bizarrement souple, elle ressemblait davantage à un serpent qu'à un honnête lien de chanvre tressé. Nasty n'eut qu'à l'effleurer de l'index pour qu'elle vienne se nouer autour de la cheville droite de Peggy.

— Voilà, annonça-t-il. Tu auras beau tirer dessus, tu n'arriveras pas à la défaire. Quant à la trancher avec un couteau, tu peux essayer, ta lame s'émoussera !

Sébastian choisit un lit à sa taille, et s'y allongea. Encore une fois, la corde magique vint se nouer autour de sa cheville, comme si elle était vivante.

Le chien bleu, lui, s'échappa car il n'avait aucune envie d'être mis à l'attache.

— Je n'ai jamais porté ni laisse ni collier ! cria-t-il avant de disparaître à l'autre bout de la galerie, ce n'est pas ce soir que je vais commencer.

« J'espère que les parfums maléfiques ne vont pas l'attirer au-dehors... », pensa Peggy, un peu inquiète.

Puis elle se rappela que le chien bleu détestait les aliments sucrés, il y avait donc peu de risque pour que les odeurs de pâtisseries ensorcelées l'amènent à quitter le terrier.

— Bonne nuit à tous ! lança Nasty en quittant le dortoir, et n'ayez pas peur, votre ami Nasty veille sur vous.

— Bonne nuit ! répondirent en chœur les enfants. *Merci-à-toi-Nasty-d'être-si-bon-avec-nous...*

En regardant le gros garçon disparaître dans les ténèbres de la taupinière, Peggy Sue sentit son cœur se serrer.

Elle s'allongea. Une paillasse remplie d'herbe sèche l'isolait du lit de pierre, mais la couche n'avait rien de confortable. Par-dessus tout, elle n'appréciait guère la présence de la corde magique autour de sa cheville. Elle avait l'impression qu'un serpent s'était enroulé autour de sa chaussette.

« Allons, se dit-elle en cherchant une position acceptable. Essayons de dormir. De toute manière je suis si fatiguée qu'aucun maléfice ne réussira à me réveiller. »

Elle se trompait.

Au milieu de la nuit, une incroyable odeur de brioche chaude vint lui flatter les narines. Elle s'assit sur son lit, l'eau à la bouche. Son estomac faisait des bruits d'évier, jamais elle n'avait eu aussi faim de toute son existence.

Brioche... brioche... brioche..., murmurait une voix dans son esprit. *Vite... vite... vite... Il n'y en aura pas pour tout le monde !*

Des murmures emplirent le dortoir plongé dans l'obscurité. D'autres enfants s'étaient réveillés. Olga leur cria de se rendormir.

— C'est une illusion, murmura Ronan à l'adresse de Peggy. Tu dois résister. Avec l'habitude ça devient moins pénible.

La jeune fille ne l'écouta pas. Sautant du lit, elle tenta de se déplacer à tâtons. *Où se trouvait la sortie ?* Comment faisait-on revenir la lumière ?

— Calme-toi, lui conseilla Olga. Pince-toi le nez. Tu peux aussi mâcher de la terre, elle a très mauvais goût, ça te donnera envie de vomir et tu ne penseras plus à rien d'autre.

Brioche... brioche... brioche..., continuait à chuchoter la voix dans la tête de Peggy Sue. *Vite... vite... vite... Il n'y en aura pas pour tout le monde !*

Alors, l'adolescente se mit à tirer de toutes ses forces sur la corde qui lui meurtrissait la cheville. La folie de la gourmandise la gagnait, et elle n'était pas loin de croire qu'elle pourrait remorquer le lit au long des tunnels. Elle s'effondra. Au-dessus de sa chaussette, sa peau irritée par le frottement la brûlait cruellement.

À travers les brumes du délire, elle devina que Sébastian était lui aussi en proie aux mêmes tourments. Elle l'entendait balbutier : « chocolat... chocolat... » d'une voix déformée par la démence.

Cette torture dura deux longues heures, puis les parfums mystérieux perdirent en intensité.

— Les fleurs se fatiguent, expliqua Olga. Elles ne peuvent pas diffuser des odeurs toute la nuit. Il arrive toujours un moment où elles doivent reprendre des forces. À présent nous allons pouvoir dormir en paix.

*

Le lendemain, à l'aube, Nasty réapparut, couvert de terre, le visage barbouillé de boue putride. Se déplaçant de lit en lit, il dénoua les cordes magiques en les effleurant de l'index.

Alors que les enfants quittaient le dortoir pour gagner les aires de jeu, Olga se glissa contre Peggy Sue et lui souffla :

— Si tu veux t'évader, il faut le faire pendant la journée. J'en ai parlé autour de moi, nous sommes beaucoup à vouloir t'accompagner.

Elle n'en dit pas plus, car Nasty s'approcha, les sourcils froncés.

— Qui veux grimper sur les manèges ? cria-t-il d'une voix pleine d'un entrain factice. Qui veut s'envoler avec les papillons dressés ?

16

Gourmandise diabolique

Il n'était pas question de s'attarder plus longtemps dans la taupinière. Peggy Sue prit la décision de s'échapper avant midi. Elle pressentait qu'il faudrait agir à l'insu de Nasty, car le gros garçon — dans le souci de les protéger — mettrait tout en œuvre pour les empêcher de partir.

Le petit groupe d'amis profita donc de ce que Nasty était occupé sur l'un de ses nombreux chantiers de construction pour gagner la sortie du terrier. Olga, Ronan, et d'autres enfants dont Peggy ne connaissait pas les noms, leur emboîtèrent le pas.

— Hé ! cria la sentinelle embusquée sous un champignon à l'entrée du souterrain. Où allez-vous comme ça ?

— Ramasser du bois, lança Olga. On manque de planches pour les nouveaux manèges.

— Personne n'a le droit de se risquer au-dehors sans être accompagné par Nasty ! protesta le gardien. Redescendez immédiatement dans le tunnel ou bien...

Mais personne ne l'écoutait plus. Peggy Sue

courait déjà dans les hautes herbes, suivie de près par les jeunes fugitifs.

— J'y crois pas ! haleta Olga. On a réussi à s'échapper ! Je pensais que j'allais passer le reste de mon existence à tourner sur les chevaux de bois des manèges souterrains.

À bout de souffle, ils s'abattirent pêle-mêle sous un champignon.

Tout à coup, la voix de Nasty résonna, lointaine, étouffée par le rempart des herbes géantes.

— Petits crétins ! vociférait-elle, c'est comme si vous étiez déjà morts ! Vous n'avez aucune idée de ce qui vous attend... Ingrats ! Après tout ce que j'ai fait pour vous... C'est ainsi que vous me remerciez ? Revenez avant qu'il ne soit trop tard. Vous ne serez pas punis... Rentrez à la maison, je vous en supplie : écoutez-moi !

Il avait l'air sincèrement malheureux, et la tristesse faisait chevroter ses paroles. On le sentait près de se mettre à pleurer.

Parmi les enfants, quelques-uns furent pris de panique et esquissèrent un mouvement pour rebrousser chemin.

— Non ! siffla Olga. Ne repartez pas là-bas ! On ne peut pas se cacher éternellement. Un jour ou l'autre il faut sortir de l'abri. Ce moment est venu.

Nasty cria longtemps.

— Je vous souhaite bonne chance, dit-il enfin d'une voix lasse. Si certains en réchappent, qu'ils rentrent sans crainte au terrier.

Ce furent ses dernières paroles.

Peggy rajusta les lanières de son sac. Il fallait continuer. Dans peu de temps on affronterait les terribles parfums hypnotiques dont Nasty avait parlé, la chose n'avait rien de réjouissant. Elle fit part de ses inquiétudes à Olga.

— Il existe un moyen de se protéger, expliqua la fillette aux nattes rousses. Hélas, peu de gens ont le courage de l'utiliser. C'est... c'est vraiment horrible.

— Ah oui ? s'étonna Sébastian, et que faut-il faire ?

— Il faut ramasser les crottes d'un certain insecte et s'en frotter le nez. L'odeur est tellement atroce qu'on ne sent plus rien d'autre. De cette manière, on peut franchir le barrage des parfums dangereux en toute sécurité. Le problème, c'est qu'il est difficile de supporter très longtemps la puanteur de la crotte.

Peggy Sue et Sébastian se regardèrent.

— D'accord, soupira Peggy, s'il n'y a aucun autre moyen de franchir l'obstacle.

Olga et Ronan expliquèrent alors qu'il fallait se mettre en quête d'un massif de fleurs jaunes à rayures roses, les insectes en question vivant exclusivement à l'ombre de cette variété végétale.

— Ils ne sont pas méchants, insista la fillette. Ce sont même de grosses bêtes timides qui s'enfuiront à notre approche. On pourra ramasser leurs bouses en toute tranquillité.

On s'appliqua donc à localiser au plus vite un boqueteau de fleurs jaunes rayées de rose. Comme elles avaient la taille d'un palmier, ce fut facile. Des « scarabées » à carapace bleue fouillaient la terre à proximité. En voyant déboucher la horde d'enfants, ils agitèrent leurs antennes et disparurent entre les tiges. Peggy Sue en éprouva un réel soulagement car ils étaient plus gros que des éléphants. Les bouses jonchaient le sol, sous la forme de billes sèches et luisantes.

— Ça ne sent rien, s'étonna Sébastian.

— Non, reconnut Olga, il faut les écraser pour libérer l'odeur. On n'a qu'à les emporter, on les émiettera à la dernière minute. Je vous préviens : elles libèrent une puanteur atroce. Certains tombent dans les pommes en la reniflant.

Les enfants hésitaient. Peggy décida de donner l'exemple et fourra plusieurs billes dans ses poches.

« On dirait de la réglisse, pensa-t-elle en s'essuyant les mains sur une touffe d'herbe. Ce n'est pas aussi dégoûtant que je l'imaginais. »

— Je suis désolée, s'excusa Olga, mais c'est notre seule chance de franchir le barrage des parfums hypnotiques. Surtout n'hésitez pas à les utiliser. Nasty avait coutume de dire que personne n'était en mesure de résister aux maléfices odorants des fleurs.

— Quand arriverons-nous dans la zone dangereuse ? demanda Sébastian.

— Oh ! soupira tristement Ronan, tu le sentiras... Dès que les fleurs nous auront repérés, elles commenceront à émettre des parfums succulents qui viendront à notre rencontre. Ces odeurs éveilleront notre gourmandise. Nous aurons tellement faim, que lorsque apparaîtront les fruits maudits, nous ne pourrons nous empêcher de sauter dessus pour les dévorer.

— Tout est très bien organisé, observa Olga. Peu de gens arrivent à triompher de cette épreuve. Rappelez-vous : si vous mordez dans la chair des fruits, vous êtes fichus... À chaque bouchée, vous prendrez dix kilos.

Peggy Sue serra les mâchoires. Elle se savait plutôt gourmande et elle n'était pas certaine d'avoir la volonté nécessaire pour résister à ce piège.

L'appréhension gagna les marcheurs, et l'on cessa bientôt de parler. Le chien bleu allait en tête, reniflant l'atmosphère. Grâce à son flair il repérerait les odeurs maléfiques avant tout le monde.

— Ça se précise, dit-il soudain. Droit devant... ça vient à notre rencontre, comme une vague invisible.

— Ça te donne faim ? demanda Peggy.

— Non, fit l'animal, mais je suis un chien. Je n'ai pas les mêmes goûts que les humains. Rien ne me plaît autant qu'un bel os un peu pourri. Là, ce sont des odeurs spécialement fabriquées pour les enfants... ça sent le sucre, le chocolat, la brioche qui sort du four... pour moi ce n'est pas très appétissant mais vous allez tous en avoir l'eau à la bouche.

Il avait à peine prononcé ces mots que Peggy eut l'impression qu'on venait d'ouvrir la porte d'une boulangerie. Son estomac se mit à gargouiller et la salive lui emplit la bouche. C'était... *c'était incroyablement appétissant...* Les parfums emplissaient l'air avec une telle présence qu'on s'attendait presque à voir les gâteaux se matérialiser sur le sol.

— Attention ! cria Olga, ça y est ! Ça commence. Vite ! Utilisez les bouses d'insecte ! N'attendez pas, après il sera trop tard !

La fillette aux nattes rousses avait raison, pourtant les parfums étaient si délicieux que Peggy Sue n'avait aucune envie de s'en détourner. La faim grandissait dans son ventre, son estomac hurlait. Dans un réflexe de défense, elle plongea la main dans sa poche à la recherche de la première bille résineuse. Autour d'elle, le groupe se disloquait. Deux enfants, cédant à la gourmandise, s'étaient élancés dans les hautes herbes, la bouche ouverte, les bras tendus, prêts à manger n'importe quoi.

— Non ! cria Peggy, revenez ! C'est un piège !

Mais elle avait elle-même envie de se joindre à eux.

— Les crottes, hurlait Olga, émiettez-les et frottez-vous-en le nez.

On lui obéit. Aussitôt, des cris d'horreur retentirent. Peggy, qui s'était empressée de suivre le mode d'emploi prescrit par la fillette aux nattes rousses, se crut sur le point de vomir toute la nourriture avalée depuis sa naissance.

C'était abominable !

— Courez ! hoqueta Olga, il faut s'éloigner des

fleurs avant que la puanteur ne diminue. Courez ! c'est notre seule chance !

Peggy Sue s'élança. Elle ne savait plus trop bien ce qu'elle fuyait : les fleurs maléfiques ou l'odeur immonde installée dans ses narines. Autour d'elle, les enfants galopaient en hurlant. Certains vomissaient, d'autres étaient tombés à genoux et essayaient de se nettoyer le nez avec une poignée d'herbe, incapables de supporter plus longtemps les émanations putrides des crottes d'insecte.

— Ne vous arrêtez pas ! haletait Ronan. Continuez ! continuez !

Mais personne n'écoutait plus. La débandade était totale. Peggy Sue faillit jeter son sac à dos pour aller plus vite. Au passage, elle entraperçut les fleurs dangereuses. Afin d'activer la propagation des odeurs-pièges leurs pétales brassaient l'air, telles les ailes d'une chauve-souris.

« On dirait qu'elles sont vivantes », se dit-elle.

Au même moment, elle se prit le pied dans une racine et perdit l'équilibre. Elle se mit alors à rouler le long d'une pente vive, se meurtrissant les côtes aux aspérités du terrain. Quand elle réussit enfin à s'agripper à la tige d'une fleur, elle était couverte de bleus.

Elle distingua confusément, entre les herbes, plusieurs enfants aux prises avec des groseilles géantes qu'ils dévoraient à belles dents. Elle voulut leur porter secours ; la main de Sébastian se referma sur son épaule pour l'en dissuader.

— Non, dit le garçon, c'est fichu. Ils en ont trop

mangé. Dans un quart d'heure ils pèseront deux cents kilos. Si Nasty a dit vrai, les ramasseurs vont passer les prendre, il faut ficher le camp.

— On ne peut pas les laisser ! protesta Peggy en se débattant.

Sébastian la saisit par le bras et la secoua violemment.

— Arrête ! cria-t-il. On n'a plus le temps... et on ne peut plus rien pour eux. Ils vont devenir si gros qu'ils seront incapables de marcher. Je sais que c'est triste mais si tu y retournes, tu y passeras toi aussi.

Peggy Sue laissa couler ses larmes. Sébastian avait raison, la puanteur des bouses se dissipait déjà, et elle recommençait à flairer l'odeur de la brioche chaude.

— Relève-toi et galope, souffla Sébastian en émiettant une nouvelle crotte au creux de sa paume. Galope sans regarder derrière toi.

Il lui frotta le nez avec l'affreuse matière brune et la poussa en avant.

La course reprit. Un quart d'heure plus tard, Peggy Sue s'effondra, en sueur, le flanc scié par un point de côté.

Elle mit un moment à recouvrer ses forces, et cela en dépit des efforts du chien bleu qui lui léchait la figure.

— Nous avons eu beaucoup de pertes, lui annonça-t-il mentalement. Je ne sais pas où sont passés Olga et Sébastian.

Peggy se releva avec difficulté. Elle s'était écorché les genoux.

L'envie de retourner en arrière la torturait.

— N'y pense même pas, lui lança le chien bleu. Tu ne peux pas te permettre de prendre le moindre risque, si ça se trouve, tu es la seule en état de continuer la mission. Il faut aller de l'avant.

— Mais les ramasseurs ? protesta la jeune fille. Tu crois qu'ils existent réellement ?

— Nasty a dit que le démon était un ogre, rappela l'animal. Et les ogres ne se nourrissent pas de légumes cuits à la vapeur. Si tu veux sauver ces gosses du sort qui les attend, le mieux, à mon avis, est de gagner le château le plus vite possible et de tirer le démon de son sommeil.

— Tu as sans doute raison, admit l'adolescente.

Elle se figea, car une ombre venait d'obscurcir le ciel. Un personnage dont l'apparence extérieure rappelait celle des jardiniers approchait d'un pas rapide. Il avait des mains en forme de pelle, une besace en bandoulière. Un immense chapeau de paille effrangé couvrait sa tête minuscule. « Un ramasseur ! pensa Peggy en frissonnant. Il vient faire sa cueillette. »

Le pied de la créature gigantesque la frôla. Quelques minutes plus tard, elle entendit crier les enfants qu'on jetait dans la besace. Elle serra si fort les poings qu'elle s'enfonça les ongles dans la chair des paumes.

« Ainsi Nasty disait vrai, songea-t-elle. On nous a raconté que le démon était végétarien pour nous persuader de franchir la barrière blanche. La générale Pickaboo nous a bien menés en bateau ! »

Désormais, elle n'avait plus le choix, il lui fallait s'introduire au plus vite dans le château. Une terrible course contre la montre commençait. Elle devait à tout prix réveiller le démon avant que ses serviteurs n'entreprennent de cuisiner son prochain repas.

— Sais-tu s'il se nourrit tous les jours ? demanda-t-elle au chien bleu.

— Non, répondit l'animal. Comme il dort en permanence il ne se dépense guère. On l'alimente une fois par semaine ; c'est du moins ce que Sébastian m'a dit. Cela nous laisse un peu de temps.

Peggy Sue nettoya ses blessures et se remit en marche ; il n'était plus question de lambiner.

Une demi-heure plus tard, elle aperçut Olga et Ronan, eux aussi couverts d'estafilades, le nez noirci de crotte. La petite fille avait pleuré et les larmes avaient laissé des sillons blancs dans la crasse recouvrant ses joues.

— Sébastian est parti en éclaireur, annonça-t-elle. Il voulait s'assurer que le ramasseur avait bien repris la route du château. Vous... vous êtes tout seuls ?

— Oui, soupira Peggy. Les autres n'ont pas franchi le barrage des odeurs.

— C'est terrible, gémit Ronan. Peut-être aurions-nous dû écouter Nasty ?

— Non ! sûrement pas ! protesta Olga. Nasty

essayait d'être gentil, mais nous étions ses prisonniers.

Sébastian apparut, mettant fin à la dispute. Il affichait un visage assombri par l'inquiétude.

— Nous ne sommes pas sortis de l'auberge, siffla-t-il. Je pense qu'il va nous falloir affronter d'autres pièges odorants. J'ai repéré des ruches en contrebas... et qui dit *ruches* dit *miel*. C'est comme une ceinture qui entoure le pied de la colline, nous serons forcés de la traverser. J'espère qu'aucun d'entre vous n'aime le miel ?

Hélas, ils l'aimaient tous.

Ils retournèrent leurs poches pour voir de combien de bouses ils disposaient encore, mais ils avaient épuisé leur provision de puanteur salvatrice.

— Nous trouverons sûrement d'autres crottes d'insecte, lança Olga pleine espoir.

Sébastian fit la grimace et jeta un coup d'œil circulaire aux environs. Il n'y avait pas de fleurs jaunes en vue... or les coléoptères aux excréments bénéfiques ne se trouvaient qu'à proximité de ce type de végétaux.

Peggy laissa échapper un soupir, ils étaient tous gagnés par le découragement. La jeune fille commençait à comprendre pourquoi Nasty avait fait demi-tour. On avait beau être courageux, il arrivait un moment où l'on avait l'intuition d'avoir usé ses réserves de chance.

Ils décidèrent de faire une halte pour se donner le temps de rassembler leur énergie.

— Je regrette de t'avoir entraînée dans cette aventure, murmura Sébastian en s'asseyant près de Peggy. Je croyais que ce serait plus facile. J'ai près de cinq fois ton âge, mais je continue à raisonner comme un enfant... Je finis toujours par me persuader que la vie est un grand jeu, et que tout finira forcément bien, comme dans ces histoires qu'on raconte aux gosses.

Peggy Sue lui prit la main et la serra. Elle appréciait les confidences de Sébastian car, en règle générale, il n'était guère facile de comprendre ce que les garçons avaient dans la tête. La plupart du temps, ils s'appliquaient à jouer les fanfarons et cachaient soigneusement leurs sentiments, comme s'ils en avaient honte. Cela ne facilitait pas le dialogue.

— La vie a passé si vite, gémit Sébastian. Je sais que si je reviens dans le monde réel je ne comprendrai plus rien aux choses qui m'entoureront. Je me suis tellement accoutumé à la magie que tout me semblera ennuyeux. Je n'ai plus l'habitude des contraintes... aller à l'école, travailler... rien de tout cela n'existe dans le mirage. Tout y est faux et facile.

— À condition qu'on ne franchisse pas la barrière du jardin, corrigea Peggy Sue.

— C'est vrai, admit Sébastian. Mais j'ai eu tort de venir te chercher.

— Ça ne sert à rien de se lamenter, coupa l'adolescente. Essayons plutôt de nous préparer aux prochains pièges.

Ils demeurèrent un long moment silencieux. Peggy sentait Ronan et Olga terrifiés à l'idée de descendre vers les ruches.

— Nasty vous a-t-il parlé des abeilles ? demanda-t-elle à la petite fille. Sont-elles dangereuses ?

— Non, répondit Olga. À ce qu'il paraît, elles sont mêmes très timides et s'enfuient dès qu'on s'approche des ruches. Nasty disait qu'à son avis, le danger n'est pas là.

— Et où est-il, alors ? s'enquit Peggy.

— Il n'en savait rien, avoua Olga. Il n'est jamais allé aussi loin.

Peggy Sue hocha la tête. Tant pis ! On aviserait sur place.

Plus personne ne souffla mot. On entendait, au-dessus des têtes, vrombir les abeilles allant de fleur en fleur.

« Elles sont aussi grosses que des hélicoptères, songea Peggy... Et elles font autant de bruit ! »

Dans un premier temps, elle avait craint que les insectes ne s'abattent sur eux pour les transpercer de leur aiguillon ; manifestement, elle s'était inquiétée pour rien car les abeilles ne leur accordaient aucune attention.

La pente devenait vive, et il fallait s'accrocher aux tiges des hautes herbes pour ne pas perdre l'équilibre. Tout en bas, au-delà de la ceinture de ruches, on entrapercevait les pavés blancs de l'allée magique, celle qu'on ne pouvait emprunter sans rapetisser.

Sébastian s'immobilisa, l'œil fixé sur les ruches. Les abeilles menaient un ballet incessant et leurs ailes produisaient un bruit de moteur qui donnait envie de se boucher les oreilles. On se serait cru aux abords d'un aéroport surchargé.

— Que fait-on ? demanda le garçon. On fonce ?

Peggy regarda les ruches. Qu'elles étaient grandes ! On aurait dit de petits châteaux juchés sur des tréteaux. Elle hésitait encore à s'élancer en terrain découvert. Dans le ciel, les abeilles ronronnaient, telle une escadrille en formation de combat.

— Où est le piège ? lança-t-elle mentalement à l'intention du chien bleu.

— Je ne sais pas, fit l'animal. Les abeilles ne vous feront pas de mal... Elles vous ont repérés. Vous leur faites peur ; leur chef est en train d'émettre un ordre de dispersion générale. Elles éviteront le combat.

Ce n'en était que plus étrange.

Peggy mesura du regard le terrain à parcourir.

— Deux... peut-être trois kilomètres, estima-t-elle.

Il pouvait s'en passer, des choses, en trois kilomètres !

— Allons-y, soupira-t-elle. De toute manière on ne peut pas rester là à se dandiner d'un pied sur l'autre.

Dès que le petit groupe sortit de l'abri des hautes herbes pour s'avancer dans la clairière, les abeilles s'enfuirent. L'essaim se dispersa dans les airs avec des vrombissements d'avion de chasse, abandonnant les ruches. Peggy Sue jugea cette stratégie des plus curieuses. Elle avait la certitude que ce comportement faisait partie d'un piège.

Puis elle sentit l'odeur du miel...

Cela embaumait. Toute l'atmosphère en était imprégnée.

— Ça recommence, gémit-elle. Dépêchez-vous... Retenez votre respiration et marchez le plus vite possible.

Elle se tut, mais l'odeur du miel était si *épaisse* qu'elle lui poissait les lèvres, la langue. Elle en avait le goût dans la bouche. Elle jeta un bref coup d'œil à ses amis. Ronan avait déjà quitté le groupe pour marcher en direction des ruches. Olga se préparait visiblement à le suivre.

— Hé ! siffla Peggy, revenez !

Comme les enfants continuaient à s'éloigner, elle ordonna au chien bleu d'aller les chercher. L'animal obéit, mais lorsqu'il planta ses dents dans les chaussettes des gosses pour essayer de leur faire rebrousser chemin, ceux-ci le chassèrent à coups de pied.

— Fiche-nous la paix ! Sale cabot ! grogna Olga. Elle avait les yeux hors de la tête et semblait hypnotisée par les gouttes de miel qui coulaient des ruches pour former une flaque crémeuse sur le sol.

Ronan tomba à genoux au bord de cette mare et y plongea les mains. Il entreprit ensuite de se lécher les doigts. Il accompagnait cette occupation de gloussements de bonheur.

Peggy se précipita vers Olga et la saisit par le col pour la tirer en arrière alors qu'elle se préparait à imiter son compagnon. Folle furieuse, la gamine la griffa, et tenta même de la mordre. Près de la flaque, le parfum du miel semblait aussi épais que ces brouillards dont on dit qu'on « pourrait les couper au couteau ». Peggy suffoquait, le cerveau liquéfié par la gourmandise.

Elle se replia en tirant Olga par le poignet. Sébastian vint se saisir de Ronan.

Le chien bleu courait en cercle, fouillant du museau dans les hautes herbes. Tout à coup, il crut avoir découvert des crottes d'insecte, mais, en mordant les boulettes brunâtres pour s'assurer de leur composition, il réalisa qu'il s'agissait de fèves de chocolat. La poudre de cacao lui empâta les babines, et il eut le plus grand mal à s'en défaire.

— Tu n'aurais pas dû y toucher, lui lança Peggy. Leur présence n'est pas normale ; à mon avis il s'agit d'un autre piège... J'espère qu'il ne va rien t'arriver.

— Je voulais t'aider, plaida l'animal. Tu as raison, je crois bien que je me suis empoisonné. J'ai été idiot, mais ça ressemblait tellement aux boules puantes dont nous nous sommes servis pour déjouer le maléfice des fleurs.

— Comment te sens-tu ? insista l'adolescente.

— Bien, pour le moment, répondit le chien. À part cet horrible goût de chocolat dont je ne parviens pas à me débarrasser.

Les enfants se replièrent en direction d'un cercle

de champignons. Ils espéraient que l'odeur fade des végétaux masquerait celle du miel.

La nuit était en train de tomber, il n'était pas question de poursuivre à l'aveuglette. Ronan se débattait comme un diable, il fallut lui attacher les mains, les pieds, pour l'empêcher de repartir à l'assaut des ruches. Peggy faisait de terribles efforts de volonté pour oublier la gourmandise qui lui torturait l'estomac.

Passer la nuit à proximité des ruches ne la réjouissait pas outre mesure. Serait-elle capable de résister à la tentation ?

Elle regarda le ciel. Il était déjà d'un noir d'encre.

« Ce n'est pas normal, pensa-t-elle. Un jardinier a sans doute éteint le soleil en avance, dans l'intention de nous clouer ici. »

Ronan grognait en se tortillant.

— Libérez-moi ! hurlait-il, vous n'avez pas le droit de me retenir prisonnier. Je veux du miel...

Peggy Sue, par précaution, fabriqua des boulettes de mousse qu'elle s'introduisit dans les narines. Ce n'était pas très commode pour respirer, mais cela atténuait le parfum des ruches.

— Essayons de dormir, dit-elle en attirant le chien bleu contre elle. Nous ficherons le camp dès le lever du soleil.

Avec la nuit la température baissa et l'odeur du miel se fit moins forte, ce qui permit aux enfants de trouver le sommeil sans trop de difficulté.

17

Le temps des métamorphoses

Elle dormit d'un sommeil anormalement profond, peuplé de rêves absurdes. Elle fut réveillée par le claquement de l'interrupteur que l'un des jardiniers venait de manœuvrer pour rallumer le soleil.

Son instinct l'avertit aussitôt de la présence d'un danger. Elle s'assit en frissonnant dans l'herbe trempée de rosée. Ronan était là, couché à un mètre d'elle... *mais il avait l'apparence d'une statue de pain d'épices* !

Une statue de pain d'épices de la taille d'un garçon de dix ans. Une forte odeur de miel se dégageait de son corps moelleux.

— Tu as vu ? lança mentalement Peggy à l'adresse du chien bleu.

N'obtenant aucune réponse, elle se tourna vers l'animal pour le secouer... mais le chien bleu s'était lui aussi métamorphosé en statue, à cette différence près qu'il était en chocolat, du bout du museau à la pointe de la queue. *En chocolat au lait.*

Cette fois, la panique la submergea et elle poussa un cri. Sébastian bondit. Il se frotta les yeux. Tendant la main, il posa les doigts sur le petit garçon, puis sur l'animal.

— Bon sang ! haleta-t-il. C'est bien du pain d'épices... et ça, du vrai chocolat.

— C'est à cause du miel et des fèves, balbutia Peggy qui luttait pour ne pas fondre en larmes. Je m'en doutais.

— Rassure-toi, c'est momentané, fit Sébastian. Le sergent en a parlé au camp d'entraînement... Sur le moment j'ai pensé qu'il délirait.

— Qu'a-t-il dit ? s'impatienta Peggy qui n'osait caresser le chien bleu de peur de le voir fondre sous ses doigts.

— Je ne sais plus exactement, s'excusa Sébastian. Il me semble qu'il a parlé d'un maléfice dont la durée n'excédait pas vingt-quatre heures... Oui, ce doit être ça. Si l'on protège les ensorcelés de toute atteinte pendant un jour entier, ils reprennent leur apparence normale dès la vingt-quatrième heure écoulée.

— Tu en es sûr ?

— Oui... enfin je pense. Je n'écoutais pas. L'école ça n'a jamais été mon truc, je m'y suis toujours ennuyé à mourir.

Peggy serra les dents. En regardant la statue de chocolat couchée dans l'herbe, elle mesurait à quel point elle tenait au chien bleu.

Leurs cris avaient réveillé Olga. La petite fille eut du mal, elle aussi, à se persuader qu'elle ne rêvait pas.

Elle posa la main sur le visage de Ronan, la retira précipitamment... et se lécha les doigts.

— Il a bon goût, murmura-t-elle.

En entendant ces mots, Peggy sentit la chair de poule lui couvrir les bras.

« Le premier piège en contient un second, pensa-t-elle. C'est comme ces poupées qui s'emboîtent. »

Elle n'osa formuler ses craintes à haute voix, mais elle surprit dans le regard de Sébastian une étincelle qui en disait long.

— Il faut partir, décida-t-elle. Avec la chaleur, l'odeur du miel va devenir plus forte, et nous serons incapables d'y résister. Nous ferons comme Ronan.

— Ils ne peuvent plus marcher, observa Sébastian en désignant les deux « statues » de friandise couchées dans l'herbe. Il va falloir les porter.

— Tu te chargeras de Ronan, dit Peggy Sue, moi je prendrai le chien dans mes bras.

— Il va fondre, remarqua l'adolescent. C'est du chocolat au lait. Il est mou.

Peggy Sue réfléchit.

— Je sais ! lança-t-elle, je vais cueillir ces feuilles et l'envelopper dedans, de cette manière mes mains ne seront pas en contact avec sa... « peau ».

Elle s'aperçut qu'elle bredouillait et préféra se taire. À l'aide de son couteau, elle cisailla plusieurs grandes feuilles vertes dont elle empaqueta le chien bleu. Il lui semblait fragile et elle avait peur de le casser en le manipulant.

Quand elle fut prête, elle serra le précieux colis contre sa poitrine et se mit en marche.

Elle tremblait à l'idée de faire un faux pas, de perdre l'équilibre. Si le chien bleu roulait sur le sol, il se casserait.

Peggy sentit la sueur lui perler au front. Au même moment, elle eut la certitude que la lumière du soleil venait de monter d'un cran. Il faisait beaucoup plus chaud.

« Voilà donc comment le piège fonctionne, se dit-elle. Quand on est changé en chocolat, les jardiniers font grimper la température, de cette façon on se met à fondre... Quand on est réduit à l'état de flaque répandue sur le sol on perd toute chance d'atteindre le château. »

C'était machiavélique.

Elle mesura du regard la distance qui les séparait de l'allée de pavés blancs.

— On y va, commanda-t-elle. Essayons de marcher le plus possible à l'ombre des fleurs.

Sébastian avait attaché Ronan sur son dos, en prenant soin toutefois de ne pas trop serrer les cordes car la statue de pain d'épices était assez fragile, et il fallait éviter de la couper en deux !

Les fougères gênaient leur progression. Un buisson de ronces les obligea à un détour de plusieurs kilomètres. Peggy Sue souffrait de la chaleur ; le poids du chien bleu lui sciait les bras. Elle s'appliquait à ne pas trop le plaquer contre sa poitrine de peur de le faire fondre, mais, en raison du terrain en pente, elle était tout de même forcée de le tenir fermement, car, s'il lui échappait, il se briserait en mille morceaux.

La chaleur devint telle qu'ils durent s'arrêter. Ils ruisselaient de sueur. On déposa les deux « statues » à l'ombre d'un arbre. En dépit de la canicule, Peggy Sue avait faim.

« C'est bizarre, pensa-t-elle, Sébastian m'avait assuré qu'on n'avait pas besoin de manger à l'intérieur du mirage. »

Elle essaya de penser à autre chose, mais son estomac se mit à produire des gargouillements. Elle comprit soudain que la deuxième pelouse était en fait un véritable enfer de la gourmandise. Tout y avait été arrangé pour que les enfants succombent à la tentation.

Elle s'essuya le front d'un revers de manche. L'odeur de pain d'épices devenait insupportable.

Olga, agenouillée près de Ronan, esquissa un geste en direction du garçon métamorphosé en pâtisserie.

— Et si..., hasarda-t-elle, *et si on en mangeait juste un petit bout* ?

En temps normal, Peggy Sue aurait bondi et protesté contre cette idée révoltante, mais aujourd'hui... *en ce moment... à cette minute*, la proposition de la fillette aux nattes rousses ne lui semblait pas aussi monstrueuse qu'elle aurait dû.

— Regardez ! plaida Olga, il a toujours eu les oreilles décollées, beaucoup trop grandes... ce n'est pas joli. C'est même affreux. Si on les découpait un peu, on lui rendrait un fier service. Quand il reprendra forme humaine, il sera beaucoup plus beau... et il nous remerciera.

— C'est vrai que c'est assez moche, observa Sébastian. Et puis il a le nez beaucoup trop long. On en couperait la moitié que ça l'arrangerait plutôt. Regardez-moi ça ! On dirait une trompe.

— Exact, insista Olga, avec un petit nez réduit de moitié, il serait bien plus mignon.

Jetant un coup d'œil avide à Sébastian, elle ajouta :

— On y va ?

Ils avaient déjà, l'un et l'autre, sorti leurs canifs. Peggy Sue demeurait paralysée, incapable d'intervenir. Elle savait qu'ils étaient tous en train de tomber dans le piège tendu par les jardiniers, mais elle n'avait pas la force d'y résister. Elle jugeait, elle aussi, le nez de Ronan trop long.

Olga déplia la lame de son couteau de poche et trancha délicatement la moitié de l'appendice nasal du garçon.

— Ouais ! souffla-t-elle. Vous voyez ? Il est bien plus craquant comme ça !

Mais ni Sébastian ni Peggy Sue ne prêtait la moindre attention à Ronan ; salivant de gourmandise, ils fixaient le petit débris de pain d'épices qu'Olga partageait en trois. Comme l'un des morceaux semblait plus gros que les autres, ils faillirent se battre. Sébastian exigea qu'on mesure les parts avec précision et se lamenta de ne point disposer d'une balance.

Quand Peggy porta la languette de pâte odorante à sa bouche, elle crut défaillir de bonheur tant le goût en était exquis !

Le pire, c'est que cette petite friandise avait décuplé son appétit. Elle ne rêvait plus que de poursuivre ce festin diabolique et de s'octroyer une plus grosse tranche du « gâteau » couché sur l'herbe.

— Les oreilles..., balbutia Olga en se léchant les doigts. À présent occupons-nous des oreilles... elles sont laides, n'est-ce pas ? De vraies oreilles d'éléphant.

— Oui, oui, bredouilla Sébastian. Jamais rien vu d'aussi moche... *Coupe, coupe !* C'est pour son bien.

Peggy Sue aurait voulu crier « Arrêtez ! », hélas ! aucun son ne sortait de sa bouche.

« C'est terrible, se dit-elle, plus nous en mangerons, plus nous aurons faim. Nous allons bientôt nous persuader qu'il a trop de doigts, ou bien qu'une jambe en moins ne le gênerait aucunement ! »

Elle n'eut pourtant pas le courage de refuser sa part des lamelles de pain d'épices prélevées sur les oreilles de Ronan.

C'était encore meilleur que le petit morceau de nez de tout à l'heure !

La terreur s'empara d'elle. Se redressant, elle hurla :

— Arrêtez ! Vous ne voyez pas ce que nous sommes en train de faire ? Si ça continue, il va y passer tout entier. C'est ce que veulent les jardiniers ! Reprenons la route sans attendre et essayons de penser à autre chose. Quand nous serons sortis de cette zone, le maléfice de la gourmandise cessera de nous harceler.

Sébastian et Olga la dévisagèrent, indécis. Ils ne semblaient pas dans leur état normal. Peggy Sue dut hausser le ton et leur ordonner de ranger les canifs. Ils obéirent en grommelant.

— C'est bête, pleurnicha Olga, on était en train de l'arranger. En rognant encore ici et là, on pouvait en faire un sacré beau garçon.

— Ça suffit ! tonna Peggy. On repart.

À regret, Sébastian chargea la statue de pain d'épices sur son dos. Peggy glissa le chien bleu sous son bras et prit la tête de la colonne. Elle entendait grommeler dans son dos mais essayait de ne pas y prêter attention. Une atroce fringale tiraillait son estomac.

Au bout d'un quart d'heure, la petite voix d'Olga troua le silence.

— Pour Ronan, je comprends bien, disait-elle. Ce serait méchant d'en manger un peu trop... mais le chien, c'est pas pareil.

— Quoi ? hoqueta Peggy en serrant l'animal contre son flanc.

— Ce n'est qu'un chien, expliqua Sébastian. Et pas très sympathique, il faut l'avouer. Toujours à grogner, à mordre.

— Je vous rappelle qu'il nous a sauvé plusieurs

fois la vie ! siffla Peggy Sue que gagnait une colère mêlée de panique.

— Admettons, éluda Sébastian. Mais il est très laid.

— C'est vrai, renchérit Olga. On pourrait sûrement l'améliorer, lui aussi. En... en lui raccourcissant les oreilles par exemple.

— Et la queue..., ajouta Sébastian.

— Et les pattes, énuméra Olga. Il a les pattes beaucoup trop grandes. Il serait plus joli avec de petites pattes... de toutes *petites* pattes très mignonnes.

Horrifiée, Peggy Sue pressa le pas. Voilà que ces deux abrutis voulaient manger son chien !

— T'es pas gentille, pleurnicha Olga. Tu pourrais penser à tes copains. On ne demande pas grand-chose, quoi ! On lui casse quelques petits bouts d'oreille. Il ne sentira rien.

— De toute manière il va fondre, affirma Sébastian d'un ton péremptoire. Tu seras bien avancée quand il deviendra tout mou.

— C'est pas bon le chocolat mou, grogna Olga. Ce sera du gâchis. On ferait mieux de se le partager maintenant.

Sans plus les écouter, Peggy se mit à courir. Elle avait peur de ce qui pouvait leur passer par la tête. Il n'était pas question qu'elle les laisse casser le chien bleu en petits morceaux comme une vulgaire tablette de chocolat au lait ! Et puis quoi encore ?

— Lâcheuse ! cria Sébastian dans son dos.

— Quelle égoïste ! se plaignit Olga. Elle veut le manger toute seule ! Elle ne nous en gardera même pas un bout !

Peggy s'enfuit, se cognant aux tiges géantes. Elle était terrifiée à l'idée que ses compagnons puissent la prendre en chasse. Elle se tordit les chevilles et faillit par deux fois lâcher le chien bleu. Il faisait encore plus chaud que tout à l'heure et l'animal devenait de plus en plus mou entre ses bras. Elle ne pouvait pas continuer sans courir le risque de le déformer de manière hideuse.

Ayant déniché un trou d'ombre entre les buissons, elle s'y installa comme dans une caverne, déplia les feuilles dont le chien était enveloppé et les utilisa comme des éventails pour lui donner de l'air.

Elle s'aperçut qu'il avait un peu « coulé ». Ses pattes étaient plus hautes, son museau plus long. L'amollissement avait étiré son corps dans tous les sens. Il n'était pas horrible ; toutefois, il semblait avoir changé de race. Elle décida de ne pas le manipuler davantage et d'attendre son réveil.

Quelque part dans la jungle des hautes herbes, Sébastian et Olga la suppliaient de revenir.

— Allez, criaient-ils, arrête de bouder. On n'y touchera pas à ton chien... *ou juste un peu*, pas de quoi en faire une maladie. Tu peux bien rendre service à des copains affamés, non ?

Peggy se garda de signaler sa position. Elle attendait l'arrivée de la nuit avec impatience. Elle occupa les heures qui suivirent à perfectionner sa cachette. Elle était inquiète pour Ronan, bien sûr, et espérait de tout son cœur que Sébastian et Olga résisteraient à la tentation de le grignoter bout par bout.

Il faisait si chaud qu'elle bascula dans la somnolence. Enfin, le soleil s'éteignit et la fraîcheur s'installa. Le chocolat dont le chien bleu était désormais composé commença à durcir.

Peggy Sue passa une mauvaise nuit. Elle se réveillait toutes les heures en sursaut et tendait la main pour s'assurer que l'animal n'avait pas fondu.

Le matin vint enfin et l'enchantement se dissipa. Quand la jeune fille se réveilla, le chien bleu dormait à côté d'elle. Il était un peu plus grand, un peu plus mince que d'ordinaire et son museau effilé le faisait ressembler à un renard. Elle se secoua. Il sortit de l'inconscience avec un jappement étranglé.

— Qu'est-il arrivé ? grogna-t-il. Je ne me souviens de rien. Il y avait ce goût de chocolat sur ma langue, et puis...

Il s'interrompit et contempla ses pattes.

— Qu'est-ce que c'est ? glapit-il, je n'étais pas comme ça avant de m'endormir... J'ai l'air d'un lévrier !

— Tu as un peu fondu, lui expliqua Peggy.

Et elle entreprit de lui conter ses mésaventures de la veille.

— Un lévrier, fit le chien bleu d'un ton rêveur. En quelque sorte c'est plus chic... ça ne me déplaît pas.

— Tant mieux, soupira Peggy Sue, parce que je ne saurais vraiment pas comment te rendre ton ancienne apparence.

Elle se leva.

— Viens, dit-elle, il faut rejoindre les autres... J'espère qu'Olga n'a pas mangé Ronan ; hier elle paraissait si affamée.

L'adolescente et le chien sortirent des fourrés. Ils durent battre les buissons avant de trouver leurs amis. Heureusement, Ronan était entier. Un peu éberlué sans doute, mais vivant... *et complet*. Curieusement, ses petites oreilles et son nez raccourci le rendaient plus mignon.

— Quelle folie, soupira Sébastian en se grattant la tête. Je ne sais pas ce qui nous est arrivé hier, mais nous avons bien failli commettre le pire.

— Nous étions au beau milieu de l'enfer de la gourmandise, dit Peggy Sue. Il s'en est fallu de peu que nous succombions aux pièges des jardiniers. Cela doit nous servir de leçon. Aujourd'hui nous ne toucherons à rien. De toute façon nous avons atteint le bas de la colline. La route de pavés blancs est de l'autre côté de cette haie.

— Tu te rappelles ce que disait Nasty ? objecta Sébastian. Si nous l'empruntons, nous nous mettrons à rapetisser... jusqu'à devenir microscopiques. On ne peut pas passer par là.

— Allons voir ce qu'il en est, décida Peggy.

Ramassant leur équipement, ils franchirent la haie ceinturant la deuxième pelouse et s'arrêtèrent au bord du chemin, en prenant bien soin de n'y point poser le pied.

Le sentier était propre, net, constitué de beaux pavés blancs. Il sinuait à travers le jardin en direction du château. Des massifs de fleurs l'entouraient, comme les berges d'un fleuve.

— C'est plutôt joli, observa Olga. Cette route toute blanche qui s'étire au milieu des fleurs.

Elle avait raison. Le paysage faisait penser à une carte postale, ou à une illustration dans un livre de contes.

Peggy Sue fouilla dans son sac à dos, en sortit une pelle de camping pliable, et la jeta sur le sentier immaculé.

— Il ne se passe rien, observa Olga. Nasty a peut-être menti ?

— Attends, fit Sébastian, l'effet n'est sans doute pas immédiat.

Ils s'assirent dans l'herbe, les yeux fixés sur les pavés blancs qui luisaient au soleil. Peggy battit des paupières car la réverbération l'éblouissait. Elle eut soudain l'illusion que les contours de la pelle se brouillaient. L'espace d'une seconde, l'outil devint flou.

— Tu as vu ? demanda-t-elle à Sébastian.

— Non, avoua le garçon.

— Ça a commencé, murmura-t-elle. C'est si rapide qu'on ne s'en rend pas compte si l'on n'est pas prévenu. Attendons encore un moment, ensuite on comparera ma pelle à celle qui est dans ton sac à dos.

Comme Olga s'ennuyait, ils durent abréger l'expérience. À l'aide d'une branche, Peggy ramena la pelle vers la pelouse.

Apparemment elle n'avait subi aucune altération, mais quand on la superposa à celle de Sébastian, on vit qu'elle était plus petite de trois centimètres.

— Voilà, annonça Peggy. On doit perdre trois centimètres toutes les quinze minutes. Étant donné la distance qui nous sépare du château, on ne mesurera plus grand-chose quand on arrivera devant le pont-levis !

— Nous serons à peine plus grands que des fourmis, soupira amèrement Olga. C'est fichu. Et si l'on coupe à travers les fleurs, on déchaînera leur colère. Nasty avait coutume de dire qu'elles sont plus féroces que des crocodiles.

— Je ne sais pas ce qu'on peut faire, avoua Peggy Sue.

— Si vous le désirez, je puis vous apporter mon aide, fit une voix sourde derrière eux.

Les enfants se retournèrent d'un même mouvement.

C'était un arbre qui venait de leur adresser la parole.

18

Coquetterie mortelle

En comparaison des arbres géants qui peuplaient le jardin, celui-ci était petit car il mesurait à peine quatre mètres de haut. Il paraissait constitué d'un curieux mélange humain et végétal.

« On dirait un homme déguisé en plante, songea Peggy. Ou encore une plante déguisée en homme. »

Bref, c'était bizarre.

L'arbre s'avança vers eux, et l'on put voir qu'il avait des pieds au lieu de racines.

— N'ayez pas peur, dit-il, malgré mon apparence je ne suis pas un chêne, ce n'est qu'un vêtement de camouflage, en réalité je suis le dernier vrai jardinier de cet endroit. C'est pour cette raison que je me cache. Tous mes collègues ont été exterminés quand les choses ont mal tourné. J'ai survécu parce que j'ai été assez malin pour me déguiser... mais ne restons pas là, venez dans mon laboratoire, nous pourrons y discuter à l'aise.

En se dandinant, il s'engagea dans un chemin creux. Les enfants décidèrent de le suivre car il était plus grotesque qu'effrayant... et, de toute façon, ils n'avaient guère le choix.

L'arbre les mena à l'entrée d'une caverne masquée par du lierre. Derrière ce rideau végétal, s'ouvrait une grotte encombrée de flacons, de pots et de légumes étranges. C'était un laboratoire ; des liquides aux couleurs invraisemblables bouillonnaient dans des flacons tordus, des serpentins de verre.

— C'est ici que j'ai, toute ma vie durant, fabriqué les graines des plantes magiques du jardin, expliqua l'arbre avec mélancolie. Je travaillais dans la joie avec mes amis, et c'était à qui inventerait la fleur la plus étonnante, le parfum le plus inattendu.

Il soupira. Peggy Sue en profita pour mieux l'observer. Au lieu de cheveux, il avait de courtes brindilles feuillues sur la tête. Ses bras avaient, eux aussi, l'apparence de grosses branches, et son corps était couvert d'écailles de bois qui grinçaient à chacun de ses mouvements. Cette carapace semblait le gêner car il remuait avec difficulté.

— Je m'appelle Bézélius, dit-il, Zorn Bézélius, et j'étais premier jardinier à la cour du génie endormi.

— Quel génie ? demanda Peggy Sue.

— Celui qu'on appelle aujourd'hui le « démon », expliqua l'arbre en essayant de s'asseoir. Jadis, quand j'étais jeune, c'était encore un bébé, et le château était à peine plus grand qu'une maison de poupée.

— Le génie dormait déjà ? s'étonna Olga.

— Oui, fit Bézélius, il dort tout le temps. Son travail consiste à rêver et à fabriquer des univers merveilleux qui font oublier aux gens les malheurs de la vie. Ces rêves sont comme des bulles emportées par le vent ; lorsqu'elles sortent du mirage, elles déferlent sur le monde réel et entrent dans la tête des dormeurs. Quand cela se produit, les humains se mettent à rêver de choses extraordinaires qui les emplissent de bonheur. C'est ainsi que naissent les œuvres d'art... principalement les romans.

Devinant que Bézélius était sur le point de s'embarquer dans un discours aussi interminable que mélancolique, Peggy Sue demanda :

— Mais un jour tout s'est détraqué, n'est-ce pas ?

— Oui, fit le vieux jardinier. Personne ne sait pourquoi. Les plantes sont devenues mauvaises, dangereuses. Mes compagnons et moi-même avons été remplacés par ces horribles squelettes aux mains en forme de râteau. Les enchantements du jardin sont devenus des maléfices. Et le génie s'est métamorphosé en démon.

Il tendit sa « main » aux doigts couronnés de petites feuilles vertes en direction d'une coupe remplie de graines multicolores.

— J'ai survécu en mangeant ces semences magiques, expliqua-t-il. Elles ont le pouvoir de vous donner l'apparence d'un arbre pendant quelques heures. Hélas ! à force d'en prendre, on finit par devenir réellement un arbre ! C'est ce qui est en train de m'arriver. J'en avale depuis si longtemps que je me suis intoxiqué. Bientôt, mes pensées humaines s'effaceront et je n'aurai même plus conscience d'avoir, un jour, été un homme.

— Et si vous arrêtiez ? proposa Peggy.

Bézélius haussa les épaules, ce qui fit horriblement grincer son écorce.

— Trop tard, souffla-t-il. Et, de toute manière, je ne puis même pas l'envisager, car les squelettes aux mains en râteau m'élimineraient. En tout cas vous avez été courageux, vous avez eu également beaucoup de chance. J'ai bien cru que vous ne triompheriez pas des pièges de la gourmandise. Je sais de quoi je parle, quand un enfant se change en statue de pain d'épices ou de chocolat, il est généralement dévoré par ses camarades. J'ai même vu un garçon dont la main droite s'était transformée en morceau de nougat... la tentation était si forte qu'il n'a pas pu s'empêcher de la grignoter, lui-même, doigt après doigt ! Il avait beau savoir que c'était sa propre main, rien n'y faisait !

— Quelle horreur ! hoqueta Peggy.

— Je connais votre but, reprit Bézélius. Vous voulez pénétrer dans le château et réveiller le démon endormi. L'ennui, c'est que beaucoup de vos camarades ont tenté la même chose, et qu'ils ont tous été victimes du chemin aux pavés blancs. Ceux qui ont voulu l'emprunter se disaient qu'en courant, ils atteindraient le château avant d'être devenus trop petits... ils se trompaient. La route est beaucoup plus longue qu'on ne l'imagine. On en a à peine parcouru la moitié qu'on a déjà la taille d'une coccinelle.

— Alors c'est impossible ? lança Sébastian avec colère.

— Par la route, oui, confirma Bézélius. Il n'existe aucune parade. Seuls les jardiniers-squelettes sont immunisés contre les maléfices du jardin et peuvent aller où bon leur semble sans subir de préjudice. Mais cela vient aussi de ce qu'ils ne sont pas réellement vivants.

— Vous avez dit « par la route », intervint Peggy Sue, cela veut-il dire qu'il existe une autre possibilité ?

L'arbre s'agita, produisant un concert de grincements.

— Oui, dit-il enfin. J'en ai parlé à vos prédécesseurs, mais ils n'ont pas voulu me croire. Ils m'ont traité de vieux fou. Le seul moyen d'atteindre le château est de couper par le massif de fleurs.

— Les fleurs tueuses ? hoqueta Ronan.

— Elles n'étaient pas comme ça jadis, soupira Bézélius. Certes, elles étaient déjà coquettes, mais pas au point de se jalouser les unes les autres et de se faire la guerre.

— Elles se détestent ? s'étonna Peggy.

— Oui, confirma le vieillard. Elles sont vaniteuses, obsédées par leur beauté. Elles n'ont qu'une idée : être plus jolies que leurs voisines, devenir les reines du massif. Si vous pénétrez sur leur territoire, elles seront sans pitié. Elles vous piqueront avec leurs épines empoisonnées, et, quand vous serez morts, elles vous enfouiront dans le sol, pour vous utiliser comme engrais. Elles sont toujours à l'affût de ce qui pourrait les embellir. Elles verront en vous une réserve de vitamines fraîches. Ou bien, toujours à l'aide de leurs épines, elles vous vampiriseront. Elles aspireront vos liquides vitaux. Elles utiliseront votre chair pour donner à leurs pétales la texture de la peau humaine. Jadis elles étaient seulement belles, aujourd'hui elles sont devenues carnivores. Tout doit concourir à les rendre plus jolies. Elles ne pensent qu'à ça.

— Je ne vois pas comment on pourrait se promener au milieu d'elles, observa Peggy Sue gagnée par le découragement.

— Il existe pourtant un moyen, objecta Bézélius. Une arme de mon invention. Jusqu'à présent personne n'a voulu l'utiliser, mais je pense que c'est l'unique façon de les berner.

De ses doigts en forme de brindilles, il ouvrit un coffre. Une sorte de fusil y reposait, entouré d'une multitude de cartouches. Chaque projectile était en réalité un petit flacon empli d'un liquide bleuâtre.

— Voyez-vous, commença-t-il, on ne peut pas tuer les fleurs. Elles sont trop nombreuses. Si vous en coupiez une, les autres auraient vite fait de vous neutraliser. Il est impossible de leur faire la guerre. Il faut ruser... se montrer malin. Très malin. Je crois que j'ai trouvé l'arme idéale.

Peggy Sue et Sébastian échangèrent un coup d'œil.

Pouvait-on faire confiance à cet étrange vieillard à moitié changé en arbre ?

— Les fleurs communiquent entre elles en produisant des parfums, reprit Bézélius. Elles remuent leurs pétales, éparpillant dans l'air des odeurs qui sont comme des mots, des phrases... Tel parfum veut dire : « J'ai chaud, je voudrais bien qu'on m'arrose », tel autre signifie : « Pucerons en approche, tuons-les ! » et ainsi de suite. Vous comprenez le principe ?

Les enfants hochèrent la tête.

— Si l'on veut communiquer avec elles, dit Peggy Sue, il faut leur envoyer des odeurs qu'elles sont capables de déchiffrer ?

— C'est ça, fit Bézélius. Elles détestent les odeurs humaines parce que les hommes sont leurs ennemis. Ils les coupent, les cueillent, et les plongent dans l'eau croupie d'un vase où elles ne tardent pas à mourir. Cela ne leur plaît pas. Voilà pourquoi elles leur font une guerre sans pitié. Elles en ont assez d'être massacrées alors même qu'elles atteignent le sommet de leur beauté. Toutefois, il est possible d'utiliser leur vanité pour les duper...

— Comment cela ? interrogea Peggy.

— Ce fusil tire des cartouches remplies d'un parfum qui signifie : « Vous êtes très belle, vos couleurs sont magnifiques, etc. » C'est là un discours que les fleurs ne se lassent pas d'entendre. Quand on leur prodigue des compliments, elles s'épanouissent de plaisir et abandonnent tout projet meurtrier. Elles sont heureuses et emploient leur énergie à déployer leurs pétales, redresser leur tige, pour paraître encore plus jolies. Pendant ce temps, elles ne vous prêtent aucune attention, et vous pouvez marcher au milieu d'elles sans risquer d'être criblés d'épines.

— Ça semble trop facile, grommela Sébastian, méfiant.

— Non, jeune homme, fit Bézélius, ça ne l'est pas. Car le parfum des cartouches, une fois répandu dans l'air, ne dure pas éternellement. Sitôt son effet disparu, les fleurs émergeront de leur béatitude et s'apercevront de votre présence... Il vous faudra alors presser de nouveau la détente du fusil. Je ne vous cacherai pas que le danger est grand. Je ne sais pas si vous disposerez d'assez de munitions parfumées pour atteindre le château. Il y a là trois cartouchières. Chacune des balles de verre dispense un compliment outrageusement flatteur, mais ce n'est pas grave, les fleurs manquent de sens critique.

Il saisit l'une des ceintures de cuir. Les étranges projectiles de cristal s'y alignaient en rang serré, chacun coincé dans un passant.

— Celui-là signifie : « Votre couleur m'éblouit par sa beauté », expliqua-t-il, celui-ci : « Votre parfum est sans égal »... J'ai utilisé des odeurs que toutes les fleurs peuvent comprendre. Le fusil est une sorte de vaporisateur, il expédie l'odeur audessus des fleurs, de cette manière elles le sentent plus vite et il dure plus longtemps. Faites attention, si vous tombiez, les cartouches se briseraient, et la terre boirait le parfum.

Peggy Sue fronça les sourcils. La décision n'était pas facile à prendre.

— Qu'en penses-tu ? demanda-t-elle mentalement au chien bleu.

Il ne répondit pas car il était occupé à s'admirer dans un vieux miroir. Depuis qu'il ressemblait à un lévrier il ne se lassait plus de sa propre image.

— À mon avis on n'a pas le choix, grogna Sébastian. Le tout est de savoir s'il y aura assez de cartouches pour couvrir notre avance.

— Cela, mes pauvres enfants, soupira Bézélius, je suis incapable de vous le dire. Jusqu'à présent personne n'a voulu prendre ce risque. Tous ont choisi la route de pavés blancs. Comme vous avez pu vous en rendre compte, on n'y voit aucun marcheur, et pourtant elle est fort encombrée, je vous l'affirme. C'est simplement que ceux qui s'y déplacent sont aujourd'hui plus petits que des microbes !

Peggy Sue eut une pensée pour les enfants enlevés par les ramasseurs. En ce moment, ils étaient prisonniers du château dans une quelconque dépendance de la cuisine, à attendre qu'un squelette-marmiton les incorpore au prochain repas du démon. Il fallait les délivrer avant que ne sonne l'heure fatidique.

— D'accord, annonça-t-elle, nous ferons à votre manière. Montrez-nous le fonctionnement du fusil.

Bézélius s'exécuta. En vérité, ce n'était pas compliqué, la leçon fut de courte durée.

En observant le chien bleu qui s'admirait toujours dans le vieux miroir, Peggy Sue eut une idée.

— Avez-vous d'autres glaces semblables à celle-ci ? demanda-t-elle.

— Oui, fit le vieillard, il doit y en avoir dans la remise où l'on entassait les meubles usagés du château. Mais elles sont fendues, ou piquetées de taches d'humidité.

— Ça n'a pas d'importance, lança Peggy. Ce serait pour en faire des boucliers. Si les fleurs sont aussi vaniteuses que vous le dites, elles ne résisteront pas au plaisir d'examiner leur reflet dans un miroir... Cela pourrait nous sauver la vie si nous venions à manquer de cartouches.

— Quelle idée formidable ! s'enthousiasma Bézélius, pourquoi n'y ai-je pas pensé moi-même ? C'est sans doute parce que je réfléchis de plus en plus à la façon d'un arbre. Le jour est proche ou je finirai par oublier que j'ai été un homme.

— Et si nous tentions de traverser le massif pendant la nuit, quand les fleurs dorment ? proposa Sébastian.

— Non, répondit le jardinier, je ne vous le conseille pas. D'abord vous vous perdriez très vite dans l'obscurité. De plus, le pont-levis du château est relevé jusqu'au matin, et — en admettant que, par miracle, vous ayez réussi à le localiser — vous en seriez réduits à attendre le lever du jour au milieu des fleurs. Or, au réveil, elles sont extrêmement maussades. Leurs pétales sont fripés, cela les met de mauvaise humeur. Le meilleur moment pour tenter la traversée, c'est le début de l'après-midi, lorsqu'elles se sont gorgées de soleil. Elles sont repues, lourdes, elles « digèrent ». On les voit dodeliner au bout de leurs tiges, en proie à un début de somnolence... c'est là qu'il faut y aller. Leur engourdissement vous protégera. Si vous les bombardez de compliments odorants, elles se laisseront bercer et ne vous accorderont aucune attention.

*

On passa le reste de la journée à fabriquer des boucliers au moyen des miroirs récupérés dans le dépotoir du château. Certains étaient en assez piteux état, mais on les nettoya du mieux possible.

— Dès qu'une fleur se penchera sur nous, expliqua Peggy, il suffira de s'accroupir derrière le bouclier. De cette manière, elle ne verra que sa propre image. Avec un peu de chance, cela l'occupera assez pour qu'elle oublie notre existence.

Cette besogne achevée, les enfants se rassemblèrent autour du vieux jardinier pour guetter le moment où les serviteurs du démon endormi éteindraient le soleil. Bézélius égrenait ses souvenirs du temps d'Avant, quand tout allait bien, quand le jardin était encore un enchantement. Il parlait si bas qu'on avait du mal à comprendre ses paroles. Peggy Sue se sentait gagnée par une mélancolie qui lui donnait presque envie de pleurer. Bézélius finit par s'assoupir. Les yeux fermés, il ressemblait tant aux autres arbres qu'on ne pouvait deviner la présence d'un humain sous cette carapace d'écorce.

Les enfants se retirèrent sur la pointe des pieds pour s'en aller dormir dans la caverne. Ils voulaient prendre du repos car la journée du lendemain risquait d'être terrible.

Peggy s'assoupit contre le chien bleu. Dehors, l'interrupteur du soleil claqua, et les ténèbres tombèrent sur le jardin ensorcelé.

19

Les marquises de la mort

À l'aube, Bézélius les réveilla.

— Il faut aller chercher de l'eau pour vous laver, expliqua-t-il. C'est important. Les fleurs ont horreur des odeurs humaines ou animales. Il faudra vous savonner, et surtout récurer ce chien. Vous devrez éviter de courir pour ne pas transpirer. Les fleurs repèrent vite les relents de sueur ; elles s'en offensent et réagissent violemment. J'ai là un savon magique qui retarde le retour des puanteurs humaines, mais il va faire chaud aujourd'hui et vous risquez de suer.

— Où se trouve l'eau ? demanda Peggy.

— Par là, fit Bézélius. Embusquez-vous en bordure de la pelouse et attendez le passage d'un animal-citerne. Quand il déploiera sa trompe pour arroser les plantes, soyez assez adroits pour recueillir l'eau de votre toilette.

Sur ce, il confia aux enfants de grands seaux de tôle cabossés. Les garçons maugréèrent car ils n'aimaient guère se laver.

— Ce qu'il y avait de bien à l'intérieur des mirages, grogna Ronan, c'est qu'il n'y avait pas d'école et qu'on n'était pas obligé d'entrer dans une salle de bains. Je me demande si, une fois revenu dans la réalité, je me réhabituerai à ces deux trucs.

Peggy Sue réprima un frisson quand le dinosaure-réservoir se dressa au bout de l'allée. Il était encore plus énorme que dans ses souvenirs. Le monstre avait déployé sa trompe et aspergeait les massifs comme s'il éteignait un incendie.

— Espérons qu'il ne va pas nous noyer ! chuchota-t-elle à Sébastian. Tu as vu la puissance du jet ?

Recroquevillés au fond d'un fourré, ils se cramponnèrent aux racines, de peur d'être emportés par le déferlement liquide. Bien leur en prit, car ils eurent l'impression qu'une vague les frappait de plein fouet et ils suffoquèrent. Quand l'incroyable animal s'éloigna, ils récupérèrent les seaux remplis et s'en retournèrent à la caverne.

Pendant leur absence, Bézélius avait disposé de grands baquets de bois et des paravents, improvisant une salle de bains en plein air. Peggy Sue trouva amusant de se laver avec le savon magique qui produisait une mousse dorée. Elle avait l'illusion de tenir au creux de sa paume un lingot d'or en train de fondre.

Une fois séchés et rhabillés, les enfants durent convaincre le chien bleu de les imiter ; ce ne fut pas une mince affaire car l'animal refusait de sauter dans le baquet. À force de cajoleries on parvint néanmoins à le savonner, mais il détesta cette expérience et, pendant toute la durée de l'opération, s'obstina à mordre les bulles qui voletaient dans les airs.

Vint le moment de la séparation.

— Je vous souhaite bonne chance, mes enfants, soupira Bézélius en leur remettant le fusil à parfums. N'oubliez pas mes conseils et ne tombez pas sous le charme des fleurs, elles s'empresseraient de vous tuer pour vous utiliser comme engrais. Gardez toujours à l'esprit que leur beauté se nourrit de charogne.

Peggy le remercia de son obligeance.

— Je vais m'installer au bord de la pelouse pour vous regarder partir, dit le vieil homme. Nous ne nous reverrons sans doute jamais, car je vais achever ma métamorphose, quand vous repasserez par ici, je serai complètement changé en arbre, et je ne vous reconnaîtrai même pas.

— C'est triste, dit Peggy Sue.

— Non, fit le jardinier, il arrive un moment où il faut savoir se détacher des choses du monde, et je suis certain qu'il y a du plaisir à devenir une plante. En tout cas, je le saurai bientôt.

Les enfants s'éloignèrent en lui adressant des signes de la main. Peggy et Sébastian avaient bouclé les cartouchières autour de leur poitrine. Avant de se mettre en marche, l'adolescence avait glissé deux balles de cristal dans les canons jumelés du fusil à odeurs.

Ils arrivèrent enfin à la frontière du massif. Les couleurs des fleurs vibraient dans la lumière avec une telle intensité que Peggy Sue dut battre des paupières pour résister à l'éblouissement. Il y avait là beaucoup de roses bleues, jaunes, violettes, rouges... et même dorées ! Elles ondulaient paresseusement dans la chaleur, la corolle tournée vers le soleil pour se gaver le plus possible de lumière. Peggy et Sébastian, qui allaient en tête, s'immobilisèrent, suffoqués par la violence des parfums flottant aux abords du massif. C'était si dense qu'on avait la sensation de se heurter à un mur invisible.

— Ce n'est pas possible, souffla le garçon, on va s'asphyxier si on entre là-dedans !

Peggy Sue songea à une anecdote racontée par Bézélius, la veille. Le jardinier prétendait que les fleurs se servaient de leur parfum pour endormir les oiseaux qui commettraient l'imprudence de les survoler.

— De cette manière, avait-il conclu, ils s'écrasent sur le sol et les fleurs s'empressent de les utiliser comme engrais.

— Essayons de retenir notre respiration, suggéra Peggy Sue.

Ils étaient inquiets car la distance à parcourir semblait immense. Par-dessus tout, Peggy craignait de s'égarer une fois engagée dans l'épaisseur des plantations.

« Si nous nous mettons à tourner en rond, pensa-t-elle, nous épuiserons nos munitions en pure perte. »

Les fleurs étaient trop hautes pour qu'on puisse prendre le moindre repère visuel. Une fois engagés entre leurs tiges, on ne verrait plus ni le ciel ni le château.

— Allons-y, décida-t-elle. Il faut être là-bas avant que les cuisiniers ne concoctent le repas du démon.

Les doigts crispés sur le fusil, la jeune fille marcha résolument vers le mur de tiges hérissées d'épines qui lui bouchait l'horizon. Elle avait pleinement conscience du danger encouru. Les roses n'auraient qu'à se presser les unes contre les autres pour lacérer les intrus. Leurs « piquants » auraient tôt fait de transpercer les jeunes imprudents qui s'étaient crus assez malins pour traverser la zone interdite.

— Tu as vu la taille des épines ? murmura Sébastian. On dirait des dents de dinosaures.

— Tais-toi ! lui intima Peggy, pas la peine d'effrayer les petits.

Elle pensait à Olga et Ronan qui ouvraient déjà des yeux terrifiés.

« Peut-être aurait-il mieux valu les laisser en compagnie de Bézélius ? » se dit-elle, puis elle se rappela qu'Olga et Ronan avaient plusieurs fois affirmé leur volonté d'aller jusqu'au bout. D'ailleurs elle ne savait rien de leur âge réel, et il était fort possible que les deux « enfants » soient, en réalité, beaucoup plus vieux qu'elle.

Les dents serrées, ils entrèrent dans la jungle des roses.

« On dirait un grand bal, songeait Peggy. Un bal où se presseraient des marquises jalouses de leur beauté, toutes prêtes à assassiner leurs rivales pour être la seule à posséder la plus belle robe. »

Les plantations étaient si serrées qu'il fallait se tenir constamment sur ses gardes. Les tiges ondulaient sans cesse, et les épines, recourbées comme des sabres, frôlaient les épaules des enfants. À trois reprises, Peggy dut faire un bond de côté pour ne pas être coupée jusqu'à l'os.

— Elles ne savent pas encore que nous sommes là, lui chuchota mentalement le chien bleu. Je ne sais pas combien de temps ça durera. Elles sont engourdies de chaleur.

Il faisait affreusement chaud au ras du sol, et la moiteur de la terre donnait aux enfants l'impression de se déplacer dans un bain de vapeur. Ils commencèrent à transpirer.

Peggy comprit qu'ils étaient repérés quand une première rose se pencha vers elle pour l'examiner. Ses énormes pétales brassaient l'air telles les oreilles d'un éléphant. Il se dégageait de sa corolle un parfum si violent que l'adolescente crut s'évanouir.

« Si elles viennent toutes nous regarder sous le nez nous sommes fichus... », songea-t-elle en épaulant le fusil. Son cerveau se paralysait, ses yeux se fermaient tout seuls comme si on était en train de lui faire respirer un anesthésique. Elle pressa la détente. L'arme fit « plop », et la cartouche de cristal explosa juste à hauteur de la corolle.

Un parfum qui signifiait : *Tu es très belle, tu ne connaîtras jamais de rivale, retourne te gaver de lumière...* se répandit entre les tiges. Pour les jeunes aventuriers ce n'était qu'une odeur parmi d'autres, mais les fleurs parurent s'en satisfaire et se détournèrent des minuscules intrus.

— Vite, haleta Peggy, Bézélius a dit que l'effet ne durait pas.

Alors commença une course dangereuse entre les épines. Il fallait avancer le plus rapidement possible sans dévier de la direction initiale. À présent, ils étaient tous en nage et exhalaient un fort relent de transpiration qui froissait la susceptibilité olfactive des roses. Elles étaient de plus en plus nombreuses à pencher la tête pour voir ce qui se passait... et quelle était l'origine d'une telle puanteur ! Peggy Sue n'arrêtait plus de recharger le fusil et de tirer de nouvelles salves protectrices.

« Quelle distance avons-nous parcourue ? se répétait-elle. Sommes-nous toujours dans la bonne direction ? »

Elle n'était sûre de rien et tremblait d'être en train de tourner en rond.

Bientôt sa cartouchière fut vide, elle dut passer le fusil à Sébastian. Le garçon avait le visage ruisselant et tentait de ne point laisser voir son affolement.

— Sommes-nous sur la bonne piste ? demanda-t-elle au chien bleu.

— Je ne sais pas, avoua celui-ci, le parfum des roses est si puissant qu'il neutralise mon flair. J'ai l'impression de me noyer dans une bouteille d'eau de Cologne !

Peggy crispait les mâchoires chaque fois qu'elle entendait les détonations du fusil. La cartouchière de Sébastian s'épuisait. À ce rythme-là, ils n'auraient bientôt plus de munitions.

— Essayons les boucliers ! lança-t-elle, levez les miroirs au-dessus de votre tête. Avec un peu de chance, les fleurs vont se trouver si belles qu'elles nous oublieront !

Les enfants obéirent et s'empressèrent de saisir les glaces fêlées qu'ils avaient jusqu'à présent portées en bandoulière. Ils les brandirent vers le ciel, bras tendus, comme s'ils voulaient se protéger d'une averse.

Les roses s'immobilisèrent, surprises par leur propre image. Elles dodelinaient de la corolle, avec coquetterie, pour tenter de s'examiner sous tous les angles. Les enfants, profitant de ce répit, couraient à travers la jungle d'épines.

Hélas, les fleurs, mécontentes de ne pouvoir s'examiner tout à loisir, leur barrèrent le passage. Il fallut leur abandonner les miroirs pour continuer à avancer.

— Je ne dispose plus que d'une dizaine de cartouches, haleta Sébastian. J'espère qu'elles véhiculent des compliments convaincants parce que les roses commencent à s'énerver.

— Je crois qu'elles sont encore plus vaniteuses que Bézélius ne l'imaginait, soupira Peggy. Les parfums qui emplissent les balles de cristal ne sont pas assez flatteurs à leur goût. Plus nous nous rapprochons du château, plus ça va devenir difficile. Nous leur disons qu'elles sont belles... *le problème c'est qu'elles le savent déjà.* Elles veulent davantage !

L'adolescente dû faire un bond de côté pour éviter d'être griffée par une tige hérissée d'épines.

— Courage, lança-t-elle à l'adresse de Ronan et d'Olga. Nous ne sommes sûrement plus très loin de l'entrée !

Elle tremblait à l'idée que les jardiniers — pressentant que les enfants étaient sur le point de réussir — ne remontent le pont-levis.

« Ce serait le bouquet ! se dit-elle, nous serions livrés à la furie des roses, et sitôt les dernières cartouches tirées... »

Elle préféra ne pas penser à ce qui arriverait alors ; saisissant Olga et Ronan par la main, elle les entraîna dans son sillage.

Un grand tumulte agitait maintenant les roses, et c'est à peine si elles accordaient trois secondes d'intérêt aux parfums vaporisés par les projectiles de cristal. Les compliments olfactifs élaborés par Bézélius n'étaient pas assez flatteurs, elles en concevaient même un certain agacement. Comment ! Pour qui les prenait-on ? Les croyait-on assez sottes pour se satisfaire de flatteries aussi vulgaires ? Elles méritaient mieux ! Beaucoup mieux ! Elles exigeaient de véritables poèmes d'odeur, des œuvres d'art, des déclarations enfiévrées... N'étaient-elles pas les princesses du jardin ? Les minables petits parfums vaporisés par ces enfants leur faisaient injure ! C'étaient de ces basses flatteries dont pouvaient se satisfaire une bergère, une repasseuse... mais elles ! *Elles !* Quand on s'adressait à d'aussi grandes dames, il convenait de se donner un peu plus de mal !

Oh ! que ces enfants étaient agaçants ! Et mal élevés ! Et insolents ! Ils n'avaient aucune idée des égards qu'on doit à une tête couronnée ! On allait leur donner une bonne leçon ! Leur frotter la peau jusqu'à ce qu'elle parte en lambeaux. Ensuite, on les enfouirait dans le sol, pour qu'ils régénèrent la terre du massif, et tout le monde en profiterait.

— Cette fois nous sommes fichus ! hoqueta Sébastian en rechargeant encore une fois son arme. Il ne me reste plus que six cartouches.

— Par là ! cria soudain le chien bleu. Il faut aller par là... Je renifle l'odeur de la pierre. Le château est tout près.

Ils s'élancèrent pendant que les roses se tordaient en tous sens pour essayer de les écorcher vifs. Les vêtements de Peggy Sue étaient en lambeaux. Sébastian vida son arme en pure perte ; les fleurs ne se donnaient même plus la peine de redresser leur corolle pour déchiffrer les compliments vaporisés dans les airs.

Alors qu'elle croyait sa dernière heure arrivée, Peggy se heurta à un mur blanc, aux pierres énormes. Les aspérités des blocs étaient telles qu'on pouvait s'y hisser sans mal. Elle glissa le chien bleu sous son bras, et, d'une seule main, commença à s'élever le long de la paroi. Par bonheur, les saillies de la roche offraient des prises faciles et elle grimpa rapidement au-dessus du niveau des fleurs.

Quand ils furent en sécurité, assez haut pour échapper à la colère des roses furieuses de voir leurs proies s'échapper, les enfants réalisèrent qu'ils étaient en train d'escalader l'une des quatre murailles du château.

Ils avaient atteint leur but.

20

Le labyrinthe de pierre blanche

Peggy Sue eut l'idée de se déplacer le long du mur en utilisant l'espace jointif entre les pierres. En effet, le ciment qui scellait les blocs colossaux formait une sorte de corniche sur laquelle on pouvait avancer à quatre pattes. Ce passage restait cependant fort étroit, et, à certains endroits, le ciment s'effritait, si bien qu'on risquait de perdre l'équilibre et de basculer dans le vide... directement au milieu des roses en furie.

Peggy progressait en évitant de regarder en bas. Les parfums exhalés par les fleurs en colère lui tournaient la tête et elle craignait de s'évanouir.

— Respire le moins possible ! lui criait mentalement le chien bleu. Le pont-levis est droit devant.

L'adolescente essaya d'aller plus vite. Le ciment rugueux lui écorchait paumes et genoux. Le bruissement des roses lui emplissait les oreilles. Les pétales qui s'ouvraient, se refermaient évoquaient pour elle le crissement lancinant produit par les ailes d'un vol de corbeaux.

Enfin, le chien bleu sauta de la corniche sur le pont-levis. La manœuvre se révéla plus délicate pour les enfants. Ronan faillit basculer dans le vide.

Peggy et Sébastian le rattrapèrent de justesse. Olga, prise de vertige, refusa de sauter. Il fallut parlementer pendant une demi-heure avant de parvenir à la convaincre de bondir au-dessus de l'abîme.

Quand ils furent réunis sur l'immense pont-levis, ils réalisèrent à quel point la traversée du massif les avait épuisés. Ils restèrent un long moment assis sur les planches vermoulues.

Peggy leva la tête pour essayer de distinguer le sommet du donjon. Elle renonça. Le château était aussi imposant qu'une montagne. Son chemin de ronde se perdait dans les nuages, la neige couvrait les toits coniques des plus hautes tours.

— On entre ? demanda Sébastian.

Les cinq compagnons se regardèrent. Il fallait bien se décider à bouger. On ne pouvait pas rester là jusqu'à la nuit.

— D'accord, souffla Peggy. Allons-y avec précaution.

Le chien bleu prit la tête de la colonne. La porte d'entrée était immense. On aurait pu bâtir un immeuble de quinze étages sous la voûte de la première salle.

Peggy Sue et ses amis se sentaient minuscules. Tout était en pierre blanche. Les pièces succédaient aux pièces, mais les jeunes explorateurs ne découvrirent nulle part la moindre trace de mobilier.

Au bout d'un moment, Peggy perçut une étrange vibration sous ses semelles, comme si les blocs bougeaient. Elle s'agenouilla pour poser la main sur le sol. Elle n'avait pas rêvé, les dalles frissonnaient.

— *Elles poussent*, expliqua Sébastian. Tu as oublié que le château grandissait chaque jour un peu plus ?

— Elles poussent ? répéta l'adolescente, ébahie. Tu as raison... Regarde ! les dimensions de cette dalle sont en train de changer ! Elle devient plus grande.

— Tout devient plus grand, constamment, murmura le garçon. Chaque pierre se développe, grossit, comme un fruit qui mûrit. C'est ainsi que le château envahit peu à peu l'espace interne du mirage. Au début, cette bâtisse avait des proportions tout à fait normales. Aujourd'hui c'est devenu une vraie montagne. Une montagne qui continue à sortir de terre.

Peggy Sue se mordilla la lèvre inférieure, ce qui était chez elle signe d'intense réflexion.

— Mais alors, dit-elle, si tout grandit en permanence... cela veut dire que les couloirs ne cessent de s'allonger, les pièces de prendre du volume... Même en marchant vite, nous risquons d'être condamnés à faire du surplace !

— Ce n'est pas impossible, admit Sébastian. Mais à ce qu'on prétend la croissance du château est irrégulière, ce qui nous laisse une chance.

— Irrégulière ? s'étonna Olga.

— Oui, expliqua Sébastian, une tour va se développer à gauche, par exemple, tandis que celle de droite restera inchangée. Même chose pour les corridors. C'est pour cette raison que les bâtiments ont cet aspect bizarre, tordu.

Peggy Sue fixa la lourde porte cloutée, au fond de la salle. *N'était-elle pas en train de s'éloigner ?* Elle battit des paupières pour dissiper l'illusion. En regardant autour d'elle elle prit conscience que tout était bâti de travers. Aucune meurtrière n'avait la même taille ni ne se trouvait à la même hauteur. Certaines marches de l'escalier étaient plus hautes que les autres.

— Ça pousse n'importe comment, insista Sébastian. Il paraît qu'il y a des portes qui ne servent à rien, des escaliers ne menant nulle part, des pièces sans portes ni fenêtres où personne ne peut entrer. Il faut faire attention, il est facile de s'égarer dans un pareil labyrinthe, surtout si un nouveau couloir est apparu pendant la nuit !

— D'accord, fit Peggy Sue, nous resterons sur nos gardes. Maintenant il faut prendre une décision. Quel corridor emprunter ? En as-tu la moindre idée ?

— Non, avoua Sébastian. Je pense que nous sommes les premiers à entrer ici.

Cela ne facilitait pas les choses.

— Nous ferons des marques sur les pierres, décida Peggy. Ça nous évitera de tourner en rond.

— Je peux vous guider, intervint le chien bleu. Je perçois des odeurs. Il y a quelque chose de vivant au cœur du château. Quelque chose d'énorme.

— Le démon endormi ? suggéra Sébastian.

— Peut-être, répondit le chien. Mais il n'est pas seul. Je sens d'autres odeurs... que je ne connais pas. Des choses qui ne sont ni humaines ni très gentilles... Elles errent dans les couloirs.

— Sûrement ses serviteurs, proposa Olga avec un frisson d'appréhension.

— Avançons, lança Peggy. Pendant que nous prenons racine la porte ne cesse de reculer. Si nous attendons encore il nous faudra, pour l'atteindre, parcourir deux fois plus de chemin qu'à notre arrivée.

Ils s'élancèrent.

Il ne leur fallut pas longtemps pour réaliser que tout se ressemblait. L'absence de meubles, d'armures, de tableaux privait le visiteur du moindre point de repère. Tout était bâti en dépit du bon sens.

— Vous avez vu ? pouffa Ronan. Il y a une porte au plafond !

— Le soleil va s'éteindre, fit remarquer Peggy. Il faut s'installer pour la nuit. Sortez vos torches et gardez-les à portée de la main.

On posa les sacs à dos. Le plus ténu des bruits éveillait des échos bizarres au long des couloirs. Quand on claquait des doigts on donnait naissance à un roulement de tambour. Quand on prononçait un mot, cette unique parole, démultipliée par la résonance, finissait par constituer un brouhaha de foule en délire. Au début c'était amusant, ensuite on commençait à trouver la chose inquiétante.

— Arrêtez ! ordonna Peggy Sue. Inutile de

signaler notre présence. Les valets du démon s'en apercevront assez vite.

On attendit donc en silence le claquement de l'interrupteur annonçant la tombée de la nuit. Quand cela se produisit, les ténèbres envahirent le château. Peggy Sue dut se retenir d'allumer sa lampe. S'évertuant au calme, elle s'allongea sur le dos et cala sa nuque contre son sac. Les autres l'imitèrent.

— Repose-toi, lui chuchota mentalement le chien bleu. Je vais monter la garde.

Ils avaient à peine fermé l'œil qu'ils furent réveillés en sursaut. Le sol tremblait, le château roulait tel un navire ballotté par les vagues. Peggy Sue fut jetée sur Sébastian qui, lui-même, roula sur Ronan. Ce méli-mélo finit par atterrir sur Olga qui poussa un cri de douleur. Les lampes torches s'étaient éparpillées. Toute la maçonnerie gémissait. Si le manoir n'avait point été conçu par magie, nul doute qu'il serait tombé en miettes car aucune maison normale n'aurait pu résister à un tel traitement.

Peggy Sue se releva en tâtonnant. Le sol se déroba sous ses pieds. Elle percevait les mouvements du château dans ses chevilles.

« Il penche d'un côté puis de l'autre, pensa-t-elle, puis il recommence. Qu'est-ce que ça signifie ? »

S'accrochant aux aspérités des parois, elle se hissa jusqu'à une fenêtre. Le chien bleu, qui avait récupéré une lampe entre ses mâchoires, la lui apporta. Ses quatre pattes le faisaient bénéficier d'une stabilité supérieure à celle des enfants.

Peggy alluma la torche et se pencha au-dehors, dans la découpe de la meurtrière. Ce qu'elle vit lui arracha un hurlement de stupeur.

— Le... *le château a des jambes* ! balbutia-t-elle.

— Quoi ? cria Sébastian.

— Il a des jambes..., confirma Peggy. Trois de ce côté, et sans doute autant de l'autre. Il s'en sert pour se balancer. On dirait des cuisses de grenouille géante... mais en métal. C'est... c'est incroyable.

— Mais pourquoi s'agite-t-il comme ça ? se lamenta Ronan.

— C'est évident ! lança Olga. *Il berce le démon*... Chaque fois que le démon menace de se réveiller, le château se comporte comme un berceau qu'on remuerait doucement. Comme nous sommes tout petits, ces mouvements nous paraissent violents, mais en vérité il n'en est rien.

— Tu as raison ! haleta Peggy Sue. C'est ça ! voilà pourquoi le génie ne se réveille jamais, il est prisonnier du château comme un bébé le serait d'un berceau ensorcelé.

— Oh ! gémit Ronan, c'est affreux. J'ai le mal de mer. Je vais vomir !

Peggy ne se sentait pas très bien elle-même. Chaque nouveau mouvement du manoir lui retournait l'estomac. Elle s'éloigna de la fenêtre de peur d'être projetée au-dehors. Les pattes géantes de tribord continuaient à se plier et à se déplier en grinçant. Chaque fois que le bâtiment semblait prêt à se renverser sur le flanc droit, les pattes de bâbord entraient en action, le repoussant en sens contraire. Une odeur de graisse de machine s'élevait dans l'air au fur et à mesure que les engrenages s'échauffaient.

— Oooh ! pleurnicha Olga, je vais être malade ! Écartez-vous !

Peggy Sue l'entendit vomir. Quelqu'un l'imita aussitôt.

*

Ils passèrent une nuit affreuse car les mouvements de balanciers durèrent plusieurs heures et ne s'arrêtèrent qu'une fois le démon replongé dans les profondeurs du sommeil, laissant les enfants dans un état de nausée comateuse.

« J'ai l'impression d'avoir navigué sur une mer démontée, songea Peggy. Je comprends maintenant pourquoi il n'y a aucun meuble à l'intérieur des pièces. Le balancement les fracasserait. »

Quand le soleil se ralluma, elle se nettoya du mieux possible. Cette mésaventure l'emplissait néanmoins d'une certaine satisfaction car elle entrevoyait enfin la manière dont elle pourrait réveiller le génie.

« Il faut saboter ces pattes monstrueuses, se dit-elle. Empêcher le château de se transformer en berceau. De cette manière le génie sortira du sommeil. »

Oui ! elle tenait là quelque chose ! Le début d'une riposte !

Quand ses compagnons la rejoignirent, elle leur exposa son plan d'action.

— Il faut explorer le manoir, énuméra-t-elle, savoir où se trouvent ces pattes mécaniques et ce qui les fait bouger. Les détruire si possible.

— Il y a sûrement des sentinelles, observa Sébastian. Ces pattes ne sont pas venues là toutes seules. Elles n'existaient pas jadis, quand le génie menait une existence normale. Nous devrons rester sur nos gardes.

Rasant les murs, le petit groupe se lança à la découverte des lieux. L'expérience de la nuit les avait laissés pâles et barbouillés mais ils faisaient contre mauvaise fortune bon cœur. Peggy Sue se sentait emplie d'une étrange exaltation. Elle était plus heureuse ici, avec ses camarades et son chien, qu'au-dehors, dans le monde réel. À l'extérieur elle était une lycéenne affublée de grosses lunettes, et dont tous les garçons se moquaient ; ici, elle affrontait des géants et dormait dans des châteaux magiques. C'était vraiment une vie fabuleuse !

Après avoir longtemps erré, ils entendirent enfin les échos d'un ronflement. Quelqu'un dormait sous leurs pieds, d'un sommeil énorme qui faisait trembler la maçonnerie.

— C'est lui, dit Peggy Sue. C'est le géant. Nous l'avons trouvé.

Les enfants se figèrent, soudain effrayés à l'idée de ce qu'ils allaient découvrir. Ils avaient surmonté bien des dangers pour arriver jusqu'ici, mais, au seuil de la dernière étape, le courage leur faisait défaut.

Peggy dut les « secouer » pour les décider à reprendre l'exploration. Le temps pressait.

— Il faut descendre observa-t-elle. Nous emprunterons le premier escalier qui nous permettra d'accéder aux étages inférieurs.

Dit de cette manière, cela paraissait évident... Hélas ! dans l'heure qui suivit ils constatèrent avec amertume que les volées de marches se dressant sur leur passage menaient soit aux étages supérieurs... *soit nulle part*, car certaines se terminaient tout bonnement en cul-de-sac. En outre, les couloirs avaient la fâcheuse manie de se changer en labyrinthe.

« C'est à croire qu'ils changent de forme dans notre dos, songea Peggy. Comme des serpents qui onduleraient sur le sol. Est-ce possible ? »

Elle regarda par-dessus son épaule, espérant surprendre les mouvements des murs en train de se réorganiser.

— Il n'y a peut-être qu'un seul couloir, un unique corridor qui ne cesse de se métamorphoser, grommela le chien bleu. Nous avons l'illusion d'avancer alors que nous tournons en rond. Regarde : nous sommes déjà passés ici, voici la marque que tu as tracée à la craie... et pourtant le décor a changé, je n'avais jamais vu cette voûte ni ces fenêtres en ogive. C'est un corridor vivant, il n'arrête pas de se déguiser pour mieux nous tromper.

— Il vaudrait sans doute mieux nous séparer, hasarda Peggy. Nous augmenterions nos chances de trouver le géant. Je reste avec le chien, Sébastian prendra la tête de la deuxième équipe.

— Tu as raison, fit le garçon. Au prochain carrefour allons chacun de notre côté.

Ils se séparèrent avec un pincement de cœur. Peggy Sue et le chien bleu prirent à droite, Sébastian, Ronan et Olga partirent vers la gauche.

— Sens-tu quelque chose ? demanda l'adolescente à l'animal.

— Non, avoua celui-ci. Ma truffe est engourdie. Je ne comprends rien aux odeurs qui flottent ici. Elles sont trop différentes de celles dont j'ai l'habitude.

Il semblait désorienté. Peggy descendait les marches une à une. L'escalier était vertigineux.

« C'est à croire qu'il s'enfonce au centre de la terre, songea-t-elle. Je n'en vois même pas le bout. »

Elle trouvait particulièrement désagréable de descendre ainsi dans l'obscurité, à la manière d'un plongeur sous-marin en train de couler dans un puits d'encre de Chine !

La tête lui tourna, et, l'espace d'une seconde, elle crut qu'elle allait perdre l'équilibre et rouler au bas des marches... pour aller s'écraser trente kilomètres plus bas. Elle eut tout à coup l'horrible impression que l'escalier devenait mou sous ses pieds. Elle battit des bras, poussa un cri étranglé, et bascula en avant. Elle tenta de freiner sa chute en s'agrippant à la muraille, mais ses doigts s'écorchèrent en vain sur les pierres. Elle roula, roula... Les aboiements du chien bleu lui parvenaient, de plus en plus lointains, puis sa tête heurta la paroi, et elle perdit connaissance.

*

Quand elle se réveilla, elle était étendue sur les dalles d'une crypte déserte. Une bosse énorme lui déformait le sommet du crâne. Elle se redressa, s'étonnant de ne point trouver le chien bleu à ses côtés. Où était-il passé ?

Elle en conçut une vive inquiétude. Elle courut vers l'escalier pour scruter le sommet des marches... elles étaient vides. Le petit animal avait disparu.

« Une nouvelle bifurcation a dû s'ouvrir, se dit-elle. Il s'y est engouffré sans réaliser qu'il s'agissait d'un piège visant à nous séparer. »

Elle se sentit soudain affreusement seule. Elle imagina l'escalier mou s'ouvrant, telle une gueule, pour avaler le chien.

Le sol se mit à trembler sous ses pieds. Toute à

ses angoisses, elle n'avait pas encore pris conscience qu'un ronflement énorme faisait vibrer les murs.

« Ça y est, constata-t-elle, je suis arrivée chez le démon. Il doit dormir quelque part au bout de ce couloir. »

Elle rassembla son courage et se plaqua contre la paroi pour progresser en direction de la lumière bleutée qui dansait au fond du corridor. Les tremblements de la pierre lui donnaient l'impression que ses os allaient se désarticuler. Elle dut serrer les mâchoires pour empêcher ses dents de claquer.

Elle parvint au seuil d'une crypte colossale, assez vaste pour abriter une collection de baleines géantes. Le sol était recouvert de milliers de coussins multicolores, et sur ces coussins reposait un enfant endormi. Un petit garçon dont la taille avoisinait celle d'un immeuble de dix étages, mais qui, présentement, dormait à poings fermés. Il avait un visage poupin, des cheveux blonds. Ses vêtements avaient craqué sur lui au fur et à mesure qu'il grandissait, et ses serviteurs avaient tenté de les rafistoler tant bien que mal, au moyen d'étoffes bigarrées cousues en dépit du bon sens.

Peggy Sue fut suffoquée par la taille du dormeur dont le corps occupait presque entièrement le volume de la crypte. Comme il n'avait pas pris le soleil depuis des siècles, sa peau était pâle, laiteuse. Il ne semblait pas méchant, loin de là. En fait, il ne se rendait absolument pas compte de ce qui se passait autour de lui. La stupeur lui faisant oublier toute prudence, Peggy Sue s'avança vers l'enfant. Cela faillit lui être fatal, car un personnage funèbre, tout de noir vêtu, surgit d'une crypte voisine. L'adolescente n'eut que le temps de se rejeter dans l'ombre pour échapper à son regard. Le nouveau venu fut bientôt rejoint par d'autres compères, pareillement accoutrés. Tous avaient le même visage anonyme, à peine esquissé. Tous portaient le même costume démodé, la même cravate.

Tous tenaient à la main la même aiguille noire...

Peggy Sue retint son souffle. S'agissait-il des serviteurs de l'enfant géant ? Non, elle n'y croyait pas, il y avait quelque chose en eux de trop menaçant. Que faisaient-ils là ? Que guettaient-ils ?

Elle les observa, encerclant le visage du génie endormi tels des chasseurs à l'affût d'une proie.

Tout à coup, la bouche du garçonnet s'entrouvrit pour laisser filer une bulle rose qui se mit à voleter à travers la salle, cherchant une ouverture pour s'échapper.

Aussitôt, les hommes en noir s'élancèrent, l'aiguille brandie, essayant d'atteindre la bulle qui dérivait dans la crypte au gré des courants d'air. Peggy plissa les paupières pour essayer d'y voir mieux.

« La bulle contient quelque chose ! se dit-elle tandis que l'excitation la gagnait. Un objet... ou... *un paysage* ! »

D'où elle se tenait, elle ne distinguait pas très bien l'étrange perle volante, mais elle avait la certitude qu'un univers miniature s'y trouvait enfermé. Elle voyait des maisons... de petits arbres... un lac pas plus grand qu'un mouchoir.

Elle eut une illumination.

« C'est un mirage, décida-t-elle. Un bébé mirage échappé des rêves du génie. S'il pouvait sortir du château il s'envolerait vers la réalité, vers le désert, où il se mettrait à grandir. »

Mais pourquoi les hommes en noir s'acharnaient-ils à le poursuivre ? Et surtout, pourquoi brandissaient-ils ces affreuses aiguilles ?

De peur d'être découverte, Peggy se plaqua davantage contre la muraille. Enfin, l'un des curieux bonshommes au visage mal dessiné parvint à piquer la bulle rose avec son dard. Cette action accomplie, il laissa échapper un rire méchant que ses camarades reprirent en chœur. Contrairement à ce que pensait Peggy Sue, la bulle ne creva pas, mais ses couleurs s'altérèrent.

Le minuscule paysage qu'elle contenait perdit son éclat, sa joliesse. Les feuilles tombèrent des arbres minuscules, l'eau des lacs se troubla, des poissons morts s'en vinrent flotter le ventre en l'air à la surface des étangs. Les petites maisons de poupée prirent soudain l'allure de manoirs hantés...

« Ils ont tout gâché, constata Peggy. D'un seul coup d'aiguille ils ont empoisonné l'univers créé par le dormeur. C'est donc ainsi qu'ils procèdent ? Voilà comment ils transforment les mirages en cauchemars. Une fois le venin injecté dans la bulle, tout se met à marcher de travers. »

À présent, les hommes en noir s'amusaient à se renvoyer la bulle vénéneuse comme s'il s'agissait d'un ballon de plage. L'un d'entre eux s'en alla chercher un filet à papillons, avec lequel il la captura.

« Il va l'emmener sur les remparts et la relâcher, songea Peggy. Alors, elle sortira du mirage pour aller flotter au-dessus du désert, dans le monde réel. »

Tout s'expliquait. Le génie n'était pas devenu « mauvais » comme le supposaient les gens vivant de l'autre côté de la barrière blanche. Cependant, de sinistres personnages s'étaient introduits dans le château, en fraude. Après s'être assurés que l'enfant géant ne s'éveillerait jamais, ils avaient commencé à empoisonner ses rêves, détraquant les univers nés de son imagination. Leurs aiguilles noires au poing, ils s'étaient mis à déambuler à travers le jardin, piquant tout ce qui passait à leur portée. Les lois du mirage s'en étaient trouvées perverties... on connaissait la suite.

« Voilà donc l'ennemi », se dit Peggy Sue.

Les choses prenaient une tournure inattendue car les hommes au visage lunaire paraissaient nombreux. Elle en avait compté une dizaine courant après la bulle-univers. De plus, ils étaient grands, animés d'une méchanceté bruyante qui n'annonçait rien de bon.

Bref, elle en avait peur.

Elle resta un long moment plaquée contre la muraille, à attendre que les sinistres personnages sortent de la crypte. Il lui fallait maintenant rejoindre ses amis et leur communiquer sa découverte.

Rasant les parois, elle revint sur ses pas. Hélas, l'escalier par où elle était venue avait disparu.

Elle dut se résoudre à emprunter un couloir qui n'était pas là un quart d'heure plus tôt... et qui se refermerait peut-être dans dix minutes ! Elle tremblait à l'idée de se retrouver emmurée vive, à l'intérieur des pierres magiques.

« J'espère que ce n'est pas ainsi que le chien bleu a disparu », se répétait-elle en pressant le pas.

De temps à autre, le ricanement maléfique des hommes en noir la faisait sursauter. Elle se demanda s'ils l'avaient repérée et s'ils s'amusaient à ses dépens. Elle ne cessait de regarder derrière elle.

Sa déambulation hasardeuse l'amena dans une salle occupée par une machine compliquée, dont les rouages et les bielles s'entrecroisaient pour former une montagne mécanique où serpentaient des tuyaux de toutes couleurs. Peggy mit une minute pour comprendre qu'elle avait sous les yeux le mécanisme propulsant les « pattes » du château. C'était d'ici, de cette chaufferie, que partait le lent bercement dont les effets maintenaient le génie en sommeil profond.

— Voilà la solution ! souffla-t-elle entre ses dents. Si je parvenais à saboter cette fichue machine, le manoir cesserait de s'agiter comme un berceau. Le génie se réveillerait... et les hommes en noir prendraient la fuite.

Elle s'approcha de l'énorme moteur et poussa un soupir de perplexité. Elle n'avait aucune idée de la manière dont il convenait de s'y prendre. Sébastian pourrait sans doute l'aider ? C'était un garçon, les garçons avaient la passion de la mécanique...

Où était-il en ce moment ? Elle ne pouvait crier son nom sous peine d'alerter les créatures à face lunaire. Il fallait pourtant qu'elle le trouve, et vite !

« Finalement, c'était une mauvaise idée de se séparer ! » se dit-elle en cherchant une issue qui lui permettrait de sortir de la salle des machines.

21

Trahison

Le chien bleu ne comprenait rien à ce qui venait de se passer. Quand Peggy Sue avait perdu l'équilibre sur l'escalier mou, il s'était précipité pour la retenir en lui plantant les crocs dans le fond du pantalon, *mais*... mais ses mâchoires avaient claqué dans le vide. Peggy avait disparu, l'escalier lui-même avait disparu... *et*...

Et il s'était soudain retrouvé dans un couloir où il n'avait jamais encore mis les pattes !

C'était encore là un de ces tours de magie dont le château semblait prodigue. On avait manœuvré pour le séparer de Peggy mais il ne se laisserait pas faire. Jamais il ne se laissait faire ! On le disait teigneux, râleur, bagarreur, impatient. Il l'admettait fort bien, mais sa grande qualité, c'était d'aller toujours jusqu'au bout de ce qu'il entreprenait.

Il remontait le couloir inconnu, la truffe au ras des dalles, quand il entendit la voix. Elle sortait de nulle part. Des murs, du plafond, on ne savait pas... Elle disait :

— *Tu n'en as pas encore assez d'être un chien ?*

Le chien bleu releva la tête, les crocs déjà découverts. Il était petit mais il n'avait jamais eu peur de s'en prendre à plus gros que lui.

— D'accord, grogna-t-il, sors de ton trou et battons-nous !

— Arrête de te comporter comme un vulgaire cabot, dit la voix. Tu vaux mieux que ça. Tu es trop intelligent pour continuer à marcher à quatre pattes. D'ailleurs, tu es bien plus intelligent que beaucoup d'humains. Tu le sais, n'est-ce pas ?

Le petit animal secoua la tête. La voix surnaturelle bourdonnait dans ses oreilles comme une guêpe prête à lui piquer le cerveau. Il n'aimait pas ça, et pourtant les paroles qui résonnaient sous son crâne lui mettaient curieusement du baume au cœur.

— Pourquoi suis-tu cette Peggy Sue comme un bon toutou ? chuinta encore la voix. Ça te plaît de jouer les serviteurs bien gentils ? De rapporter la ba-balle quand on te l'ordonne ? Tu perds ton temps avec ces gosses. *Pis ! Tu perds ton honneur !* Rappelle-toi le temps où tu commandais à une ville tout entière[1] ! Le temps où tu étais le maître de Point Bluff... Tu t'entraînais à marcher sur tes pattes postérieures pour faire comme les humains. Tu voulais que ta cravate tombe bien droit sur ton ventre... Tu as renoncé à tes ambitions. Tu trottines de nouveau à quatre pattes, et

1. Voir *Le Jour du chien bleu*.

ta cravate traîne dans la poussière. J'ai honte pour toi.

« Je ne dois pas écouter, se répétait désespérément le chien bleu. On essaye de m'hypnotiser... je le sens bien. J'ai le cerveau qui s'engourdit. Il faut résister. Résister... »

— Peggy Sue se moque de toi quand tu as le dos tourné, fit la voix avec des accents mielleux. Tu t'en doutes, hein ? Elle te méprise parce qu'elle t'a vaincu lors de l'affaire du soleil bleu. Elle se sert de toi parce que tu es télépathe et que ça lui est parfois utile, mais tu n'es qu'un outil pour elle... Quand tu seras vieux, elle te flanquera à la fourrière.

Le chien bleu se roula sur le sol. La voix rampait comme une limace noire dans son esprit. Il aurait voulu s'en défaire mais n'y parvenait pas.

— Ce que j'en dis, c'est pour ton bien, soupira l'inconnu, si tu avais un peu de tripes, tu réagirais avant qu'il ne soit trop tard.

L'animal poussa un long gémissement. Tout cela était trop compliqué !

— Je sais ce que tu désires plus que tout, chuchota la voix. Je peux lire au fond de tes pensées secrètes. Tu voudrais devenir un homme. J'ai ce pouvoir. Si tu acceptes de m'aider, je te donnerai de quoi te métamorphoser en petit garçon.

Le chien bleu se redressa sur ses pattes tremblantes. La migraine lui sciait le crâne en deux. Il aurait donné n'importe quoi pour que cela s'arrête.

Une balle se matérialisa sous son nez, surgie de nulle part. Une balle bleue en caoutchouc mousse.

— C'est un jouet enchanté, énonça la voix. Si tu mords dedans, très fort, tu sentiras une ampoule de verre se briser entre tes dents. Elle contient un liquide magique qui te changera en petit garçon. Ce sera la première partie du pacte...

— Et quelle sera la seconde ? demanda plaintivement le chien bleu.

— Tu devras retrouver Peggy Sue, la faire prisonnière et l'enfermer dans un cachot. Si tu accomplis cette mission, tu resteras humain. Tu deviendras un homme. Si tu échoues, ou si tu renonces, tu reprendras aussitôt ta misérable apparence de chien... Réfléchis, c'est une chance qui ne se présentera pas deux fois.

Le chien bleu se tortillait sur le sol, en proie à une horrible indécision. Quelque chose lui soufflait que le jeu était truqué, qu'on agissait sur ses pensées, mais il n'était plus en mesure de se rebeller. La balle de caoutchouc bleue attendait, sagement posée sur une dalle, à quelques centimètres de sa truffe.

— Peggy Sue est idiote, moche et mauvaise, reprit la voix. Elle se sert de toi. Elle se sert des autres pour devenir une héroïne. Elle vous vole votre part de triomphe. Quand on publiera ses aventures, ton nom ne figurera même pas sur la couverture du livre, tu peux en être certain !

22

Folle à lier !

Sébastian et Peggy Sue se retrouvèrent à l'angle d'un couloir. Le garçon n'avait rien vu d'intéressant. Olga et Ronan pas davantage. Ils parurent un peu jaloux de Peggy quand elle leur exposa ses découvertes. L'adolescente sentit que Sébastian aurait bien aimé être à sa place. Il lui en voulait obscurément de l'avoir relégué au second plan. Elle en fut désolée. Elle avait simplement essayé de se montrer efficace, pour le bien de tous. Elle avait oublié à quel point les garçons sont portés à la compétition.

— Des hommes en noir à face de lune..., répéta Sébastian d'un ton dubitatif. Je n'en ai jamais entendu parler. Tu dis qu'ils piquent les rêves du génie avec une aiguille noire et les changent en cauchemars ?

Il avait pris ce petit ton supérieur qui agaçait Peggy Sue. Elle allait lui répondre vertement, quand elle eut l'intuition que les choses allaient de travers...

Au même moment, le chien bleu fit son apparition, il poussait du museau une balle en mousse, bleue elle aussi. Peggy se précipita vers lui, mais il se détourna pour continuer à jouer avec sa balle.

— Où étais-tu passé ? lui demanda-t-elle mentalement. J'étais inquiète, tu sais ?

L'animal ne répondit rien. Peggy Sue guetta vainement une réponse. Elle ne distingua qu'un bruit confus de pensées incompréhensibles et piquantes qui lui firent l'effet d'avoir saisi à pleines paumes un bouquet d'orties.

« Ce n'est pas normal, songea-t-elle. Il a l'air bizarre. On dirait qu'il fait télépathiquement le gros dos, comme s'il voulait m'interdire de communiquer avec lui. »

Elle se releva, mal à l'aise.

— Où se cachent-ils, tes hommes à face de lune ? lança Sébastian. On voudrait bien les voir, nous aussi.

— D'accord, soupira Peggy. Mais restez collés au mur pour qu'ils ne vous repèrent pas. S'ils vous piquaient avec leur aiguille noire, je ne sais pas en quoi vous vous changeriez. En tout cas, il faut descendre vers la crypte du génie.

Elle essaya de s'orienter, ce qui relevait de la gageure dans un bâtiment dont la topographie se modifiait constamment.

Enfin, au bout d'une demi-heure de progression silencieuse, elle entendit rire les sinistres bonshommes.

— Ils sont là, souffla-t-elle, droit devant.

— J'ai rien entendu, marmonna Olga.

— Moi non plus, fit Ronan.

— Taisez-vous, haleta Peggy. Ils viennent vers nous. Cachez-vous derrière ces piliers, vite !

Les enfants eurent à peine le temps d'obéir que les funèbres personnages envahissaient la galerie. Ils avançaient en procession, les yeux fixes, tels des somnambules. Peggy Sue en dénombra une douzaine, tous affublés du même costume et du même nœud papillon noir.

Quand ils furent loin, elle quitta sa cachette et se précipita vers Sébastian.

— Alors, dit-elle, qu'en penses-tu ?

— De quoi parles-tu ? s'étonna le garçon. Il ne s'est rien passé. *La galerie était vide.*

— Quoi ? s'étrangla Peggy. Tu te moques de moi ?

— Pas du tout, confirma Olga. Je te jure qu'il n'y avait personne. Tu as eu une hallucination. Il n'y avait pas d'hommes en noir. Rien. Je n'ai même pas entendu un crissement de semelle.

— Et toi ? lança Peggy Sue en se tournant vers le chien bleu. Tu as vu quelque chose ?

Mais l'animal jouait avec sa balle, et semblait totalement fermé aux problèmes des humains.

Sébastian se recula. Il observait Peggy avec une étincelle de méfiance dans le regard.

— Tu es ensorcelée, diagnostiqua-t-il. On t'a jeté un sort. Tu crois voir des choses qui n'existent pas. C'est un piège. Les hommes en noir sont un leurre destiné à nous effrayer. Un mirage à l'intérieur du mirage.

— Pas du tout, protesta Peggy Sue. J'ai la

certitude qu'ils sont réels. Il y a également une machine, elle assure le balancement du château. Elle se met en marche dès que le génie menace de se réveiller, il faut la détruire.

— D'accord ! D'accord ! lança Sébastian en la saisissant par les épaules. Je vais aller en reconnaissance avec Ronan. Tu resteras ici avec Olga et le chien.

— Tu ne me crois pas ! gémit Peggy Sue.

— Calme-toi ! ordonna Sébastian. Je te dis que je vais aller voir.

Il s'éloigna en compagnie de Ronan. Dépitée, Peggy Sue s'assit, le dos contre une colonne. Olga gardait les yeux baissés ; quant au chien bleu, il s'obstinait à courir derrière sa stupide balle en mousse.

Les deux garçons mirent longtemps à revenir car il leur fallut compter avec les modifications permanentes des corridors. Toutefois, ils n'avaient pas peur de pousser des cris, eux, et Olga leur répondait pour les guider.

« Ils vont se faire repérer, se répétait Peggy. Les hommes à face de lune vont les piquer, et... »

Sébastian apparut enfin, Ronan sur ses talons. Il avait la mine sombre.

— Je suis désolé, dit-il en s'agenouillant devant Peggy Sue. On n'a rencontré aucune créature à face de lune. Le génie est bien tel que tu le dis, mais ses rêves deviennent noirs tout seuls, sans que personne les pique... Il n'y a pas d'hommes en costume sombre, pas d'aiguille magique, pas de machine monstrueuse. *Tu as tout inventé.*

— Non ! gémit Peggy.

— Si, insista Sébastian. Tu es ensorcelée. On ne peut plus te faire confiance. D'ailleurs, même le chien s'en est rendu compte. Regarde : il te fuit, tu lui fais peur.

— On va t'attacher, annonça Ronan. Par mesure de précaution. Tu resteras prisonnière tant qu'on n'aura pas trouvé le moyen de te guérir !

— Non ! hurla Peggy en sautant sur ses pieds. Il n'en est pas question ! C'est vous qui êtes ensorcelés ! C'est vous qui refusez de voir la vérité !

Et elle s'enfuit en courant. Ses compagnons ne cherchèrent pas à la rattraper.

*

Lorsque le souffle lui manqua, elle s'effondra contre un pilier et se mit à pleurer. Il lui était insupportable d'avoir été repoussée par ses amis, d'une manière aussi injuste ! Elle n'était pas folle, on ne lui avait pas jeté de sort, elle avait la certitude d'avoir dit la vérité, et rien d'autre...

Alors, que se passait-il ? Quel mauvais tour le château était donc en train de lui jouer ?

« Pourvu qu'ils ne se flanquent pas tête baissée dans la gueule du loup, songea-t-elle en essuyant ses larmes. Ils ne s'en rendent pas compte, mais, si ça se trouve, c'est eux qui sont envoûtés. »

Inutile d'essayer de les convaincre, si elle

commettait l'erreur de les rejoindre, ils s'empresseraient de la ligoter.

Elle se releva. Puisqu'il en allait ainsi, elle poursuivrait le combat de son côté ! N'empêche, les hommes en noir avaient formidablement manœuvré. Désormais, ni Sébastian ni Olga n'aurait confiance en elle ; tout ce qu'elle dirait deviendrait aussitôt suspect. C'était moche.

Désemparée, elle tenta de s'orienter. Elle commençait à s'y reconnaître dans la topographie des corridors car ceux-ci ne bougeaient pas autant qu'elle l'avait d'abord pensé. En fait, ils disposaient d'un nombre de métamorphoses déterminées. Si on prenait soin d'en noter la cadence, il devenait possible de prévoir quand le couloir reprendrait la forme qu'on désirait utiliser. Cela demandait toutefois un grand sens de l'observation et de la mémoire. Un adulte s'y serait perdu, à coup sûr ! mais pour un adolescent habitué à la logique des jeux vidéo, c'était faisable.

Il lui fallait maintenant retourner dans la salle des machines, en évitant de se faire repérer par les créatures à face lunaire, et saboter le moteur déclenchant le « bercement » du château. Défiant les ruses des corridors mouvants, elle entreprit de gagner la chaufferie. Cela lui prit du temps. Alors qu'elle sortait d'un tunnel, elle buta sur la balle de mousse du chien bleu. Elle était déchiquetée, comme si l'animal, pris de frénésie, avait décidé de n'en rien laisser.

« Où est-il passé ? se demanda-t-elle. Décidément, tout le monde devient bizarre. Je dois être la seule à avoir encore la tête sur les épaules, pourvu que ça dure ! »

Elle en était là de ses réflexions quand elle crut entendre l'écho d'un pas hésitant dans son dos Elle pensa d'abord qu'il s'agissait de Sébastian.

« Il a compris son erreur, se dit-elle, il vient s'excuser. »

Elle se retourna, le cœur battant, car Sébastian lui plaisait bien, et elle n'aimait pas l'idée d'être fâchée avec lui. Elle fut surprise de se trouver face à un garçon d'une dizaine d'années qui avançait dans la galerie d'une démarche maladroite, comme s'il ne savait pas se servir correctement de ses jambes. Elle crut qu'il était blessé, ou sur le point de s'évanouir et alla à sa rencontre.

Il avait boutonné sa chemise n'importe comment et ses chaussures étaient délacées. Il donnait l'impression de se déplacer en état somnambulique. Son petit visage était adorable, et il fronçait curieusement le nez, comme s'il flairait l'air ambiant à la recherche d'une mauvaise odeur.

— Qui es-tu ? s'enquit Peggy Sue. Comment t'appelles-tu ?

L'enfant ne répondit pas.

« Il s'agit sûrement de l'un des garçons qui nous ont précédés, et dont parlait Nasty, pensa Peggy. Les ramasseurs l'ont fait prisonnier mais il a réussi à s'échapper de sa cellule ; depuis il tourne en rond sans parvenir à trouver la sortie. On dirait qu'il a perdu la mémoire. »

Elle tendit la main vers le petit inconnu mais celui-ci se mit curieusement à grogner en découvrant les dents. Il semblait ne savoir que faire de ses mains, et paraissait embarrassé de son corps.

— Hé ! fit Peggy Sue, je ne te veux pas de mal. Tu n'as qu'à me suivre, avec un peu de chance nous réussirons bien à dénicher le pont-levis. C'est d'accord ? Je comprends bien que tu as envie de filer d'ici. Je te demande juste un peu de patience. J'ai un travail à accomplir.

Le gosse la dévisageait, une expression bizarre au fond des yeux.

« Il a perdu l'esprit, songea Peggy. C'est ce qui arrive lorsqu'on reste trop longtemps à l'intérieur de ce fichu manoir. »

— Viens, dit-elle. Si tu ne peux pas m'aider, au moins ne me complique pas la tâche. Fais ce que je fais, marche là où je marche. Compris ?

L'enfant demeura muet. Peggy n'avait pas le temps de s'en occuper, il fallait porter secours aux autres prisonniers. Elle espéra qu'ils ne se trouvaient pas tous dans le même état mental que l'étrange petit garçon qui marchait maintenant derrière elle. Tous les dix mètres, elle jetait un coup d'œil par-dessus son épaule pour voir ce qu'il faisait. Il éprouvait manifestement de la difficulté à conserver son équilibre. On eût dit un bambin qui fait ses premiers pas, c'était curieux...

Peggy prit conscience qu'elle n'aimait pas le

sentir dans son dos. Elle en éprouvait de la gêne... pour ne pas dire : une certaine angoisse. C'était stupide ! Quel préjudice aurait bien pu lui causer ce pauvre gosse ? Elle devenait trop nerveuse, il lui fallait reprendre le contrôle de ses nerfs.

Pourtant, elle avait beau faire, l'impression de malaise subsistait.

« C'est comme si on m'épiait, pensa-t-elle. Ou comme si ce môme portait un masque... un masque sous lequel se cacherait quelque chose de réellement désagréable. »

Elle se retourna une fois de plus et tendit la main pour toucher la joue du petit garçon. Elle fut rassurée par le contact de la peau tiède sous ses doigts.

« Je suis bête, se dit-elle. Pendant une seconde j'ai cru que sa figure allait être en caoutchouc ! »

Mais non, elle délirait. C'était bien un petit garçon, muet, déboussolé, mais un petit garçon tout de même...

Elle fit un effort pour se concentrer sur l'itinéraire à suivre.

Brusquement, alors que, parvenue au seuil d'un embranchement, elle hésitait, l'enfant lui prit la main et la guida vers le couloir de gauche.

« Il semble savoir où il va, pensa Peggy. On dirait qu'il recouvre ses esprits. Suivons-le. »

La paume du gamin était très chaude, comme s'il avait la fièvre. Il marchait en regardant ses pieds. Parfois il semblait ne plus trop savoir lequel il devait avancer.

« Bizarre... », se dit l'adolescente.

L'enfant la mena à un escalier qui plongeait dans les profondeurs du château.

« Bien joué, pensa Peggy, voilà qui va nous ramener à la salle des machines. »

Alors qu'elle atteignait le premier palier, elle entendit, provenant d'en bas, des appels au secours, des pleurs.

« Il m'a conduite aux cachots, se dit-elle. Formidable ! Ça va me permettre de libérer les prisonniers avant le passage des cuisiniers ! »

Abandonnant le gosse, qui peinait à descendre les marches, elle voulut presser le pas. Elle n'en eut pas le temps. Les mains de l'enfant la frappèrent à la hauteur des omoplates, la projetant en avant. Peggy Sue se mit à dévaler l'escalier sur les fesses, sans pouvoir freiner sa chute. Les arêtes des degrés lui meurtrirent les reins, la nuque, et c'est à demi assommée qu'elle parvint en bas.

— Tu... tu es fou, protesta-t-elle. Qu'est-ce qui t'a pris ?

Elle aurait voulu se relever mais la tête lui tournait. Elle entendait le gosse clopiner pour la rejoindre. Tout à coup, il lui sauta sur le dos et, lui saisissant les cheveux à pleines mains, entreprit de lui cogner le crâne sur les dalles.

Peggy Sue se débattit maladroitement. La force du gosse avait quelque chose d'insolite, ainsi que son odeur. Il ne sentait pas la sueur, comme un humain, il sentait... le... *le chien* !

L'adolescente roula sur le flanc et lança les mains à l'aveuglette pour saisir son adversaire et le désarçonner. Ne sachant qui il était réellement, elle ne voulait pas lui faire trop de mal. Lui, cependant, ne s'en privait pas.

Elle agrippa la chemise du gosse et tira dessus de toutes ses forces. Le tissu se déchira, dévoilant une poitrine blême parsemée de taches bleues...

Un éclair de feu traversa l'esprit de Peggy Sue.

— C'est... *c'est toi* ? bégaya-t-elle. Tu es le chien bleu ? Qu'est-ce qui t'est arrivé ?

Mais, sans prononcer un mot, l'affreux petit bonhomme la frappa de plus belle.

Sa métamorphose paraissait l'avoir privé de son don télépathique, et, afin de ne pas se trahir par des aboiements, il préférait rester muet.

Que lui était-il arrivé ? De quel maléfice avait-il été victime ? De toute évidence il ne reconnaissait plus Peggy... ou bien la détestait au point de tout mettre en œuvre pour voir sa tête éclater comme une citrouille trop mûre !

L'adolescente n'était plus en état de se défendre. L'esprit brouillé par les coups, elle sentit qu'on la traînait sur les dalles. Une clef joua dans une serrure, une porte grinça... Elle comprit qu'on l'abandonnait à l'obscurité d'un cachot. Elle ferma les paupières et se laissa couler dans l'inconscience.

*

— Elle reprend connaissance, dit une voix enfantine au-dessus d'elle. Elle a de la chance de s'en être tirée, j'ai bien cru que le muet allait lui casser la tête.

Peggy ouvrit les yeux. Une migraine effrayante lui donnait l'illusion que son cerveau cuisait au court-bouillon. Elle se tâta le crâne du bout des doigts, fut effrayée du nombre de bosses le parsemant, et se redressa sur un coude. Des visages anxieux l'entouraient. Elle reconnut, parmi eux, plusieurs adolescents victimes des pièges à gourmandise. Ils étaient toujours très gros. Il y avait une douzaine de détenus.

— Où sommes-nous ? demanda-t-elle.

— Dans le garde-manger du démon, lui répondit l'un des prisonniers. On ne sort d'ici que pour être jeté dans une marmite et haché menu. Heureusement que le génie ne se nourrit qu'une fois par semaine, sinon tu serais toute seule dans ce cachot.

Peggy Sue se dressa. D'un pas mal assuré, elle s'avança vers la porte pour regarder à travers les barreaux. Le petit garçon muet attendait, assis sur la première marche de l'escalier. Sa chemise déchirée laissait voir les taches bleues marbrant sa peau.

— Il est là depuis tout à l'heure, expliqua un garçon. Il a l'air complètement crétin. Je ne sais pas qui c'est. On ne l'avait jamais vu jusqu'à aujourd'hui.

Peggy Sue faillit répondre : « C'est mon chien... » mais jugea inutile d'embrouiller davantage les pauvres prisonniers. Le chien bleu... ou plutôt ce qu'il était devenu, fixait la porte de la cellule. Il y avait de la tristesse dans ses yeux, de la confusion aussi, et un tas d'autres sentiments difficiles à démêler mais qui montraient qu'il était à la fois désolé et extrêmement content de ce qu'il avait fait.

« C'est vrai qu'il a toujours rêvé de devenir un homme, se rappela Peggy. C'est ainsi que les créatures à face de lune l'ont convaincu de me trahir... En misant sur son point faible. »

— Ce sont les hommes en noir qui m'ont jetée dans cette cellule ? demanda-t-elle à ses compagnons.

— On n'a rien vu, grommela un adolescent. La porte s'est ouverte et tu as été propulsée sur le sol. Quand la porte s'ouvre, on a plutôt tendance à s'en éloigner, au cas où les cuisiniers viendraient se servir... tu comprends ?

— Mais vous connaissez les hommes en noir ? insista Peggy Sue.

Ils remuèrent tous négativement la tête.

— Non, firent-ils presque en chœur. On n'a jamais vu le moindre homme en noir au château. Seulement les cuisiniers, qui ressemblent aux jardiniers. Des espèces de squelettes à face de pomme. Aux yeux en pépins. Sauf qu'au lieu d'un sécateur et d'une pelle à la place des mains, ils ont un couteau et une fourchette...

Peggy Sue fronça les sourcils. Le mystère s'épaississait. Était-elle réellement envoûtée ? Personne ne semblait comprendre de quoi elle parlait. Pas plus Sébastian que ses compagnons de geôle...

Cédant à la colère, elle empoigna les barreaux et secoua la porte.

— Ça ne sert à rien, soupira l'un des prisonniers. Il faut une clef. Tu penses bien qu'on a tous essayé de l'enfoncer. Gros comme on est maintenant, on pensait qu'elle céderait sous notre poids, mais rien à faire.

Peggy se calma. Si la force échouait, il fallait utiliser la ruse, tenter de sortir le « chien bleu » de son état d'abrutissement. Concentrant son énergie mentale, elle lui expédia un appel au secours télépathique. Il ne réagit pas.

« Les hommes en noir l'ont berné, songea-t-elle. En le changeant en humain ils ont fait de lui un imbécile. Il a perdu ses dons. C'est à peine s'il doit se rappeler qui je suis. »

Cramponnée aux barreaux, elle se mit à lui parler d'une voix calme, s'évertuant à réveiller dans sa mémoire les souvenirs du temps d'avant. Il avait beau l'avoir trahie, elle éprouvait une grande peine à le voir ainsi, encombré d'un corps dont il ne savait visiblement que faire.

— C'est moi, Peggy Sue, répétait-elle inlassablement. Tu te souviens de Point Bluff ? Du soleil bleu ? Des animaux qui voulaient commander aux hommes ?

Mais il restait inerte, les yeux dans le vague.

— C'est inutile, ricana une petite voix qui paraissait tomber du plafond.

Peggy Sue leva les yeux. Quelqu'un descendait

l'escalier. *Un homme en noir !* Un grand sourire mielleux barrait sa face de lune couleur de navet.

— C'est vous qui l'avez métamorphosé, n'est-ce pas ? cracha Peggy. Vous avez lu dans ses pensées, vous avez découvert son souhait le plus secret...

— Exact, dit l'homme en noir. Nous sommes assez forts à ce petit jeu.

— Vous êtes de belles fripouilles ! oui ! explosa l'adolescente.

Derrière elle, l'un des prisonniers chuchota :

— *Mais à qui parle-t-elle ?* Il n'y a personne dehors, à part le muet...

Peggy se crispa. L'homme au nœud papillon noir était là, au pied de l'escalier et pourtant personne ne le voyait... *à part elle.*

— Bon sang ! hoqueta-t-elle sous l'effet de la surprise. Mais bien sûr... j'aurais dû y penser tout de suite ! Quelle crétine je suis !

Remontant ses lunettes sur son nez, elle concentra son regard sur la créature au visage de lune. Jusqu'à présent, tout occupée qu'elle était à se dissimuler dans les recoins obscurs, elle n'avait jamais réellement scruté ces curieux personnages. Elle avait eu tort ! Oh ! combien, car si elle avait pris cette précaution elle aurait senti, comme en ce moment, une odeur de caramel grillé se répandre dans l'air.

L'homme en noir se tortilla en grimaçant, puis exécuta un bond de côté pour fuir le regard de Peggy Sue.

— J'ai tout compris ! rugit cette dernière. Tu es un fantôme ! *Tu es un Invisible !*

— Exact ! ricana la créature à face de navet qui se cachait maintenant derrière un pilier. Tu en as mis du temps pour comprendre !

« Voilà pourquoi personne ne les voit ! songea la jeune fille. Je ne suis ni folle ni envoûtée ! J'ai toujours été la seule à pouvoir repérer les Invisibles... »

— Tu as vu comme nous avons fait des progrès ? fit la créature en se dandinant. Désormais nous maîtrisons très bien les couleurs, les textures... Nous sommes en mesure de diversifier nos déguisements. Avoue que tu t'y es laissé prendre ?

— C'est vrai, avoua Peggy Sue. Mais que faites-vous ici ?

— *Qu'elle est bête !* s'esclaffa le fantôme. Mais tout cela a été monté à ton intention, ma pauvre chérie ! C'est nous qui avons donné à ton père ce travail de gardien à l'aéroport désaffecté. Nous avons manipulé un fonctionnaire de l'agence pour l'emploi en l'hypnotisant. Le but de la manœuvre était de t'attirer dans le désert... puis de là, de te forcer à pénétrer dans un mirage. Nous avons isolé l'aérodrome en coupant l'eau, le téléphone, puis en volant le moteur de votre voiture. Il fallait vous empêcher de communiquer avec le reste du monde. C'était un piège ! Un piège pour t'emmener loin de la réalité ! À présent tu es prisonnière du mirage ; tu ne pourras plus jamais retourner dans le monde réel... Nous aurons enfin le champ libre, tu ne seras plus dans nos pattes — jamais — puisque les cuisiniers du génie vont s'occuper de toi d'ici peu.

Il jubilait. Peggy Sue se sentait anéantie. Elle avait été piégée. À aucun moment elle n'avait soupçonné la présence des fantômes.

— Il y a longtemps que nous travaillons à détraquer les mirages, ricana l'Invisible, mais ce n'est pas amusant, c'est trop facile, les gens d'ici ne se méfient pas. En un clin d'œil leur univers de rêve se met à pourrir comme une vieille pomme.

— C'est vous qui avez provoqué la venue des bêtes grises mangeuses d'espoir, n'est-ce pas ? lança Peggy.

— Bien sûr, confirma l'Invisible. Tu tardais à te décider. Il fallait bien t'obliger à grimper dans cet avion, d'une manière ou d'une autre. Aujourd'hui est un grand jour pour nous tous. Nous t'avons enfin mis la main dessus. Nous ne pouvons pas te tuer nous-mêmes, tu le sais bien, puisqu'un enchantement te protège de nos atteintes physiques, mais il nous est possible d'organiser ta mise à mort en la confiant à quelqu'un d'autre... aux cuisiniers du génie endormi, par exemple.

Le fantôme éclata d'un rire strident que seule Peggy Sue put entendre.

— Il y avait trop longtemps que tu nous ennuyais, reprit-il. Puisque l'affrontement direct ne donnait rien, nous avons eu l'idée d'employer la ruse. Il fallait simplement éviter de nous montrer...

ou du moins, le faire le plus tard possible, une fois que tu serais prise au piège.

Il redressa son nœud papillon noir, et conclut :

— Maintenant je vais te laisser. Les cuisiniers ne vont plus tarder à passer. Aucun enchantement ne pourra te protéger contre leurs couteaux et leurs hachoirs.

Cette fois, ne se donnant pas la peine de gravir l'escalier, il s'enfonça dans un mur et disparut.

— À qui parlais-tu ? demanda l'un des prisonniers.

Peggy Sue lui expliqua en quelques mots de quoi il retournait : il existait des créatures, nommées les Invisibles, qu'elle était seule à voir et à entendre. Personne ne pouvait rien contre ces monstres caoutchouteux, changeant d'apparence à volonté. Personne sauf elle...

— Mon regard les brûle, dit-elle. À condition que je puisse les fixer assez longtemps.

Son interlocuteur hocha la tête, mais il ne paraissait guère convaincu. Sans doute pensait-il que les épreuves endurées avaient fini par faire perdre l'esprit à cette fille affublée d'énormes lunettes.

Peggy Sue s'assit près de la porte. Elle voyait mal comment s'échapper. Le battant, clouté de fer, résisterait aux tentatives d'enfoncement. En outre, elle ne disposait d'aucun levier ou pied-de-biche... Non, c'était sans espoir.

— Quand les cuisiniers viendront nous chercher, murmura-t-elle, il faudra se débrouiller pour leur filer entre les jambes.

— Facile à dire ! ricana l'un des prisonniers. Nous sommes trop gros pour courir. D'ailleurs, les cuisiniers sont plus malins que tu crois ! Ils se contentent d'entrebâiller la porte et de passer un bras à l'intérieur du cachot pour attraper ce dont ils ont besoin. C'est le hasard qui décide... le premier qui a le malheur de leur tomber sous la main est bon pour la marmite. On a beau reculer le plus loin possible de la porte, on finit par se retrouver le dos au mur.

Peggy grimaça, elle imaginait sans peine la bousculade terrifiée qui devait s'ensuivre, chacun essayant de se cacher derrière son voisin. Dans un tel moment, il n'était plus question de camaraderie !

Le silence s'installa. La jeune fille se rongeait les ongles et se creusait la cervelle, à la recherche d'une idée.

Autour d'elle, les garçons tendaient l'oreille pour détecter l'approche du cuisinier. Ils étaient tous nerveux.

— Toi, tu es trop maigre, lui lança agressivement un gamin, tu ne feras pas un bon rôti. Sûr que le cuistot t'écartera. Pour nous, il en ira autrement.

— Oui, observa un autre gosse tapi dans les ténèbres, mais c'est une fille, et il paraît que la chair des filles a meilleur goût. Peut-être la prendra-t-il quand même. Cela nous accordera un sursis.

La peur les rendait méchants, et Peggy Sue

décida de ne pas se fâcher, d'ailleurs elle n'avait pas de temps à gaspiller en vaine colère... Depuis un moment, elle se surprenait à guetter, elle aussi, l'écho d'un pas dans la galerie.

Cédant à un début de panique, elle empoigna les barreaux et cria à l'adresse du petit garçon muet :

— Va chercher Sébastian, amène-le ici. Il aura peut-être une idée. Tu entends ? *Sé-bas-tian !* Trouve-le, sers-toi de ton flair.

Elle réalisa qu'elle disait des bêtises. Le pauvre chien bleu, à présent qu'il était devenu humain, avait perdu son formidable odorat.

Pourtant, elle fut soulagée de le voir s'éloigner.

— A-t-il compris ce que je lui demandais ? songea-t-elle, ou bien s'en va-t-il parce qu'il en a assez de m'entendre lui crier dessus ?

— Ça va être bientôt l'heure du repas, murmura un garçon. Tu ferais mieux de ne pas rester près de la porte...

Peggy recula prudemment vers le mur du fond. Les prisonniers s'y entassaient déjà en masse compacte. Leur sueur sentait la peur.

Un long moment s'écoula. Personne ne soufflait mot.

— *Le voilà !* gémit soudain un adolescent d'une voix méconnaissable.

Effectivement, quelqu'un marchait dans la galerie... mais l'écho de ses pas était trop ténu pour être celui d'un squelette-cuisinier. D'ailleurs, c'était davantage une cavalcade que l'avance d'une créature solitaire. Peggy Sue se rua vers la porte. Sébastian, Olga, Ronan... et le « chien bleu » débouchaient juste dans la rotonde.

— Bon sang ! s'exclama Sébastian, c'est toi ? Alors, on a bien fait de suivre ce gosse.

— Sors-nous de là, haleta Peggy. Les cuisiniers ne vont plus tarder. Il faut filer d'ici.

Sébastian s'agenouilla devant la serrure.

— Une minute, souffla-t-il. Quand je vivais dans le monde réel j'étais un sacré petit cambrioleur, j'ai assez crocheté de verrous pour triompher de celui-ci, même s'il a l'air coriace.

Fouillant dans son sac à dos, il en tira différents outils, ainsi qu'une pelote de fil de fer. Peggy Sue l'entendit qui grommelait. Des bruits métalliques se firent entendre, ponctués par les jurons de Sébastian. Maintenant qu'ils entrevoyaient un espoir de liberté, les détenus devenaient fébriles et se bousculaient aux abords de la porte.

— Du calme ! ordonna Peggy Sue. Si nous réussissons à sortir, il faudra fuir avec méthode. Pas question de courir en désordre à travers les couloirs, ce serait le meilleur moyen de tourner en rond sans jamais trouver la sortie, et les cuisiniers finiraient tôt ou tard par nous rattraper. Le seul moyen d'en finir avec toute cette folie est de provoquer le réveil du génie. Pour cela il faut descendre à la salle des machines et saboter les moteurs qui transforment le manoir en berceau...

Elle se tut car personne ne l'écoutait.

— Ça y est ! annonça Sébastian.

La serrure grinça, aussitôt après, la porte pivota sur ses gonds. Bousculant Peggy Sue, les prisonniers se ruèrent à l'extérieur. Elle eut beau les appeler, les supplier de revenir, ils ne l'écoutèrent pas et s'engouffrèrent dans le premier couloir venu.

Sébastian saisit Peggy par le poignet.

— Excuse-moi pour tout à l'heure, dit-il. Quand tu as parlé des Invisibles je ne t'ai pas crue, j'ai eu tort. Je me suis montré bêtement méfiant.

— Ce n'est pas grave, coupa Peggy Sue.

*

Un quart d'heure plus tard, la malignité des couloirs ramena Peggy Sue vers ses anciens compagnons de geôle. Hilares, grisés de liberté, ils menaient grand tapage, sans se soucier d'être repérés par les sentinelles du château.

Comme l'adolescente allait les supplier de se taire, l'un d'eux la saisit par la main.

— Hé ! lui cria-t-il, tu sais le plus beau ? On a trouvé la cuisine ! La foutue cuisine ! On est en train de l'arranger comme il faut, tu peux me croire !

Peggy passa la tête dans l'encadrement de la porte. Les gosses, déchaînés, saccageaient les installations avec un bel entrain. Ils étaient une dizaine occupés à renverser les étagères, à vider les pots de farine, de moutarde ou d'épices dans les éviers. C'était un sacré gâchis, en vérité !

Une boue constituée de chapelure, de cornichons et de purée de pommes de terre recouvrait le sol carrelé. Les enfants pataugeaient dans ce marécage culinaire en poussant des cris d'Indiens sur le sentier de la guerre.

Utilisant les casseroles comme si c'étaient des matraques, ils fracassaient la vaisselle empilée dans les placards. Peggy Sue comprenait fort bien leur désir de vengeance, mais leur conduite irréfléchie risquait de compromettre son plan d'évasion, et cela, elle ne le voulait à aucun prix.

Aidée de Sébastian, elle batailla pour les sortir du chaos, les pousser dans le couloir. Ils se rebellaient, enfiévrés par l'excitation, et comme ils étaient tous très gros, il n'était pas question de les saisir par la peau du cou.

— Ça suffit ! haleta-t-elle, vous vous êtes défoulés ! Okay ! Vous aviez un compte à régler, c'est fait... À présent il s'agit de rester en vie.

Les gosses acceptèrent de la suivre en grommelant, déçus d'avoir dû renoncer à un si beau saccage. Après tout, c'était là que nombre d'entre eux avaient été jetés dans la marmite par les serviteurs du démon.

Se déplaçant en file indienne, la troupe entreprit de remonter la galerie. Certains protestèrent qu'ils s'ennuyaient déjà. Quand allait-on regagner la zone des rêves ?

La surprise leur cloua le bec. Le corridor venait de les amener au seuil d'une immense salle, carrelée de bleue, dont le centre était occupé par une piscine géante. Des fauteuils de plage, disposés aux abords du bassin, semblaient leur tendre les bras. Des lampes bronzantes, installées au plafond, permettaient de brunir sans mettre le nez à l'extérieur. À qui donc était destinée cette installation ? Au génie ? Peggy Sue avait du mal à le croire.

— Ouah ! s'exclamèrent les enfants. Génial ! Un bon bain, c'est exactement ce qu'il nous fallait ! Ça nous lavera de la farine dont nous sommes couverts.

— Attendez ! protesta Peggy. On a assez perdu de temps. On ne va pas commencer à faire trempette !

Mais personne ne l'écouta. Déjà, les enfants arrachaient leurs vêtements et sautaient dans la piscine. De gros ballons de plage multicolores y flottaient, comme une invitation au jeu. Des flacons de produits solaires, des lunettes noires traînaient un peu partout.

— Hé ! vociféra l'un des adolescents, il y a plein de maillots délirants dans les cabines de bain.

Dépassée, Peggy Sue regarda autour d'elle. Pour une piscine couverte, c'était une sacrée piscine couverte !

Une grande lassitude l'envahit brusquement. Les rampes lumineuses du plafond répandaient une chaleur sèche qui donnait envie de chercher refuge dans l'eau fraîche. Elle s'aperçut qu'elle transpirait.

« J'ai besoin de faire une pause, songea-t-elle. Je sais que ce n'est ni sérieux ni prudent mais je crois que je vais imiter ces petits idiots qui s'éclaboussent en piaillant. »

Elle s'étonnait de raisonner ainsi, mais d'un seul coup, et sans qu'elle sache pourquoi, elle éprouvait l'irrésistible besoin d'aller passer un maillot et de faire deux longueurs de bassin.

Sans plus s'occuper de Sébastian, elle se dirigea vers les cabines blanches à rayures bleues qui s'alignaient au fond de la salle. Les gosses avaient dit vrai : il y avait là des dizaines de costumes de bain en vrac, de toutes les tailles, de toutes les couleurs. Si elle avait été moins fatiguée, Peggy Sue aurait trouvé cela bizarre, mais elle éprouvait un étrange engourdissement, comme si la somnolence la gagnait.

Elle choisit un maillot jaune. Superbe. En le touchant, elle fut surprise par sa texture, on l'eût dit composé d'herbes tissées. C'était assez curieux. Peut-être le génie était-il allergique au Nylon et ne supportait que les matières naturelles ? Puis elle prit conscience de sa stupidité : ces costumes étaient tous bien trop petits pour un géant !

Sans plus y penser, elle entra dans une cabine et se changea. Sébastian fit de même, un peu plus loin.

Ils se retrouvèrent quelques minutes plus tard. En passant près d'une table de jardin, Sébastian saisit une paire de lunettes de soleil et les jucha sur son nez. Ainsi équipé, avec son slip léopard, il avait l'air d'un Don Juan des plages. Peggy Sue fut tentée de lui dire qu'il en faisait un peu trop, mais elle renonça car la piscine l'hypnotisait, et elle n'avait plus qu'une envie : s'y prélasser en oubliant tout le reste !

« Je l'ai bien mérité ! se dit-elle. Je n'ai pas eu une seconde de repos depuis que j'ai pénétré dans ce maudit jardin. »

Cramponnant l'échelle, elle descendit dans l'eau, qui se révéla tiède, merveilleusement délassante.

« Pas question de nager, songea Peggy. Je vais me caler dans un coin et me laisser bercer. »

Le bassin était assez vaste pour qu'elle ne soit pas gênée par les vaguelettes nées de l'agitation des enfants occupés à jouer au ballon. Elle ferma les yeux et s'appliqua à faire la planche.

« C'est incroyable ce que je suis fatiguée, constata-t-elle, pour un peu je m'endormirais... »

Elle se demanda s'il ne serait pas plus prudent de regagner le bord. Toutefois, elle n'en fit rien, l'engourdissement gagnait son corps et son esprit. Elle dérivait à la surface de la piscine sans pouvoir se décider à remuer le petit doigt.

C'était délicieusement agréable...

Elle aurait pu rester ainsi un siècle. Ou deux. Voire trois et demi...

Au centre du bassin, les enfants turbulents avaient cessé leurs empoignades. Un instant plus tôt ils s'étaient mis à bâiller ; maintenant ils faisaient la planche, à l'imitation de Peggy Sue.

« Quelle tranquillité ! » pensa celle-ci.

Elle n'avait même plus la force de soulever les

paupières... et c'était très bien ainsi. Elle ne souhaitait qu'une chose : qu'on lui fiche la paix. Une paix royale.

*

« Secoue-toi ! murmura soudain la voix de la raison au fond de sa tête. Rien de tout cela n'est normal... Tu es tombée dans un piège. Cette piscine, ta fatigue, cet irrésistible besoin de nager... tu ne trouves pas ça bizarre ? C'est comme si tu avais brusquement perdu tout sens critique. Crois-tu vraiment qu'il est prudent de faire trempette alors que les Invisibles sont à ta poursuite ? »

Qu'elle était agaçante cette petite voix ! Un vrai bourdonnement de guêpe... (Bon sang ! Où était l'insecticide ?) Ne pouvait-on pas la laisser se baigner tranquillement pour une fois ?

Et pourtant... elle avait chaud. *Trop chaud.* D'où cela venait-il ? Des lampes solaires mal réglées ? Elle eut l'impression diffuse que l'eau de la piscine devenait bouillante. Un grand silence régnait dans la salle. Les enfants ne chahutaient plus. Ils faisaient tous la planche, les yeux clos.

La jeune fille tourna la tête vers la droite. Une silhouette se dandinait au bord de la piscine. C'était le « chien bleu »... ou plutôt le petit garçon muet, qui ne s'était pas joint aux baigneurs et se dandinait dans son costume mal boutonné, en faisant d'étranges grimaces.

« Que me veut-il ? se demanda Peggy. Est-ce qu'il a peur de l'eau ? Désire-t-il que je lui apprenne à nager ? Il est bête, tous les chiens savent nager, d'instinct. L'a-t-il oublié ? »

Elle faillit refermer les yeux car ses paupières pesaient des tonnes, les maintenir ouvertes réclamait trop d'énergie.

Puis, dans un sursaut de lucidité, elle prit conscience que l'eau du bassin fumait...

Ce n'était pas normal ! Au prix d'un gros effort, elle bougea le bras gauche... Quelque chose de gluant la recouvrait.

Du bout des doigts, elle explora son ventre. C'était son costume de bain... Il était tout mou, comme si on l'avait tissé avec des algues. En fait, il était en train de se désagréger.

« C'est curieux, se dit-elle. Ça sent la soupe... Toute la piscine sent la soupe. »

Son maillot de bain se défaisait, quittait son corps pour se changer en un fouillis d'herbes qui répandaient un parfum de thym, de laurier... L'eau de la piscine devenait de plus en plus trouble. Des bouillonnements venus du fond l'agitaient.

La panique s'empara de Peggy. Hélas, elle était déjà trop engourdie pour réagir. Quelque chose anesthésiait ses terminaisons nerveuses, l'empêchant de souffrir de la chaleur du bain.

« Je suis toute rouge ! constata-t-elle en regardant sa main. Le thermostat a dû se dérégler, ou bien... »

Alors, son regard accrocha les gros ballons de

plage qui flottaient au milieu du bassin, ces ballons avec lesquels les gosses avaient livré une partie endiablée. Ils avaient perdu leurs belles couleurs... En fait, ils ressemblaient maintenant à des pommes de terre ou à des oignons. D'énormes pommes de terre, d'énormes oignons comme il en poussait dans le jardin magique.

« C'est idiot ! songea Peggy Sue. Je perds la tête. »

« Mais non ! hurla la voix au fond de son crâne. Ce que tu vois est réel ! Vous vous êtes fait piéger ! Vous n'êtes pas dans une piscine, vous êtes dans une marmite, en train de cuire ! »

La jeune fille eut un sursaut.

« Et si c'était vrai ? pensa-t-elle. Les gosses ont saccagé une fausse cuisine, un leurre... La vraie cuisine c'est cette piscine couverte. La marmite où l'on prépare le repas du génie : ce bassin ! Les maillots de bain étaient tissés avec des fines herbes destinées à parfumer le ragoût. Les légumes ont été déguisés en ballons. Dès que nous avons franchi le seuil de la salle nous avons été victimes d'un charme, nous avons éprouvé le besoin de nager... C'est donc ainsi que les choses se passent ? Les cuisiniers ouvrent les portes du cachot, libèrent les enfants... Alors, ceux-ci se ruent vers la sortie dans l'espoir de s'échapper ; mais les couloirs truqués les ramènent ici, invariablement... »

Elle se crispa, terrifiée par la réalité de sa situation. Elle ne se baignait pas, non, *elle était en train de cuire au court-bouillon* !

Il y avait quelque chose dans l'eau qui la forçait à dormir. Si elle ne résistait pas, elle allait sombrer dans le sommeil, et se transformer en pot-au-feu sans même en avoir conscience.

On lui toucha l'épaule. Elle tourna la tête et vit que le « chien bleu » essayait de l'agripper avec une gaffe. Malhabilement, il s'évertuait à la tirer vers le bord du bassin, pour la repêcher. Elle éprouva une immense bouffée de gratitude envers cette pauvre créature empêtrée dans ses identités multiples et ses corps de rechange, mais qui, après l'avoir trahie, s'entêtait à lui sauver une fois de plus la vie.

Dès qu'elle fut à portée de main, il la saisit sous les aisselles et la sortit de l'eau brûlante où elle mijotait.

Peggy Sue voulut le remercier, mais aucun son ne sortit de sa bouche. Elle rampa sur les dalles pour s'éloigner de la piscine. Maintenant qu'elle se trouvait au sec, elle réalisait à quel point la température du bain était élevée.

« Les autres ! pensa-t-elle. Il faut les repêcher ! Vite ! »

Le « chien bleu » était allé lui chercher un peignoir en éponge. Elle s'en enveloppa avec des gestes approximatifs.

— Les... les autres..., articula-t-elle en ébauchant un geste en direction du bassin. Les sortir... aussi... avant qu'ils cuisent...

Elle avait du mal à s'exprimer. Sa langue semblait taillée dans un morceau de bois.

Le petit garçon muet avait compris le sens de ses bredouillements. À l'aide de sa gaffe, il attira vers le bord les baigneurs assoupis. Peggy Sue, elle, les hissa sur le carrelage. Dès que Sébastian fut sorti de l'eau, elle s'empressa de le secouer. Une bonne paire de claques le fit revenir à lui. En trois mots, la jeune fille lui expliqua de quoi il retournait.

— Aide-moi..., souffla-t-elle. Nous ne serons pas trop de trois. Certains de ces gamins sont très lourds, je ne suis pas assez forte.

Sébastian se redressa en titubant. Il avait la peau rouge vif partout où elle avait trempé dans le bouillon. Il fut affreusement gêné en découvrant que son slip d'herbes tressées avait fondu dans la soupe. Il s'empressa de sauter sur ses vêtements avant même de prêter main-forte à Peggy Sue.

Aidés par le garçon muet, ils parvinrent tant bien que mal à repêcher tout le monde. Dans la salle, la chaleur était atroce car l'eau du bassin commençait à bouillonner férocement.

— Nous avons bien failli y passer, souffla l'adolescente. Sans le chien bleu, j'étais cuite.

Par bonheur, ils n'étaient pas trop brûlés ni l'un ni l'autre. Peggy entreprit de secouer les enfants pour les sortir de l'hébétude où les avait plongés le maléfice des cuisiniers.

— Il faut sortir d'ici, répétait-elle. Ou bien la vapeur va nous ébouillanter.

Sébastian jeta un dernier coup d'œil à la piscine maudite.

— Je suppose qu'une fois le ragoût cuit à point, dit-il, une valve s'ouvre au fond du bassin. La nourriture doit alors s'engouffrer dans une canalisation dont le robinet de sortie se situe à proximité de la bouche du génie. Il suffit alors d'y brancher un vulgaire tuyau pour l'alimenter.

Les gosses s'éveillèrent en grommelant. Certains se plaignaient de leurs brûlures.

— On soignera cela dehors, leur jeta Peggy Sue, lorsqu'on aura enfin quitté le château. À présent fini de courir au hasard. Vous me suivrez en silence. Il reste un dernier travail à accomplir, ensuite, avec un peu de chance, nous serons tous libres.

Et, se tournant vers Sébastian, elle chuchota :

— L'important c'est de réveiller le génie le plus rapidement possible, il est le seul à pouvoir remettre de l'ordre dans ce chaos. Descendons à la salle des machines, il est temps d'en finir.

Elle s'orienta en tenant compte de la métamorphose permanente des corridors. Quand une porte avait disparu, elle attendait patiemment que le cycle des changements s'accomplisse et que l'ouverture réapparaisse. Elle localisa enfin l'escalier menant à l'étage des moteurs.

— Tu vois quelque chose ? interrogea anxieusement Sébastian. Pour moi, cette crypte est vide.

Peggy Sue fronça les sourcils. Devant elle,

s'étendait une monstrueuse imbrication de bielles et d'engrenages. *Si Sébastian ne la voyait pas cela ne pouvait signifier qu'une chose...*

— Ce ne sont pas de vrais rouages, murmura-t-elle. Ils ne sont pas fabriqués en métal... ce sont des fantômes, des fantômes qui ont pris la forme d'un moteur. Ils unissent leurs forces pour remuer les pattes de fer du château.

— Je n'y comprends rien, bredouilla Sébastian gagné par l'affolement.

— Le moteur est bien là, lui expliqua Peggy. Mais il est invisible parce qu'il est constitué de créatures invisibles. Chacune a sa fonction, comme dans un vrai moteur, les énergies s'additionnent, et le château bouge le moment venu.

— Que puis-je faire pour t'aider ? s'enquit le garçon.

— Rien, soupira Peggy Sue. Je dois me débrouiller seule. Je vais essayer de saboter la machine en détruisant certains de ses rouages. Prépare-toi au pire car je n'ai aucune idée de ce qui se passera alors.

Remontant ses lunettes sur son nez, elle plissa les yeux pour concentrer son regard. Elle espérait que les verres magiques filtrant le faisceau qui allait jaillir de ses pupilles ne la trahiraient pas.

Elle ne savait où attaquer. Les engrenages se ressemblaient tous, l'agencement des bielles n'avait pour elle aucune signification. Elle décida de frapper au hasard. Une odeur de caramel grillé emplit la crypte.

— Ça sent le bonbon brûlé..., observa Olga.

Peggy serra les mâchoires. Ses yeux balayaient le moteur du haut en bas, de droite à gauche pour tenter d'occasionner le plus de dégâts possible. Les engrenages se tortillaient, fondaient en faisant des bulles. Surpris par l'attaque, ils perdaient leur apparence métallique, leur belle couleur acier, pour redevenir laiteux, et laisser deviner leur nature réelle.

— Peggy Sue ! C'est Peggy Sue ! gémissaient-ils en se contorsionnant. Cette petite peste n'est donc pas encore réduite en chair à pâté ? Ah ! Qui nous délivrera de Peggy Sue ?

Lentement la machine se défaisait. La douleur déclenchait des réactions bizarres chez les fantômes. Ils s'agitaient en tous sens, provoquant la mise en marche involontaire des pattes articulées supportant le château. Le bâtiment se trémoussait, tremblait comme s'il allait se disloquer. Peggy et ses compagnons furent jetés sur le sol. Les Invisibles, pris de panique, se bousculaient, sabotant eux-mêmes le moteur dont ils constituaient les multiples éléments. Cette frénésie avait réveillé les pattes métalliques qui, ne se contentant plus de bercer le château, s'étaient mises à trotter, si bien que la monstrueuse bâtisse courait à présent au milieu du jardin, telle une tortue colossale ayant perdu le sens de l'orientation.

— Fichons le camp ! hurla Sébastian. Tout va s'écrouler. Ce château n'a pas été conçu pour galoper comme un cheval emballé !

Peggy était de son avis. Des fissures apparaissaient déjà en de nombreux points de la maçonnerie.

— Essayons de trouver le pont-levis..., lança-t-elle. Nous verrons s'il est encore possible de sauter en marche.

Ils sortirent de la crypte en titubant car les mouvements désordonnés du manoir ne cessaient de les déséquilibrer. Un vent de folie soufflait sur la bâtisse qui tantôt courait, tantôt sautait telle une grenouille géante. Chaque fois que les pattes de fer reprenaient contact avec la terre du jardin, des murs s'éboulaient, des escaliers s'effondraient. Peggy Sue et ses amis galopaient au milieu de ce tumulte en s'efforçant de localiser la sortie. Par bonheur, l'écroulement des cloisons leur facilitait la tâche. Ils atteignirent enfin le pont-levis, mais ce qu'ils virent alors leur dressa les cheveux sur la tête. Le château, devenu fou, piétinait allégrement le jardin, saccageant les massifs de fleurs, défonçant les allées, écrasant les arbres. Les pattes d'acier articulées se pliaient et se dépliaient à un rythme de plus en plus rapide, labourant le sol en tous sens.

— Si nous sautons, nous allons être écrabouillés ! cria Peggy Sue.

Elle ne put en dire plus car une secousse la projeta dix mètres en arrière, la séparant des autres. Le chaos le plus total régnait à l'intérieur comme à l'extérieur. Des tours se détachaient des remparts et s'écroulaient dans le jardin où elles s'enfonçaient à la manière d'obus tombés des nuages.

— Nous n'y survivrons pas ! se lamenta Peggy en voyant la voûte se fendre au-dessus de sa tête.

Tout à coup, les pattes situées du côté gauche flanchèrent, et le manoir se mit à pencher dangereusement. Poutrelles et bielles se tordirent avec un horrible bruit de ferraille pour ne plus bouger. Seules les pattes du flanc droit continuaient à remuer, mais elles n'avaient plus assez de force pour mouvoir le bâtiment à elles toutes seules. On entendit un dernier vacarme métallique, puis le château s'immobilisa de travers au milieu du jardin transformé en champ de bataille.

Alors, au fond de la bâtisse, on entendit quelqu'un bâiller.

C'était le génie que tout ce remue-ménage avait fini par réveiller.

23

Naufrage en plein ciel

Peu de temps après que le château se fut immobilisé, les Invisibles s'enfuirent. Peggy Sue les vit s'envoler en groupe serré. Ils avaient réendossé leur apparence habituelle. Ils prirent de la hauteur et finirent par se confondre avec les nuages.

Les enfants se hissèrent sur le pont-levis. De l'autre côté de la barrière blanche, une foule curieuse se pressait. Tous les habitants de la zone des rêves avaient assisté à l'invraisemblable sarabande du manoir. Délaissant leurs occupations, ils étaient accourus, espérant glaner des renseignements. Peggy Sue ordonna à ses amis de quitter le bâtiment car elle craignait que le génie, en se redressant, ne fasse exploser la coquille qui l'enveloppait. Elle dut prendre le « chien bleu » par la main car, tout embarrassé de son nouveau corps, il semblait incapable de sauter sans se briser les deux jambes. L'adolescente ne savait comment se comporter avec lui. Il lui faisait pitié et elle regrettait de ne pouvoir établir de contact mental, comme par le passé.

« Il me manque, se disait-elle. C'est devenu quelqu'un d'autre... c'est bizarre. »

Elle se fit la réflexion qu'elle ne pouvait plus l'appeler « le chien bleu », et qu'il faudrait lui trouver un nom d'homme.

— Tu ne vas pas traîner cet abruti, tout de même ? grommela Sébastian. Regarde-le ! Il n'est même pas fichu de mettre un pied devant l'autre.

Le réveil du génie dispensa Peggy de répondre. Le château moins solide que ne l'avait cru la générale Pickaboo — explosa sous la poussée de son occupant. Ce qui subsistait des remparts et des tours roula dans le jardin. L'enfant géant apparut, ensommeillé, bougon, dans ses vêtements rapiécés.

Comme tous ceux qui ont dormi plusieurs siècles d'affilée, il avait du mal à reprendre contact avec la réalité.

— Un bon café lui ferait du bien, murmura Olga.

*

Dans l'heure qui suivit, les autorités du mirage prirent les choses en main. Peggy Sue et ses amis furent priés de vider les lieux car la générale Pickaboo désirait entretenir le génie des problèmes survenus en son absence.

— Ils sont gonflés, grogna Sébastian. C'est nous qui avons tout fait, et on nous vire comme des malpropres !

Mais le peuple des Minuscules s'impatientait. Il exigeait qu'on lui rende sa taille normale. Il fallait déterminer à qui incombait la responsabilité de ce chaos et le punir ! Tout le monde parlait en même temps. Peggy Sue prit l'enfant muet par la main et s'éloigna de cette cacophonie. Elle n'attendait pas d'être traitée en héroïne, elle souhaitait juste que l'harmonie soit rétablie et qu'elle puisse rentrer chez elle... en compagnie de ses parents.

Il y eut un moment de flottement. La foule se pressait le long de l'interminable barrière blanche, curieuse de découvrir quelle tête avait ce génie.

— C'est un enfant ! s'étonnait-on. Un enfant géant, mais un enfant tout de même.

Sa mine boudeuse, mal réveillée, ne rassurait personne. Pour le moment, il se tenait assis au milieu des ruines du château, les yeux mi-clos, comme s'il hésitait sur la conduite à tenir.

La générale Pickaboo, bien ennuyée, déclara qu'elle avait la voix trop faible pour se faire entendre d'un tel colosse. Les responsables se réunirent pour décider d'une ambassade.

Un groupe fut enfin dépêché, composé des plus anciens habitants du monde des rêves. Ni Peggy Sue ni ses amis ne furent invités à s'y joindre. L'entrevue ne se passa pas bien, car l'enfant colossal avait le plus grand mal à comprendre ce qu'essayaient de lui expliquer les ambassadeurs. Il ne cessait de se frotter les yeux, de bâiller, et semblait éprouver de grandes difficultés à s'intéresser aux problèmes du monde qu'il avait créé.

— Il faut tout remettre en ordre, nasillait la

générale Pickaboo du fond de son haut-parleur. Le mirage doit redevenir au plus vite un lieu d'harmonie où tout le monde pourra s'amuser à sa guise.

Pendant qu'elle discourait, Peggy Sue examinait le jardin. Il n'en restait plus grand-chose. Même les jardiniers-sentinelles avaient été piétinés par les pattes métalliques du manoir. Les massifs de roses n'existaient plus. Nasty et ses « taupes » étaient sortis de leur trou, Peggy les reconnut, mêlés à la foule. Quand la voix de la générale cessa enfin de grésiller, le génie prit la parole, d'un ton ennuyé. Il entrecoupait ses phrases de longs bâillements.

— Je comprends bien le sens de vos plaintes, grommela-t-il. Je n'ai qu'à regarder autour de moi pour me rendre compte que tout est allé de travers pendant mon sommeil... J'en suis désolé, et, franchement, je ne puis vous dire ce qui s'est passé car je n'ai jamais cessé de faire des rêves agréables. Aucun cauchemar ne m'a visité. Je ne m'explique donc pas le désordre que je découvre aujourd'hui.

« Évidemment, songea Peggy. Il ne sait pas que les Invisibles transformaient ses rêves à son insu. »

— Ce n'est pas grave, intervint la générale, maintenant vous allez tout remettre en ordre, et l'on se dépêchera d'oublier ces mauvais souvenirs.

Elle semblait attendre que le génie résolve les choses en un claquement de doigts, mais l'enfant colossal hocha la tête en un signe de dénégation.

— Lorsque je suis éveillé je n'ai aucun pouvoir magique, expliqua-t-il d'un air penaud. Je deviens pareil à n'importe lequel d'entre vous. Pour accomplir les prodiges que vous réclamez, je dois me rendormir. Je ne suis magicien qu'au cœur du sommeil.

Cette nouvelle provoqua la consternation de l'assemblée. Une rumeur inquiète courut à travers la foule. Personne n'avait prévu ça ! On avait toujours cru qu'une fois le génie réveillé, il lui suffirait d'une formule magique pour réparer les catastrophes des derniers mois.

— Je suis réellement désolé, répéta l'enfant, je comprends votre déception, mais ce n'est pas ainsi que les choses fonctionnent. Je puis dormir deux ou trois siècles d'affilée, et pendant ce laps de temps je dispose de pouvoirs extraordinaires, mais si je m'éveille, je deviens aussi démuni qu'un pauvre mortel. Pour faire ce que vous me demandez, il va d'abord falloir que je me rendorme.

— Je ne savais pas, bredouilla la générale, soudain beaucoup moins assurée. Comptez-vous vous recoucher assez vite ?

L'enfant géant haussa les épaules. Peggy comprit qu'il commençait à en avoir assez de toutes ces questions.

— Je ne peux pas vous répondre, maugréa-t-il. Je viens de m'éveiller d'un sommeil de plusieurs siècles. *A priori* je suis suffisamment reposé, et il est malheureusement possible que je n'éprouve pas le besoin de me rendormir avant cinq cents ans.

— Quoi ? hoqueta la générale. *Cinq siècles ?* Vous plaisantez ?

— Malheureusement non, soupira le génie. Cela s'est déjà produit. C'est très grave parce que les mondes que je crée n'existent que pendant mon sommeil. Une fois que je suis réveillé, ils commencent à se défaire, à se dissoudre... C'est une loi magique contre laquelle je demeure impuissant. Si je me retrouve frappé d'insomnie, l'univers où nous sommes, en ce moment, va pourrir, se disloquer jour après jour, comme un fruit oublié sur une table, en plein soleil. Il en ira de même pour tous les univers nés de mes rêves. Ils éclateront, sans exception, telles des bulles de savon... et ceux qui les habitent se retrouveront vomis dans la réalité. Vous savez ce que cela signifie ?

— Oui, avoua la générale d'une voix étranglée. Au bout de quelques jours ils se transformeront en statues de sable, et le vent du désert les éparpillera.

— Exactement, confirma le génie. Ce sera un grand malheur, j'en conviens. Pour empêcher cette catastrophe, je dois me rendormir, je vous le répète. Si j'y parviens, je réparerai les mirages les uns après les autres, du fond de mes rêves, et tout redeviendra comme avant.

— Mais pour cela, vous devez perdre conscience..., ânonna la générale Pickaboo d'un ton plein de désolation.

La foule était frappée de stupeur. Peggy Sue, elle-même, se sentait emplie d'inquiétude. Elle avait le plus grand mal, en contemplant l'enfant gigantesque, à se persuader qu'il était dépourvu du moindre pouvoir magique.

« C'est comme si on lui avait joué un mauvais tour », pensa-t-elle.

On se retira car le génie donnait des signes de lassitude. Il avait dormi si longtemps qu'il avait perdu l'habitude du bavardage. À son expression, on comprenait qu'il trouvait le monde du mirage plutôt laid ; il lui préférait sans l'ombre d'une hésitation les univers qu'il visitait en rêve.

— Tout cela est loin d'arranger nos affaires, grogna la générale Pickaboo en repassant la barrière blanche. Je n'ai aucune idée de la manière dont on peut aider un géant à se rendormir. Je propose que le conseil municipal se réunisse en session extraordinaire pour trouver une solution à ce problème imprévu.

La foule se disloqua en marmonnant. On était bien déçu.

Peggy Sue et ses amis restèrent embusqués derrière la clôture pour observer le comportement du génie. Pour l'heure, il essayait de repousser les débris du château afin de se constituer une niche où se recroqueviller à l'abri des regards indiscrets.

— Il ne doit pas se sentir à l'aise, fit Olga. Moi je n'aimerais pas que tout le monde me dévisage.

— On devrait peut-être le laisser tranquille ? suggéra Ronan.

Sébastian haussa les épaules. Il était de fort méchante humeur.

— Quelle déveine ! grogna-t-il. Alors qu'on croyait en avoir terminé avec cette mission, c'est vraiment pas de chance.

— C'est réellement aussi grave ? s'enquit Peggy.

— Oui, soupira le garçon. Si le monde du mirage se défait, tout va se dérégler. Imagine-toi en train de voyager dans un avion en papier. Tout à coup survient une averse, et le fuselage se déchire. Les passagers passent au travers et se mettent à tomber en tourbillonnant vers la terre. C'est exactement ce qui va se passer. S'il ne se rendort pas nous sommes fichus.

On ne pouvait rester plantés là, il fallut se résoudre à rentrer au camp d'entraînement. Les tentes étaient vides, maintenant que la guerre avec les jardiniers avait cessé, il ne se trouvait plus aucun affamé d'aventures pour s'élancer en territoire ennemi.

Les adolescents rassemblèrent quelques sacs de couchage et s'installèrent pour la nuit. Peggy Sue s'occupa du « chien bleu »... ou plutôt du petit garçon muet, qui, tout seul dans un coin, s'appliquait à déchirer une longue bande de tissu pour se fabriquer une cravate. Ses doigts n'étaient malheureusement pas assez agiles pour réussir à confectionner un nœud acceptable, et Peggy vint à son secours.

— Voilà, dit-elle quand elle eut terminé. Tu es beau. Je ne sais pas ce qui va se passer, mais reste toujours près de moi, quoi qu'il arrive, c'est compris ?

Après toutes ces émotions les enfants étaient si fatigués qu'ils s'endormirent aussitôt.

*

Quand ils s'éveillèrent, il devint évident que l'ordre des choses se détraquait déjà.

— J'ai faim, se plaignit Sébastian en s'asseyant. Ça doit faire près de quarante-cinq ans que je n'ai plus éprouvé ce besoin. Bon sang ! J'ai l'impression d'avoir un trou dans l'estomac.

Peggy Sue éprouvait la même chose. Cette fois, il ne s'agissait plus de simple gourmandise, c'était une faim bien réelle qui lui faisait gargouiller le ventre comme un tuyau engorgé.

— Je croyais qu'on n'avait pas besoin de manger à l'intérieur du mirage ! pleurnicha Olga.

— Jusqu'à présent c'était vrai, fit Sébastian, mais les règles établies sont en train de changer.

— Y a-t-il seulement de quoi nourrir les gens qui vivent ici ? s'inquiéta Peggy Sue. Il me semble que rien n'a été prévu.

— Bien sûr que non, s'énerva Sébastian. Nous ne mangions que pour le seul plaisir de la gourmandise. Tous les gâteaux que tu as pu voir aux devantures des pâtisseries n'ont en fait aucun pouvoir nutritif, ce sont des nuages parfumés, des illusions aux goûts délicieux, rien d'autre. On peut s'en gaver toute la journée et conserver l'estomac vide.

— Tu veux dire qu'ils ne nous sauveront pas si

nous nous retrouvons brusquement dans l'obligation de nous nourrir ? demanda Peggy.

— Exactement, répondit le garçon.

Maussades, ils se rabattirent vers la ville, avec l'intention de se promener sur la plage. Il ne leur fallut pas longtemps pour comprendre que les choses se détraquaient, là aussi.

La mer avait changé de consistance, les vagues ne roulaient plus, elles avaient l'apparence d'une crème verdâtre en cours d'épaississement.

Nageurs et surfeurs s'extirpaient des flots collants avec des grimaces de dégoût.

— C'est comme si on se baignait dans de la soupe aux légumes ! cria l'un d'eux.

— Regarde, souffla Peggy Sue en saisissant Sébastian par le coude, les nuages descendent.

Cumulus et nimbus zigzaguaient dans le ciel tels des avions sans pilote. Peggy n'avait jamais vu un nuage se comporter de la sorte.

— Ils vont tous dégringoler, leur cria un nageur. J'en ai déjà vu trois tomber dans la mer, il y a une heure. Ils se sont délayés dans les vagues... C'est à cause d'eux que l'océan a pris cette consistance de purée. Tout est en train de se décrocher. Après les nuages, ce seront les étoiles qui se décolleront de la voûte céleste.

— Il a raison, chuchota Sébastian. Plus le génie tardera à se rendormir, plus le mirage se disloquera.

Une heure plus tard, des chants s'élevèrent près de la barrière blanche. La générale Pickaboo avait réuni en grande hâte une chorale dont la mission consisterait à seriner des berceuses à l'enfant magicien, et ce, jusqu'à ce qu'il sombre dans un profond sommeil.

Un bon millier de chanteurs se tenaient plantés à la lisière du jardin ravagé, une partition dans les mains, pour passer en revue toutes les berceuses qu'ils étaient en mesure de se rappeler. Le génie, lui, recroquevillé dans les ruines de son château, demeurait invisible.

Peggy Sue savait que le meilleur moyen d'être frappé d'insomnie est justement de se répéter qu'il faut dormir. Il lui semblait qu'à la place du géant, les complaintes de la générale Pickaboo l'auraient prodigieusement agacée.

Les adolescents battirent en retraite de peur d'être recrutés par la maîtresse des lieux. Ils passèrent la journée à errer dans les rues de la cité balnéaire. Les gens, torturés par la faim, faisaient la queue devant les boulangeries. Ils en ressortaient, chargés de gâteaux qu'ils s'empressaient d'engloutir en se barbouillant de crème Chantilly.

— Qui fabrique ces pâtisseries ? demanda Peggy Sue.

— Personne, soupira Sébastian. On les sort d'un four magique qui jusqu'à maintenant était inépuisable. Mais s'en gaver est inutile. Je te le répète : elles n'ont aucun pouvoir nutritif, c'est comme si tu mangeais du vent parfumé au chocolat. Le vent n'a jamais nourri personne.

— Ça doit tout de même être bien agréable, rêva Olga qui salivait d'abondance.

— Ce n'est qu'un mirage, marmonna Sébastian. Tu as un goût délicieux dans la bouche mais ton ventre reste vide.

La petite fille ne paraissait pas convaincue. D'ailleurs, peu de temps après, elle quitta ses camarades pour s'en aller prendre sa place dans une file d'attente à la porte d'une boulangerie. Ronan la rejoignit aussitôt.

— On ne peut pas les en empêcher, observa Sébastian avec un geste de lassitude. Ils apprendront à leurs dépens que je ne leur ai pas menti.

Peggy Sue s'aperçut qu'elle mourait d'envie de faire comme eux, et n'osa l'avouer à son compagnon.

— D'ailleurs les fours magiques vont bientôt tomber en panne, fit le garçon. Ce n'est plus qu'une question d'heures.

*

Dans la soirée, le sol devint mou. Il n'avait pas plu mais, néanmoins, la terre était en train de se changer en une boue qui collait aux semelles. Olga et Ronan n'avaient pas réapparu. Peggy Sue sentait la fatigue la gagner. Elle n'avait pas une seconde lâché la main du petit garçon muet de peur qu'il ne coure, lui aussi, à l'assaut d'une pâtisserie. Ils mouraient tous de faim.

À bout de forces, ils s'assirent sur un banc, au milieu d'un square désert. Peggy leva la tête pour scruter le ciel. Qui allait éteindre la lampe du soleil maintenant que les jardiniers-squelettes avaient été piétinés par le château en folie ? Allait-on devoir vivre sous une lumière implacable ?

« À moins que le soleil ne se décroche, lui aussi, songea la jeune fille avec un frisson. Et qu'il s'écrase sur la ville... »

— Quelle est la taille de l'ampoule qui tient lieu de soleil ? demanda-t-elle à Sébastian.

— Je ne sais pas, avoua le garçon en levant le nez vers la voûte céleste. Ne t'inquiète pas, le danger ne viendra pas d'en haut. C'est plutôt le sol qui va se dérober sous nos pieds. Regarde un peu ça ! *Le banc sur lequel nous sommes assis est en train de s'enfoncer sous notre poids...*

Peggy jeta un regard rapide autour d'elle. Elle étouffa un cri de surprise.

— Il n'y a pas que le banc, haleta-t-elle. Les maisons s'enfoncent, elles aussi. Elles penchent.

— Dès demain, les plus lourds d'entre nous crèveront le sol, prophétisa Sébastian. Ils traverseront la coquille qui entoure le mirage et tomberont dans la réalité. Si le génie ne s'endort pas d'ici deux heures, cet univers va s'écraser dans le désert comme un vieil avion déglingué !

— Ce sera pareil pour les autres mirages ? interrogea Peggy.

— Oui, confirma le garçon. Tous les univers sortis de la tête du génie pourriront de la même façon, et en même temps. Leurs occupants dégringoleront au même endroit. Et cela te concerne également. À présent que tu as vécu à l'intérieur d'un mirage tu es soumise aux mêmes lois. Si tu ne parviens pas à maintenir ton taux d'humidité, tu te changeras en statue de sable, tu t'effriteras.

— Je sais, siffla Peggy Sue. N'en rajoute pas ! J'ai déjà assez peur !

Son impuissance la rendait folle. Elle aurait voulu pouvoir contraindre l'enfant magicien à se rendormir ; hélas, elle n'en avait pas les moyens.

Ils restèrent silencieux. Les couleurs se retiraient des choses. On les voyait descendre vers le sol pour imprégner la terre. Là, elles formaient des flaques jaunes, bleues, et finissaient par se mélanger en une bouillasse grisâtre. Les fleurs devenaient blanches, les maisons devenaient blanches, les arbres, les...

— Ce n'est qu'un début, grommela Sébastian, si ça se trouve, tout sera bientôt transparent. Les fleurs, les maisons, tout sera comme du verre.

Le soleil continua à briller sans interruption. Peggy Sue craignait qu'en surchauffant, il ne finisse par griller, à la manière d'une ampoule trop longtemps allumée. Les nuages, eux, dégringolaient dans l'océan l'un après l'autre. On eût dit de gros morceaux de crème fouettée se décrochant de la voûte céleste. En se délayant dans la mer, ils changeaient la couleur des vagues, la faisant passer du bleu foncé au bleu layette. C'était extrêmement curieux.

Mécontents, les poissons sortirent de l'eau pour ramper sur le sable. Ils décrétèrent que leurs conditions de travail se dégradaient et qu'ils ne pouvaient pas nager dans une soupe aussi épaisse. La couleur ne leur plaisait pas non plus. « Elle ne fait pas sérieux ! » affirmèrent-ils.

Peggy Sue savait qu'elle ne devait s'étonner de rien, on était dans un mirage, pas dans la réalité.

— Et puis les nuages sont sucrés, maugréa le porte-parole du Syndicat des Poissons d'Agrément, avec le sel de la mer, ça fait un horrible mélange qui nous donne mal au cœur.

Ils exigèrent de voir la générale Pickaboo, mais celle-ci, à la tête de sa chorale, avait d'autres chats à fouetter.

— La masse des nuages naufragés fait monter le niveau de la mer, observa Sébastian. Nous allons être inondés. Il faut s'éloigner des plages.

Peggy Sue hocha distraitement la tête. Elle mourait de faim, elle aurait donné sa main droite pour un sac de croissants chauds ! Elle avançait en titubant, les jambes en coton. Sébastian avait plus d'entraînement mais le « chien bleu » gémissait chaque fois qu'on passait devant une boulangerie. D'ailleurs celles-ci n'avaient plus grand-chose à offrir. Comme l'avait prédit Sébastian, les fours magiques avaient fini par tomber en panne, et les clients repartaient les mains vides.

Peggy cherchait Olga et Ronan du regard. C'était difficile car les rues se remplissaient d'une foule hagarde courant en tous sens. Au loin, les chanteurs, fatigués de roucouler, commençaient à être trahis par leurs cordes vocales. Les berceuses viraient à la cacophonie. Elles donnaient envie de se boucher les oreilles, pas de s'endormir !

Les adolescents éprouvaient de plus en plus de mal à avancer car les trottoirs avaient désormais la consistance d'un chewing-gum trop mâché. Ils collaient aux semelles.

— Je m'enfonce ! gémit soudain Peggy Sue. Regarde ! On ne distingue plus mes chevilles...

— Ça y est, murmura Sébastian, le mirage devient poreux. Il va nous larguer dans la réalité.

— Et si nous grimpions sur le toit d'une maison ? proposa la jeune fille.

— Ce serait encore pire, répondit le garçon. Les objets les plus lourds seront les premiers à crever le « plancher ». Regarde les bâtiments ! Certains sont déjà enfoncés jusqu'au premier étage.

— Est-ce qu'on va se tuer en tombant d'aussi haut ? s'inquiéta Peggy.

— Non, expliqua Sébastian, car nous ne sommes plus tout à fait humains, je te l'ai déjà dit. Le vrai danger viendra après, quand nous commencerons à nous dessécher.

Cette explication ne rassura pourtant pas Peggy Sue qui s'imaginait déjà tournoyant dans les airs comme un aviateur en perdition, et dont le parachute refuserait de s'ouvrir.

*

Dans l'heure qui suivit, les maisons disparurent une à une. D'un seul coup, elles s'enfonçaient dans le sol mou avec un « plop » de bouchon de champagne. Le trou creusé par leur départ se refermait aussitôt, et la rue redevenait lisse, comme si aucun bâtiment ne s'était jamais dressé à cet endroit.

La ville se clairsemait. Des plaines s'étalaient là où une heure auparavant se pressaient des légions de maisonnettes aux fenêtres fleuries.

« Le mirage va se transformer en désert, pensa Peggy Sue. Bientôt, il ne restera plus rien de la zone des rêves. »

Les arbres s'en allèrent, eux aussi. Puis les statues des squares, les baraques de la fête foraine, le train fantôme avec ses vrais squelettes, les autos tamponneuses vivantes couvertes de plaies et de bosses... Tout disparut. *Plop, plop, plop...* chaque engloutissement se démultipliait en d'interminables échos sous la voûte céleste.

La panique s'empara de la foule qui reflua en désordre vers la barrière blanche. Voyant déboucher ces fuyards ahuris, les chanteurs de berceuses se turent. Les Minuscules poussèrent des cris d'effroi car ils redoutaient par-dessus tout les bousculades. Peggy Sue fut séparée de Sébastian et du petit garçon muet. Le génie s'était dressé au milieu des ruines du château. La tête levée, il inspectait le ciel que de grosses lézardes fendillaient déjà.

— Je le regrette, dit-il d'une voix forte, mais

c'est la fin. Le mirage va se disloquer... préparez-vous à l'abandonner. Que la chance vous soit donnée d'atterrir près d'un point d'eau.

Des lamentations accueillirent cette annonce. Peggy Sue jouait des coudes pour se dégager de la cohue. Elle aurait voulu retrouver ses compagnons.

Autour d'elle, les gens semblaient englués dans les sables mouvants. Enfoncés jusqu'à la taille dans le sol mou, ils se débattaient sans parvenir à s'extirper du piège qui se refermait sur eux.

Plop, plop, plop... Les piquets de la barrière blanche disparurent. Puis ce fut le tour des ruines du château. Enfin, le génie lui-même fut englouti car, de tous les gens présents, c'était lui le plus lourd.

Peggy Sue n'eut guère le temps de se lamenter, elle réalisa soudain qu'elle s'enfonçait elle aussi. Luttant contre la panique, elle emplit ses poumons d'air, comme s'il lui fallait plonger au fond d'une piscine. Elle connut un moment pénible en traversant l'épaisseur caoutchouteuse constituant l'enveloppe du mirage, *puis elle passa de l'autre côté...*

C'est-à-dire qu'elle se retrouva en train de tourbillonner dans le vide, en plein ciel, à mille mètres du sol, bras et jambes écartelés par la pression de l'air.

Elle crut que le vent allait lui arracher ses vêtements. Elle se mit à crier mais cela ne ralentit nullement sa chute. Autour d'elle des dizaines de personnes filaient en chute libre, une expression de terreur sur le visage. Plus bas, elle distingua les maisons, les arbres, toutes les pièces détachées du mirage qui dégringolaient tels des colis parachutés par un avion-cargo.

Elle avait froid, le vent tirait sur ses cheveux et lui pétrissait la figure comme si c'était de la pâte à modeler.

« Je vais m'écraser ! » pensa-t-elle d'abord avec horreur, puis elle se rappela ce que Sébastian lui avait dit : elle n'était plus humaine. Son séjour dans l'univers du mirage l'avait transformée.

Elle traversa plusieurs nuages. Ce qui lui donna l'impression de plonger dans un brouillard mouillé. Enfin, elle aperçut la terre, loin, en bas... La terre, ou plutôt le sable jaune du désert. Elle en profita pour s'orienter. Où se trouvait l'aérodrome désaffecté ? C'était là qu'il faudrait se cacher du soleil. Les hangars étaient assez vastes pour abriter des centaines de personnes.

Maintenant, elle avait l'illusion de tomber plus rapidement, et elle serra les dents. Le sol se rapprochait à une vitesse hallucinante. Comme elle aurait aimé disposer d'un parachute !

Le choc fut terrible. Elle roula dans le sable, persuadée de s'être brisé les os.

« Cette fois c'est sûr, se dit-elle, je suis en miettes... »

Elle resta étendue, n'osant bouger. Son crâne sonnait comme une cloche. Tout autour d'elle le sol tremblait sous l'impact des objets arrivant au terme du voyage. *Boum... boum... boum...*

C'était un drôle de bombardement qui laissait

les gens, les maisons, les arbres plantés de travers, parfois la tête en bas !

Curieusement, rien ne se cassa, personne ne fut blessé. Peggy Sue se redressa. Elle était intacte, sans une écorchure, seulement un peu abrutie. Du regard, elle chercha Sébastian et le « chien bleu », mais le désert était vaste et les naufragés s'éparpillaient sur plusieurs kilomètres carrés. Elle espéra qu'ils auraient tous les deux le réflexe de regagner l'aérodrome.

Les gens se relevaient en se tâtant le corps, vérifiant qu'il ne leur manquait pas un membre ou quelques orteils.

— Il faut aller par là ! leur cria Peggy Sue. Dans cette direction. Il y a un aéroport désaffecté. Vous m'entendez ? Il ne faut pas rester au soleil. Tout va se dessécher, même les maisons. Vous comprenez ce que je dis ?

Comme personne ne lui répondait, elle décida de montrer l'exemple. Après s'être orientée, elle se mit en marche. Elle estimait qu'il lui faudrait une heure pour rejoindre la vieille piste d'atterrissage. En aurait-elle le temps... ou bien, d'ici là, serait-elle déjà tombée en poussière ?

24

Les compagnons de la poussière

En marchant elle regardait autour d'elle. Des dizaines d'inconnus, de bâtiments, de forêts disloquées continuaient à tomber du haut des nuages. Tous les mirages fabriqués par les rêveries du génie qui crevaient les uns après les autres, larguant dans le vide leurs cités, leurs habitants.

« À ce rythme-là, songea Peggy, le désert va vite se retrouver surpeuplé ! »

Elle devait avancer le nez levé pour éviter de recevoir un immeuble sur la tête. Le plus curieux, c'était de voir les arbres se planter dans le sable, avec un bruit sourd. Il y en avait tellement qu'une forêt était en train de se constituer au milieu des dunes.

Mais la jeune fille ne se laissait pas distraire par ce spectacle insolite, elle progressait d'un pas décidé en inspectant la peau de ses bras à intervalles réguliers. Elle tremblait de la voir s'effriter, car elle commençait à souffrir de la soif.

Un bruit de moteur attira son attention. Une camionnette déglinguée roulait à sa rencontre. Un vieil homme se tenait au volant. Peggy Sue reconnut Paco le Mexicain, le frère cadet de Sébastian !

Le vieillard arrêta le véhicule, ouvrit la portière.

— Quand j'ai vu des choses tomber du ciel j'ai tout de suite compris, lança-t-il. Dieu merci ! tu n'as rien. Viens à l'ombre. Il y a des bidons d'eau à l'arrière, tu vas pouvoir te désaltérer.

L'adolescente ne se fit pas prier. Dès qu'elle eut fini de boire, Paco la bombarda de questions. *Qu'avait-elle vu là-haut ? Où se trouvait Sébastian ?*

Elle dut lui demander de se taire pour lui expliquer ce qui allait se produire.

— Des centaines de personnes vont dégringoler du ciel, murmura-t-elle. Il va falloir leur trouver un abri, et surtout leur fournir assez d'eau pour empêcher que leur corps ne s'effrite.

— Je me suis arrêté à l'aérodrome, dit Paco, j'ai réparé les canalisations. Tous les robinets fonctionnent. C'est déjà ça.

*

Dès leur arrivée à l'aéroport Paco déposa la jeune fille et repartit vers le désert, avec la ferme intention de retrouver Sébastian. Il en profiterait, déclara-t-il, pour guider les gens.

Peggy Sue, elle, s'empressa de prendre une douche et de changer de vêtements. Désormais, elle avait peur du soleil et se déplaçait prudemment à l'ombre des bâtiments. En traversant la cantine des aviateurs, elle se demanda avec angoisse comment on se débrouillerait pour nourrir les réfugiés qui, d'ici quelques heures, allaient envahir la vieille piste d'envol. Elle mourait elle-même de faim et s'était dépêchée de se confectionner un sandwich. Elle décida de grimper dans la tour de contrôle pour surveiller le désert. De là-haut, elle verrait s'approcher les naufragés du mirage. Avec un peu de chance, ses parents seraient parmi eux.

Il régnait une chaleur éprouvante dans la salle panoramique, et les tempêtes de poussière sèche, s'engouffrant par les vitres brisées, avaient peu à peu recouvert les instruments d'une épaisse couche de sable. De puissantes jumelles trônaient sur le capot d'un poste émetteur-récepteur hors d'usage, elle s'en empara... Ce qu'elle vit lui coupa le souffle. Le désert était maintenant rempli de maisons et d'arbres à perte de vue. Les villes tombées des nuages s'entassaient n'importe comment. Parfois les bâtisses s'empilaient les unes sur les autres, ou bien les statues et les bancs des squares trônaient sur leurs toits. Certaines présentaient même la particularité d'avoir un arbre fiché dans la cheminée ! Curieusement, en raison des pouvoirs magiques du mirage, rien ne s'était cassé.

Délaissant ce spectacle bizarre, Peggy Sue s'attacha à identifier les marcheurs. Elle poussa un soupir de soulagement en reconnaissant Sébastian et le petit garçon muet. Par bonheur, ils allaient dans la bonne direction !

Les jumelles rivées aux yeux, elle resta le plus longtemps possible dans la salle de contrôle à guetter ses parents. La chaleur était vraiment insupportable et il lui semblait entendre crisser sa peau sous l'effet de l'évaporation. À plusieurs reprises elle toucha son visage pour s'assurer que son nez ne se changeait pas en sculpture de sable. Ç'aurait été terrible s'il s'était soudain détaché !

Quand elle fut incapable de supporter plus longtemps cette atmosphère d'étuve, elle dégringola l'escalier pour se tapir au rez-de-chaussée où il faisait plus frais, et but coup sur coup trois grands verres d'eau glacée.

*

Les premiers naufragés ramenés par Paco déclarèrent qu'ils n'étaient pas du tout satisfaits de l'endroit où ils se trouvaient.

— C'est moche ! grognèrent-ils. Où sont les équipements de loisirs ? Et la mer ? Où est la mer ?

— C'est vrai, ça ! s'indigna un adolescent. J'avais l'habitude de participer aux courses de dauphins... Le Grand Prix devait avoir lieu demain et j'étais favori, comment allez-vous vous y prendre pour installer un océan d'ici là ?

Ils encerclaient Peggy Sue en gesticulant, l'assommant de revendications stupides. La vie à l'intérieur des mirages leur avait donné l'habitude de voir leurs souhaits les plus fous comblés dans l'instant. Ils se comportaient comme des enfants capricieux. Peggy fut à deux doigts de leur ordonner de se taire.

De plus en plus de gens encombraient la piste. Certains tenaient une planche de surf sous le bras, d'autres portaient des costumes extravagants. Quelques-uns avaient des ailes dans le dos ou le corps couvert d'écailles selon qu'ils avaient choisi de vivre dans les airs ou dans les profondeurs marines.

— Écoutez-moi ! hurla Peggy. Nous ne sommes plus dans un mirage. Vous avez atterri dans la réalité... une réalité que certains d'entre vous ont quittée depuis fort longtemps. La magie dont nous sommes tous encore imprégnés va peu à peu s'affaiblir. D'ici quelques jours, elle ne nous protégera plus. Nous allons payer le prix des extravagances dont nous avions l'habitude dans le monde des merveilles.

Les auditeurs se mirent à bâiller ostensiblement. Beaucoup se détournèrent. Ils avaient perdu l'habitude de se soumettre à la moindre contrainte. Cette fille affublée de grosses lunettes ne leur annonçait que de mauvaises nouvelles, ils n'avaient pas envie de l'écouter.

— C'est peut-être une piste d'envol pour oiseau géant ? marmonna un adolescent en examinant le sol.

— En tout cas, ces bâtiments sont d'une épouvantable laideur, décréta sa mère qui examinait les hangars. Pas question que j'y mette les pieds ! J'exige une maison vivante, avec des murs qui chantent... et une moquette en fleurs des champs véritables !

Un homme leva la tête pour regarder le soleil et déclara :

— L'ampoule du ciel est mal réglée, elle est beaucoup trop forte. Il faudrait que quelqu'un se charge de diminuer son intensité. Où est le variateur ?

— C'est vrai ! approuva la femme. Sa couleur est trop blanche. Je la voudrais rose. Je vais le dire au responsable. Où est-il ? Qui s'occupe de régler le paysage, ici ? Ce sable est trop jaune, c'est monotone. Ne pourrait-on pas s'arranger pour obtenir un désert parsemé de pois bleus ?

Malgré tous ses efforts, Peggy Sue ne parvint pas à se faire entendre. Personne ne voulait admettre que l'époque des vacances magiques était révolue. Très vite, les naufragés décidèrent de retourner habiter les maisons plantées dans le désert. D'ailleurs ce n'était plus vraiment un désert — n'est-ce pas ? — puisqu'une ville et une forêt le recouvraient !

*

Sébastian et le chien bleu arrivèrent enfin. Peggy s'empressa de les conduire dans la salle des douches du rez-de-chaussée.

— Au moins il y a de l'eau ! soupira le garçon.

— Mais la nourriture ? s'inquiéta Peggy Sue. J'ai déjà faim. Comment nourrir autant de monde ?

— Nous n'avons pas encore réellement besoin

de manger, répondit Sébastian. C'est juste un symptôme. Il signifie que notre nature magique est en train de s'affaiblir. Dans trois jours, nous commencerons à avoir horriblement soif ; il faudra fuir le soleil, se recroqueviller dans les coins d'ombre... et beaucoup s'arroser. Les maisons se changeront en sable, les arbres également. Le vent les éparpillera. Cette ville et cette forêt se transformeront en une poussière jaune qui ira grossir les dunes des alentours.

— J'ai essayé de les prévenir, murmura Peggy en désignant les naufragés qui regagnaient leurs maisons d'un pas décidé. Ils n'ont pas voulu m'écouter.

— Normal, fit Sébastian. Ils se sont accoutumés à voir l'univers se plier au moindre de leurs caprices. Ils n'ont pas envie d'admettre que les choses ont changé.

*

Alors que le soleil se couchait, Paco ramena la générale Pickaboo et son état-major. Puis le génie sortit de derrière la ligne des dunes et se dirigea vers l'aérodrome. Il semblait consterné par la tournure des événements.

— Il faut réorganiser la chorale ! nasillait la générale du fond de la boîte à chaussures où l'avait rangée Paco. C'est la première chose à faire !

Le génie déambulait au milieu de la piste d'envol. Sa tête frôlait le toit des hangars.

Bien qu'impressionnée par sa taille, Peggy Sue s'approcha de lui. Elle ne savait comment lui adresser la parole. Jusqu'à présent, elle n'avait jamais côtoyé de personnage de ce genre. Fallait-il lui parler comme à une altesse royale ? Elle décida de faire simple, et dit :

— As-tu l'intention de te rendormir avant qu'une catastrophe ne se produise ?

L'enfant colossal grimaça.

— Je n'en sais malheureusement rien, laissa-t-il tomber d'une voix désolée. J'ai dormi si longtemps ! Il me semble que je n'aurai plus jamais besoin de sommeil. C'est affreux, parce que je m'ennuie déjà. Je ne sais que rêver... C'est mon travail, c'est pour ça que je suis fait. Dans la réalité je ne vaux rien, je suis un monstre de foire, une espèce de baleine de forme humaine tout juste bonne à s'exhiber dans les cirques.

Il semblait près de pleurer.

— Les berceuses de la générale t'aident-elles ? s'enquit Peggy.

— Non, avoua le génie. Elles me tapent sur les nerfs, c'est incroyable ce que ces gens peuvent chanter faux ! Si tu pouvais les convaincre de se taire, ce serait aussi bien.

Se penchant, il inspecta l'intérieur d'un hangar.

— Je vais m'installer ici, annonça-t-il, dans l'obscurité. Cela facilitera peut-être la venue du sommeil.

— Mais il fait horriblement chaud ! s'exclama Peggy Sue.

— Ça n'a pas d'importance, éluda l'enfant. Je suis un génie, je ne suis pas sensible aux conditions climatiques de ce monde.

Sa décision arrêtée, il se glissa dans le hangar en rampant et se recroquevilla contre un vieil avion, qui, ainsi posé à son chevet, avait l'air d'un jouet de tôle cabossé.

La nuit tombait. Peggy Sue mit à profit les dernières lueurs du jour pour diriger les réfugiés qui le souhaitaient vers l'ancien dortoir des aviateurs. Ils se révélèrent malheureusement assez peu nombreux, la majorité des naufragés ayant choisi de réintégrer leurs anciennes demeures.

— Pas moyen de leur faire entendre raison, gémit la jeune fille en rejoignant ses amis. As-tu vu Olga et Ronan ?

— Non, fit Sébastian, il y avait maintenant trop de monde dans le désert. Je ne pensais pas que les mirages abritaient tant de gens. Ça risque de poser des problèmes si un avion vient à nous survoler.

— Tu as raison ! s'exclama Peggy. Le pilote ne manquera pas de se demander où est passé le désert et d'où sort cette ville qui n'était pas là ce matin encore !

Avant d'aller se coucher, Peggy Sue essaya de persuader la générale Pickaboo de mettre un terme à la chorale qui se tenait maintenant plantée devant le hangar du génie. Hélas ! la vieille dame ne voulut rien entendre. Elle demeurait persuadée que la suavité des chants dispensés par les choristes viendrait à bout de l'insomnie de l'enfant géant.

Peggy dut battre en retraite, poursuivie par les bourdonnements furieux de la générale qui vrombissait au fond de sa boîte à chaussures telle une abeille prise au piège.

*

Le lendemain, ses parents apparurent en bout de piste. Papa portait une invraisemblable chemise rose à fleurs jaunes et se déplaçait, une planche de surf sous le bras. M'man était vêtue d'un costume de bain constitué d'écailles argentées qui lui donnait l'allure d'une sirène. Quant à Julia, elle était habillée d'un tailleur noir très strict, se trouvait chaussée de talons hauts et tenait une valise de femme d'affaires. Elle avançait, un téléphone portable collé contre son oreille, en criant des ordres secs à un interlocuteur invisible.

Peggy Sue courut à leur rencontre, mais ils ne parurent pas étonnés — ni particulièrement contents — de la voir.

— Ah ! tu es là ? grommela son père. Où est passé l'océan ? Bon sang ! J'ai une compétition très importante aujourd'hui. Tu sais que je suis devenu dresseur de vagues ? Je leur ordonne d'accomplir des figures très compliquées : des tourbillons, des virevoltes... Je suis un champion, j'ai déjà remporté trois coupes ! Quand on est vraiment fort, on peut obtenir des vagues qu'elles sculptent des formes vivantes... ça s'appelle la sculpture d'eau. Quand on arrive à ça on est vraiment le champion des champions !

Il parlait sans même reprendre sa respiration, une main en visière au-dessus de ses sourcils pour tenter de localiser la mer.

— Du sable ! grogna-t-il. Rien que du sable...

Peggy Sue écarquilla les yeux. Elle venait de réaliser que M'man ne portait pas de maillot de bain. Les écailles qui parsemaient sa peau étaient réelles.

— Tu... tu te transformes en sirène ? bredouilla l'adolescente.

— Mais oui, fit sa mère d'un ton distrait. C'est autrement plus drôle que de faire la cuisine. Là-haut, dans le mirage, je régnais sur une tribu de sirènes, nous chantions pour attirer les marins sur les récifs. Ils faisaient naufrage, nous les sauvions, ils tombaient amoureux de nous, c'était follement amusant ! Moi aussi j'ai besoin d'eau. Je ne resterai pas une minute de plus dans ce monde de sable, c'est odieux ! Où est le responsable ?

— Moi, fit Julia d'une voix coupante, je dirigeais trente usines, j'avais vingt mille employés sous mes ordres. Je fabriquais des arcs-en-ciel démontables. On pouvait les utiliser en guise de ponts. C'était beaucoup plus joli que les poutrelles d'acier ou le béton. Depuis que j'ai atterri ici, plus moyen d'entrer en communication avec mon directeur commercial ! Ah ! c'est intolérable !

« Ils ont perdu la tête ! » songea Peggy Sue catastrophée. Elle eut bien du mal à capter leur attention pour leur répéter les conseils à suivre : le soleil, la déshydratation, les douches obligatoires deux fois par jour... ils l'écoutaient d'une oreille distraite.

— D'accord, d'accord, l'interrompit son père, mais ce qui m'intéresse c'est de savoir quand ils vont installer l'océan. Il y a assez de place, bon sang ! Le génie n'a qu'à creuser un grand trou, là, au milieu. L'important c'est qu'il nous donne de belles vagues, c'est tout. De belles vagues sauvages que j'aurai plaisir à dresser !

Plus tard, quand elle eut réussi à les pousser à l'ombre d'un bâtiment, Peggy Sue s'empressa de conter sa mésaventure à Sébastian.

— Normal, lui dit celui-ci. Ils sont intoxiqués. On s'habitue vite aux merveilles, tu sais !

— Tu crois qu'ils redeviendront normaux ? s'inquiéta Peggy. En général, les enfants trouvent leurs parents ennuyeux, ils aimeraient bien qu'ils aient un peu plus de fantaisie, mais là, *c'est trop* !

*

Les animaux-citernes firent leur apparition. La chute ne les avait pas tués. On les voyait aller et venir entre les dunes à la recherche d'oasis dont ils pourraient pomper l'eau. Ils l'utilisaient ensuite pour arroser les arbres tombés du ciel.

— Si quelqu'un les aperçoit, soupira Peggy Sue,

il va raconter partout que le désert est rempli de dinosaures. Qu'est-ce qu'on fera si des centaines de touristes débarquent, la caméra en bandoulière ?

— Je n'en sais rien, avoua Sébastian. Il faudrait que le génie se rendorme très vite ou bien nous allons droit à la catastrophe.

Peggy s'en retourna auprès de ses parents. Elle trouva son père dans la salle de bains du deuxième étage. Il avait rempli la baignoire et donnait des ordres aux quelques dizaines de litres d'eau stagnant entre les flancs émaillés du récipient. Il criait : « Hop-là ! saute ! saute ! » comme s'il s'adressait à un lion au cours d'une séance de dressage. Mais la surface liquide restait immobile.

— Ça ne marche pas, s'emporta-t-il soudain. Ici, l'eau est idiote, elle clapote bêtement au lieu de se contorsionner pour accomplir des prouesses. Là d'où je viens, j'obtenais des vagues qu'elles fassent des sauts périlleux. Elles bondissaient dans les airs, prenaient la forme d'un cheval ou d'un oiseau, puis retombaient en souplesse, sans jamais éclabousser l'assistance.

Il parlait d'une voix rêveuse, le regard flou, un sourire mélancolique aux lèvres. Peggy Sue comprit à quel point il avait dû se sentir bien là-haut, au milieu des fantasmagories.

Au moment où elle sortait de la salle de bains, elle se heurta à M'man qui se dandinait d'un pied sur l'autre, avec une expression courroucée.

— Ton père monopolise la baignoire ! siffla-t-elle. C'est intolérable. Je suis une sirène, moi aussi j'ai besoin d'eau. Je dois tremper au moins trois heures par jour sinon mes écailles perdent leur brillant.

Alors qu'elle allait répondre, Peggy s'aperçut que sa mère tenait entre ses mains un flacon de sirop de menthe. Quand elle lui demanda ce qu'elle comptait en faire, M'man répondit :

— D'où je viens l'océan n'est pas salé, il est parfumé à la menthe, les lacs à la grenadine et les fleuves au citron. L'eau de pluie, elle, est pétillante. C'est beaucoup mieux conçu que sur la Terre.

Il n'y avait rien à répliquer, Peggy Sue s'en fut rejoindre le petit garçon muet qui, retrouvant ses habitudes canines, s'était roulé en boule sur le sol, au pied de son lit. Elle lui gratta la tête, par habitude.

— J'aimerais vraiment que tu redeviennes comme avant, soupira-t-elle mentalement. Tu me manques, tu sais ? De plus, je suis sûre que tu aurais un tas d'idées pour m'aider. Je ne sais plus quoi faire, tout le monde est en train de devenir fou !

Hélas, aucune pensée amie ne visita son esprit. En se transformant, le chien bleu semblait avoir perdu tout à la fois son intelligence et ses dons télépathiques.

Le lendemain matin, Peggy fut réveillée par les échos d'une dispute : son père et sa mère s'affrontaient pour la possession de la baignoire.

*

— Tu n'as qu'à faire tes sculptures liquides dans le lavabo ! criait M'man. C'est bien suffisant. Moi, je dois m'immerger jusqu'au cou sinon mes écailles tomberont et je ne pourrai jamais achever ma métamorphose.

Ne désirant pas s'immiscer dans cette bataille, Peggy Sue descendit au rez-de-chaussée pour prendre sa douche dans les anciennes installations sanitaires de l'aérodrome. Là, elle examina sa peau avec attention. Lorsqu'elle ouvrait et fermait les mains, ses articulations produisaient un petit crissement désagréable. Avec appréhension, elle toucha son ventre ; elle eut l'impression d'effleurer un sac rempli de sable. Effrayée, elle se rua sous le jet diffusé par la pomme d'arrosage.

Quand elle sortit, le petit garçon muet sur ses talons, elle trouva Sébastian en bout de piste. Les yeux plissés, il observait la ville tombée des nuages.

— Tu as vu ? murmura-t-il. Les murs des maisons paraissent déjà beaucoup moins solides qu'hier. Certaines cheminées s'effritent dans le vent. Les feuilles des arbres disparaissent. Elles sont trop minces pour résister aux bourrasques.

Peggy Sue laissa son regard courir sur la cité impossible. Elle fut frappée par l'aspect bizarre de la végétation. Les arbres, les massifs de fleurs avaient à présent une curieuse teinte jaunâtre, le même aspect grumeleux.

« On dirait..., songea-t-elle. On dirait qu'on vient de les modeler avec du sable mouillé. Comme ces châteaux bâtis par les enfants au bord des plages, l'été. »

Çà et là, surgissait l'interminable cou d'un animal-citerne vaquant à son travail d'arrosage.

— Ils auront bientôt asséché toutes les oasis des environs, soupira Sébastian. Ce n'est pas une solution. Mon frère, Paco, dit que les gens de son village ne sont pas contents de la tournure prise par les événements. Ils pensent que tout cela ne sert à rien, qu'à force de vider les puits nous allons les condamner à mourir de soif.

— Et le génie ? demanda Peggy.

— Toujours insomniaque, fit Sébastian. La chorale a fini par se taire. Les gens avaient la gorge trop sèche pour continuer à chanter.

Peggy Sue observait le manège des habitants de la cité, de l'autre côte de la piste d'envol. Quand les dinosaures-réservoirs arrosaient leur maison, ils sortaient sur le seuil pour profiter de cette douche et s'ébrouaient en riant.

— Ils n'ont pas l'air inquiet, s'étonna-t-elle.

— Leur seule préoccupation, lâcha le garçon, c'est d'obtenir du génie qu'il creuse une immense piscine au milieu du désert et la remplisse d'eau de mer... avec des vagues. Ils tiennent beaucoup aux vagues !

25

Le vent de la destruction

Les choses ne firent qu'empirer. La forêt se clairsema. Le vent effrita les feuilles, puis les troncs qui devinrent de plus en plus minces. Finalement, les arbres disparurent complètement, transformés en bouffée de poussière jaune. Les toits des maisons subirent le même sort. Les bourrasques les usèrent, gommant progressivement le dessin des tuiles et des volets. Les animaux-citernes avaient beau faire, ils n'étaient plus capables d'arroser suffisamment la ville pour la préserver du dessèchement.

Les puits des environs étant vides, il leur fallait aller de plus en plus loin pour faire provision d'eau. À cette occasion, l'un d'eux fut repéré par des touristes qui signalèrent sa présence aux autorités. La nouvelle, aussitôt relayée par la radio, provoqua un afflux de curieux à la pointe sud du désert. Par bonheur, la bête, victime de la trop forte chaleur, se changea en une immense statue de sable avant que la foule ne parvienne à la découvrir.

— Bah ! ce n'est qu'une sculpture ! grognèrent les touristes en rangeant leur appareil photo, on s'est encore fait avoir !

La déception leur ôta l'envie de pousser plus

haut, ce qui leur évita de découvrir l'étrange ville tombée du haut du ciel, et ses habitants, non moins bizarres.

*

Peggy Sue essayait de tenir le compte exact des maisons du voisinage. Chaque matin, elle notait de nouvelles disparitions. Le vent de la nuit les avait emportées avec leurs habitants. La progression du dessèchement se devinait à la manière dont les angles des murs s'arrondissaient. Même les visages des gens s'effaçaient... Leurs traits devenaient anonymes, ils se ressemblaient tous. Les bourrasques rabotaient les nez, les crânes, les mentons.

— L'effritement n'est pas douloureux, expliqua Sébastian. Et ils sont tellement occupés par leurs activités sportives qu'ils ne s'en rendent pas compte.

Un jour, Paco vint accompagné d'autres vieillards : le conseil des sages de son village.

— Ça ne peut plus durer, déclara-t-il. Les animaux-citernes sont en train d'assécher la contrée. Il faut que le génie se rendorme coûte que coûte. Nous avons eu une idée... Il y a chez nous *una bruja*, une sorcière, si vous préférez. Elle pense pouvoir fabriquer une potion qui fera tomber l'enfant géant dans un profond sommeil. À mon avis, il faut tenter le coup. Dans une semaine, il ne restera plus rien de cette ville... Quant à vous, Sébastian, Peggy, vous subirez le même sort. Il est capital d'agir vite. Pensez-vous que le génie acceptera l'aide d'une simple sorcière ?

— Je vais le lui demander, dit Peggy Sue. Je ne pense pas qu'il ait réellement le choix.

Sans plus tarder, elle s'élança vers le hangar où l'étrange créature vivait recroquevillée depuis son arrivée sur la Terre. La nuit, on l'entendait se retourner d'un côté sur l'autre, à la recherche d'une meilleure position pour attendre le sommeil. Sa gesticulation permanente faisait grincer les tôles du bâtiment.

— D'accord, soupira-t-il lorsque Peggy lui eut transmis la proposition des sages. Je m'ennuie trop. Cette planète est sans intérêt.

L'adolescente s'empressa d'apprendre la bonne nouvelle à Paco.

— C'est bien, fit le vieil homme. Nous reviendrons demain avec la potion.

Le conseil des anciens se retira.

— Que vas-tu faire si ça marche ? demanda Peggy Sue en se tournant vers Sébastian. Tu n'auras pas grand choix. Soit tu retournes dans le mirage, soit le génie te libère de la malédiction du dessèchement, tu reviens dans la réalité... *et tu récupères ton âge réel*.

L'adolescent fit la grimace.

— J'y ai déjà pensé, fit-il. Je n'ai pas très envie de passer en une nuit de quatorze à soixante-neuf ans... Non, vraiment. Quant à retourner dans le mirage, ça ne me convient pas non plus. J'y suis resté trop longtemps, j'en ai assez. Je n'arrive plus à m'y amuser comme jadis. Je ne sais pas pourquoi, peut-être parce que j'ai vieilli.

— Qu'est-ce que tu vas faire, alors ? dit Peggy Sue d'une voix étranglée. Tu vas me manquer... Je... je t'aime bien, tu sais ?

Sébastian rougit et baissa les yeux.

— C'est pas possible entre nous, bredouilla-t-il. J'ai l'air d'un ado mais je suis un vieil homme... En réalité je suis un petit garçon qui s'est fait prendre au piège d'une éternelle enfance. J'ai refusé de grandir, tu vois où ça m'a mené... J'ai l'âge d'être ton grand-père. Ça ne peut pas marcher.

— Je sais bien, murmura Peggy en retenant ses larmes. Mais il va falloir que tu prennes une décision.

— Je ne veux pas y penser, gémit Sébastian en s'enfuyant. On verra le moment venu.

*

La camionnette de Paco surgit du désert aux premières lueurs de l'aube. Elle amenait la sorcière, une femme effrayante habillée de peaux de lézard et qui portait autour du cou un collier de dents de crotale. Paco l'aida à descendre une marmite cabossée emplie d'un liquide verdâtre dont la simple odeur donnait déjà envie de dormir.

— Voilà la potion, annonça-t-il. N'en respirez pas les effluves, elle est très concentrée.

— D'accord, observa Peggy. Mais fonctionnera-t-elle sur une créature non terrestre ?

— Je ne sais pas, avoua le vieillard. De toute manière nous n'avons plus le choix, tu as vu la ville ? J'en ai fait le tour en venant. Les animaux-citernes se sont changés en statues de sable, la forêt n'est plus qu'un souvenir, et la moitié des maisons a disparu.

Peggy Sue guida les arrivants vers le hangar. Le génie s'assit pour les saluer. Il avait la mine maussade d'un enfant qui s'ennuie. Il se montra néanmoins fort civil et ne fit aucune difficulté pour vider d'un trait la marmite qu'on lui présentait. Sous ses peaux de serpent, la sorcière était devenue blême. C'était sans doute la première fois qu'elle se trouvait confrontée à une telle créature.

— Je vous remercie, dit l'enfant colossal. Ça n'avait pas bon goût, mais j'espère que ce sera efficace.

Sur ce, il se rallongea, les mains croisées sous la nuque.

— Excusez-moi de ne pas vous faire plus longtemps la conversation, dit-il, mais les humains m'embêtent. Je trouve qu'ils n'ont aucune fantaisie. J'ai réellement hâte de me rendormir pour être débarrassé d'eux.

Peggy Sue, Paco et la sorcière se retirèrent en emportant le chaudron vide.

— Combien de temps cela mettra-t-il à agir ? s'enquit l'adolescente.

— Ça endormirait un cheval en dix minutes, fit

Paco, mais pour ce qui est d'un génie, je n'en ai pas la moindre idée.

— En tout cas nous aurons essayé, soupira Peggy.

— Si ça marche, reprit Paco, Sébastian devra rentrer à la maison... et reprendre son âge réel. Je sais que ça lui fait peur. Tu lui diras que je m'occuperai de tout.

— Je crois qu'il n'a pas très envie de devenir vieux, chuchota Peggy Sue.

— Tout le monde devient vieux, un jour, dit sentencieusement Paco. On n'a pas le choix. Seuls les jeunes gens s'imaginent qu'ils passeront entre les mailles du filet.

— Oui, je sais, gémit Peggy, mais vieillir comme ça, en l'espace d'une nuit, c'est terrible !

— Il doit accepter de payer le prix de sa fuite, grogna le vieillard. Ce sera en quelque sorte sa punition pour avoir refusé de grandir.

La jeune fille grimaça. Elle trouvait que Paco y allait un peu fort. Elle regarda la camionnette s'éloigner sans parvenir à démêler ce qu'elle éprouvait réellement.

Elle était au moins sûre d'une chose : la « disparition » de Sébastian lui causerait une peine infinie.

Elle se rendit à la tour de contrôle pour vérifier que ses parents et sa sœur n'avaient pas commis l'erreur d'aller s'exposer au soleil. Elle avait essayé de les sensibiliser aux risques encourus, mais ils l'avaient écoutée d'une oreille *très* distraite. Julia ne décollait plus de son téléphone portable. Elle l'avait expliqué à Peggy, il s'agissait d'un tout nouveau modèle, *vivant*, qui s'incrustait dans la chair de l'oreille, comme une sangsue, si bien qu'on n'avait plus à craindre de l'égarer. Au lieu d'électricité, il utilisait le sang de son propriétaire. Elle semblait trouver cela formidable, mais Peggy en avait des frissons de dégoût !

Quand elle sortit du bâtiment, Sébastian se tenait en sentinelle devant le hangar du génie. Elle alla le rejoindre et lui prit la main. Leurs paumes crissèrent l'une contre l'autre. Ils étaient tous deux en train de se déshydrater.

« Si le génie ne se rendort pas, songea Peggy Sue, nous tomberons en poussière et le vent nous mêlera l'un à l'autre à la prochaine bourrasque... »

Ce serait là une fin follement romantique.

— Que fait l'enfant magicien ? demanda-t-elle.

— Il s'agite en soupirant, murmura Sébastian. Pour le moment la potion n'agit pas.

— Il ne faut pas perdre espoir, fit Peggy Sue en s'appliquant à conserver une voix ferme. C'est un génie, pas un cheval... ni même un éléphant.

Les deux adolescents s'assirent sur des bidons d'essence vides et restèrent immobiles, à contempler la ville qui s'émiettait lentement dans le vent. L'érosion fulgurante avait arrondi les maisons, leur donnant l'aspect de petites dunes. Quelques rares personnes avaient eu assez de présence d'esprit pour chercher refuge à l'ombre des hangars. Les autres s'étaient changées en statues de sable jaune.

On les voyait, figées au milieu des rues, là où le dessèchement les avait saisies.

« Les vampires ont besoin de la nuit et de sang, pensa Peggy Sue. Nous, il nous faudra de l'ombre et de l'eau... de l'eau en abondance. Combien de temps pourrons-nous survivre de cette façon ? »

Elle essaya d'imaginer la vie qui l'attendait et fut effrayée des perspectives que lui laissait entrevoir la malédiction de la déshydratation. Non, il lui fallait à tout prix redevenir humaine. Elle n'avait pas le choix !

Elle ne voulait pas faire partie du petit peuple des compagnons de la poussière, ces statues vivantes constamment à la merci du vent. Elle voulait être de nouveau une fille normale, banale... même affublée de grosses lunettes. Et elle souhaitait qu'il en aille de même pour tous ceux qu'elle aimait.

*

Vers le milieu de l'après-midi, le génie cessa enfin de s'agiter. Il grommelait et ronflait par à-coups, comme quelqu'un qui s'achemine lentement vers le sommeil.

— Ça marche ! souffla Sébastian en serrant Peggy Sue dans ses bras.

L'étreinte provoqua un horrible crissement sablonneux, mais la jeune fille crut que son cœur allait exploser tant il s'emballait.

— Ça marche, répéta le garçon. Éloignons-nous

sur la pointe des pieds. Il ne faut pas faire le moindre bruit. Dès qu'il sera profondément endormi il va commencer à rêver. Ce sera le moment de lui demander de remédier aux aberrations qui se sont produites à l'intérieur des mirages.

— Tu crois qu'il nous entendra ? s'inquiéta Peggy.

— Je pense, si l'on n'attend pas trop longtemps, affirma Sébastian. Je lui demanderai de te rendre ta nature humaine, ainsi qu'à tes parents... Je lui dirai de refaire de ton chien un vrai chien, car il n'est manifestement pas heureux comme ça.

— Et toi ? balbutia Peggy Sue. Si tu lui demandais de te rendre humain, mais en conservant tes quatorze ans ?

— C'est trop, soupira Sébastian. Je ne crois pas qu'il acceptera.

— Alors je le demanderai à ta place ! s'entêta Peggy.

*

Deux heures plus tard, il devint évident que le génie glissait doucement sur la pente du sommeil. Certes, il s'agitait encore et grommelait entre deux ronflements, mais l'impulsion était donnée.

Peggy ne tenait pas en place. Elle courut dans la cité prévenir les naufragés que l'heure de la délivrance allait bientôt sonner. Elle les supplia de ne pas commettre d'imprudence et d'éviter de s'exposer au soleil. À cette occasion, elle mesura à quel point les maisons étaient desséchées. Quand elle essayait d'ouvrir une porte, il était fréquent que celle-ci tombe en poussière à peine la poignée effleurée. Si elle essayait de grimper un escalier, ses pieds s'enfonçaient au travers des marches. Insouciants, beaucoup de gens avaient négligé de s'hydrater, ils reposaient maintenant sur leur lit, changés en statues de sable, un sourire béat leur coupait la figure en deux.

La chaleur du désert devenant insupportable, Peggy Sue dut battre en retraite. Pendant qu'elle regagnait la tour de contrôle, elle bâtissait mentalement le discours qu'elle adresserait au génie pour obtenir que Sébastian réintègre la réalité sous la forme d'un adolescent. C'était pis que de rédiger un devoir de littérature. Elle essayait d'être convaincante sans devenir trop compliquée, bref c'était un vrai casse-tête !

Alors qu'elle traversait la piste, Sébastian se précipita à sa rencontre.

— Ça y est ! triompha-t-il. Il dort ! Il a cessé de bouger, mais il ne rêve pas encore Quand il commencera à créer son premier univers, j'y entrerai pour tenter de dialoguer avec lui. J'espère qu'il m'entendra.

— C'est formidable ! haleta Peggy. Pourvu qu'il accepte de tout remettre en ordre. Il a l'air assez capricieux. J'ai peur que nous ayons cessé de l'intéresser.

— C'est un gosse, fit Sébastian en haussant les

épaules. Un gosse doté d'un incroyable pouvoir magique, mais qui a fâcheusement tendance à considérer les autres comme des jouets. La négociation ne sera pas facile.

Il venait à peine de prononcer ces mots qu'un horrible bruit de ferraille s'éleva d'un hangar. Éberlués, les deux adolescents virent brusquement un vieil avion à hélices sortir de l'ombre où il était remisé pour se mettre à rouler sur la piste crevassée. C'était un C47 Dakota, tout cabossé, avec une aile tordue. L'appareil prit de la vitesse comme s'il se préparait à décoller.

— Qu'est-ce que c'est ? balbutia Sébastian. C'est impossible ! Ces antiquités n'ont même plus de moteur ! Comment pourraient-elles voler... et... et... tu as vu ? Dans la carlingue... *il n'y a pas de pilote aux commandes !*

Peggy Sue n'eut pas le temps de répondre. D'autres avions sortaient déjà des hangars. Ils prenaient l'air l'un après l'autre comme s'ils décollaient pour une mission de combat.

— Bon sang ! hurla Sébastian. C'est de la sorcellerie ! Les hélices ne tournent même pas !

— Non, soupira Peggy. Ce n'est pas de la sorcellerie. *C'est encore un coup des Invisibles...* Ils se sont glissés dans la carcasse des avions, ils utilisent leur pouvoir magique pour les soulever.

Elle se mordit la lèvre avec rage. Comme elle avait été stupide de croire que les « fantômes » renonceraient aussi facilement ! Quand elle les avait chassés du château, elle avait pensé en avoir fini avec eux, quelle erreur ! Ils revenaient à l'assaut au moment le plus crucial. Si on ne les contrait pas très rapidement on courait droit à la catastrophe.

— Que font-ils ? s'étonna Sébastian. Une exhibition aérienne ?

— Non, répondit Peggy. Je pense qu'ils ont l'intention de prendre de la hauteur et de jeter les avions sur le hangar où dort le génie. Ils veulent faire du bruit... le plus de bruit possible, pour le réveiller ! C'est le seul moyen dont ils disposent pour en finir avec moi.

Elle regarda autour d'elle, cherchant un moyen de contrecarrer les plans de ses vieux ennemis.

— La tour de contrôle ! siffla-t-elle. Il faut y grimper. Il y a des jumelles très puissantes dans le poste de contrôle, si je m'en sers pour regarder les avions, elles décupleront le pouvoir de mes lunettes... Ce sera comme un tir de mitrailleuse, je parviendrai à griller les fantômes malgré la distance ! Tu comprends ?

— Pas vraiment, bredouilla Sébastian, mais je te crois. Allons-y !

Ils se mirent à courir. Au-dessus d'eux, les avions déglingués décrivaient d'incroyables figures acrobatiques. Il en sortait à présent de tous les hangars. Certains n'avaient même pas de moteur, ou plus d'hélices. À d'autres il manquait une aile... Cela ne les empêchait pas de prendre l'air et de voler au ras des toits. Le souffle de leur passage faisait s'émietter les maisons de sable plantées au bord de la piste.

Peggy Sue et Sébastian arrivèrent enfin au dernier étage, dans la salle panoramique aux vitres fendillées. La jeune fille se jeta sur les jumelles et les porta à ses yeux, collant le caoutchouc bordant les oculaires à ses lunettes.

Les avions allaient très vite, et il était difficile de les suivre pendant plus d'une fraction de seconde. Avant qu'elle ait eu le temps de bouger la tête, ils étaient sortis de son champ de vision. Néanmoins, elle réussit à repérer les Invisibles... Ils étaient accrochés sous les ailes, sous le ventre des appareils qu'ils portaient à bout de bras.

Maintenant, les avions décrivaient un ballet de plus en plus compliqué au-dessus de l'aérodrome. Certains se heurtaient en plein vol, explosant en une pluie de débris métalliques.

— Ils essayent de prendre de la hauteur, haleta Peggy. Ensuite, ils vont commencer à se jeter sur le hangar du génie. S'ils y parviennent, ils vont le réveiller, c'est sûr !

— Fais quelque chose ! supplia Sébastian. Si le génie se réveille c'est foutu ! Il lui faudra encore une éternité pour se rendormir, et nous serons tous tombés en poussière d'ici là !

Peggy Sue se campa sur ses jambes. Il fallait garder les hanches, la nuque très mobiles, et tenter de suivre le rythme des avions. Elle en choisit un et se concentra sur le fantôme qui le portait. Il avait beau se recroqueviller sous le ventre du vieux coucou, elle en voyait assez pour lui faire mal. Elle lui décocha un regard chargé de colère. En raison de la distance, elle ne put percevoir l'odeur de caramel grillé qui accompagnait toujours les blessures des Invisibles, mais, aux gesticulations de la créature, elle comprit qu'elle l'avait touchée. Il fallait en faire autant avec les autres. En les brûlant, elle les forcerait à s'éloigner de l'aérodrome, et s'ils s'écrasaient dans le désert, le sable étoufferait le bruit de l'impact.

« Les réservoirs des avions sont vides, songea-t-elle, il n'y aura donc pas d'explosion. »

Oui, c'est ainsi qu'elle devait mener la bataille. En dispersant l'escadrille folle qui tourbillonnait au-dessus de la tour de contrôle.

Dans les minutes qui suivirent, elle décocha cent regards meurtriers. Elle avait l'impression d'être devenue un canon antiaérien vivant !

Cruellement rôtis, les fantômes prenaient le large. Ils finissaient par lâcher les avions sur les dunes, loin de la piste, et c'est à peine si l'on entendait le bruit de ces écrasements. Malheureusement, il y en avait beaucoup... beaucoup trop, et Peggy ne parvenait pas à les contrôler tous.

Le grand Dakota lui causait bien du souci. Manœuvré par un expert, il échappait à toutes ses attaques. Elle sentait venir le moment où il allait se fracasser sur le hangar dans un vacarme effroyable. Le génie ne serait pas blessé, certes, puisque c'était une créature surnaturelle, mais il émergerait des décombres bien réveillé... et pour longtemps !

— Attention ! hurla Sébastian. Le C47, il amorce son piqué ! Il vise le hangar ! Essaye de l'intercepter !

« Qu'est-ce que tu crois que je fais ? faillit lui répliquer Peggy, que j'apprivoise les oiseaux ? »

L'énorme appareil tombait des nuages en émettant un sifflement menaçant. Peggy Sue le voyait grossir dans ses jumelles. Deux fantômes le soutenaient, un sous chaque aile, cachés sous le renflement des moteurs. Ils se dérobaient aux regards de leur jeune ennemie.

Se tordant la nuque, Peggy réussit enfin à toucher celui de gauche. La brûlure le fit se rétracter et perdre ses forces. Aussitôt, l'avion se mit à dériver vers le désert en vol plané. Frôlant de justesse le toit du hangar où dormait l'enfant géant, il se posa sur le ventre et alla se planter dans une dune qui s'éboula sur lui, le recouvrant.

— C'est fini, haleta Sébastian. Tu les as tous eus ! Il s'en est fallu d'un cheveu.

Peggy Sue éloigna les jumelles de son visage. Elle avait mal à la tête, comme chaque fois qu'elle affrontait les Invisibles en combat singulier.

Tout à coup, une voix nasillarde sortit du haut-parleur de la radio. C'était impossible, elle le savait, puisque aucun de ces appareils antédiluviens n'était en état de marche.

— Ça va, grésilla l'un des fantômes. Tu as gagné... pour cette fois. Mais nous n'avons pas dit notre dernier mot. À bientôt, Peggy Sue... *À très bientôt...*

26

Le verdict

Zigzaguant entre les débris métalliques qui encombraient la piste, Peggy Sue et Sébastian gagnèrent le hangar pour s'assurer que le combat aérien n'avait pas réveillé l'enfant. Comme ils franchissaient le seuil de la baraque, ils virent qu'une grande bulle rose était en train de se former près de la tête du génie. Elle contenait un univers en réduction : une montagne couverte de sapins, une cascade, des chalets, des bonshommes de neige...

Ils poussèrent un soupir de soulagement.

— Ça marche, souffla Sébastian. Maintenant tu vas me laisser, c'est à moi de passer à l'action. Je vais essayer d'entrer dans le mirage avant que le génie ne soit trop profondément endormi. Si j'attends, il me sera impossible de communiquer avec lui, ma voix ne lui parviendra pas.

— Que vas-tu lui demander ? bredouilla Peggy.

— Tu sais bien, murmura le garçon. Je négocierai ce qui sera négociable. Tout dépendra de son humeur. Il peut accepter ou refuser en bloc. Si, comme tu le prétends, il ne s'intéresse plus à nous, il ne m'écoutera même pas.

Il avait posé les mains sur les épaules de Peggy

— Je dois y aller, dit-il. Le temps presse.

— D'accord, fit la jeune fille, mais n'oublie pas de revenir. Je tiens à toi.

Et, se haussant sur la pointe des pieds, elle posa ses lèvres sur celles de Sébastian.

Le garçon rougit et recula.

— J'y vais, dit-il d'une voix rauque.

L'instant d'après, il s'approcha de la bulle, les bras tendus. Ses mains pénétrèrent doucement la paroi élastique de l'univers en formation. Peggy Sue devina qu'il devait agir avec beaucoup de précaution sous peine de voir le mirage naissant exploser comme un ballon de baudruche. Au fur et à mesure qu'il entrait dans la bulle, son corps rapetissait. Quand il fut de l'autre côté, il avait la taille d'une figurine en plastique. Peggy lui adressa un signe, mais il ne parut pas la voir.

« Quand on est dans un mirage on ne distingue pas la réalité, se dit-elle. C'est probablement comme s'il se contemplait dans un miroir, il ne voit que sa propre image. »

Elle le regarda s'éloigner en direction de la montagne enneigée. Il était si petit qu'elle aurait pu le tenir au creux de sa paume. Au sommet d'un pic se dressait un grand chalet.

« C'est sûrement l'équivalent du château blanc, songea Peggy Sue. Le génie s'y installera dès que l'univers aura pris suffisamment de consistance. »

Elle recula, la gorge serrée. Sébastian semblait tout à coup terriblement fragile ; elle eut peur pour lui.

Elle sortit du hangar en titubant, les larmes aux yeux. La lumière du soleil lui fit mal.

*

Sébastian resta longtemps absent. Peggy commençait à craindre qu'il n'ait, une fois de plus, perdu la notion du temps quand il sortit enfin du hangar. Il était pâle et fatigué. La jeune fille bondit vers lui.

— Alors ? gémit-elle.

— Il y a du bon et du mauvais, lâcha le garçon d'un ton las. Le génie accepte que les naufragés embarquent dans le nouveau mirage qu'il est en train de façonner. Comme tu l'as sauvé des manigances des Invisibles, il daigne vous libérer de la malédiction du dessèchement, toi, tes parents et... ton chien. Il va d'ailleurs rendre à celui-ci sa forme première.

— *Mais toi ?* fit Peggy d'une voix suppliante. Qu'a-t-il décidé pour toi ?

Sébastian se détourna. Les yeux fixés sur la ligne d'horizon, il dit doucement :

— Pour moi c'est plus compliqué. J'ai passé trop de temps à l'intérieur du mirage. Toute une vie, en fait. Le génie veut bien me libérer de la malédiction de l'effritement à condition que j'accepte de reprendre mon âge réel. Soixante-neuf ans. J'ai refusé.

— Il... il ne fera rien ? balbutia Peggy. Pourtant tu m'as aidée à le libérer, tu... ce n'est pas juste !

Sébastian haussa les épaules.

— Il prétend qu'en m'octroyant un passe-droit il s'attirerait des ennuis avec la Commission de Contrôle des Génies, fit-il. Des gens pas commodes à ce qu'il paraît.

— Alors tu n'as pas vraiment le choix, soupira Peggy Sue. Soit tu retournes dans le mirage, soit tu restes ici... et tu deviens un vieillard...

— Non, murmura le garçon. J'ai... j'ai obtenu quelque chose... ça ne te plaira peut-être pas, mais je n'ai que ça à te proposer. Le génie a accepté de faire un geste pour moi. Oh ! tout petit. Une faveur minuscule. Il m'a offert une troisième possibilité. Et j'ai accepté.

— Une troisième possi..., bégaya Peggy. Oh ! Rien qu'à voir ta tête je me sens envahie de chair de poule !

— Je reste ici, expliqua lentement Sébastian, je conserve mon âge actuel, mais je tombe en poussière dès que l'eau contenue dans mon organisme sera évaporée.

— *Quoi ?* hurla Peggy. Mais c'est un marché de dupes !

— Attends ! plaida le garçon. Je n'ai pas fini. Si tu parviens à empêcher mon corps d'être éparpillé par le vent, si tu réussis à conserver tout le sable qui le compose bien à l'abri dans une boîte, je pourrai renaître à la vie chaque fois que tu m'arroseras d'eau pure.

Peggy Sue écarquilla les yeux, abasourdie.

— Je regrette, avoua Sébastian d'un air penaud.

Je sais que c'est tordu, mais c'est le seul moyen que j'ai trouvé pour rester avec toi. Et... et je tiens *beaucoup* à rester avec toi.

Peggy se jeta dans ses bras. Ils restèrent ainsi longtemps, sans rien se dire, et les larmes qui coulaient sur leurs joues étaient aussitôt bues par leur chair desséchée.

*

Le soir même, la bulle-univers était devenue si grosse qu'elle soulevait le toit du hangar. Lorsqu'on s'en approchait, on pouvait y voir les montagnes sortir de terre comme des légumes, l'herbe pousser et les fleuves creuser leur lit. C'était un spectacle fascinant de suivre la construction de ce monde encore inhabité. Une fleur sortait de terre et ouvrait sa corolle en l'espace de deux secondes, un arbre mettait une minute pour devenir adulte et déployer des branches couvertes de feuilles drues.

Les naufragés quittèrent leurs cachettes pour venir assister au phénomène. La plupart d'entre eux — qui avaient un instant caressé l'idée d'abandonner les mirages pour revenir s'installer sur la Terre — s'avouaient dégoûtés par l'expérience vécue dans le désert.

— Nous avions oublié à quel point la vie réelle est ennuyeuse, radotaient-ils. Et puis, il y a cette question de l'âge. Sébastian dit qu'il faudrait accepter de devenir vieux. Qui a envie d'une telle chose ?

Bref, mis au pied du mur, ils faisaient tous

marche arrière. Déjà, ils s'échauffaient à propos du nouveau monde en germination. Quelles en seraient les particularités fantastiques ? La neige serait-elle sucrée ? Quel parfum aurait-elle ? Menthe ? Chocolat blanc ?

Ils s'excitaient, parlaient de plus en plus fort, chacun voulant imposer ses souhaits personnels. Peggy Sue les abandonna à leurs bavardages.

— Tout sera réglé au matin, dit Sébastian. À minuit, la bulle sera assez solide pour accueillir ceux qui voudront y embarquer. J'ai obtenu que tes parents n'y soient pas admis. Quand ils se réveilleront, ils croiront avoir fait un drôle de rêve, c'est tout. Pendant quelque temps, ils resteront un peu... bizarres, mais cela finira par leur passer. Le génie grimpera lui aussi dans la bulle et la rendra invisible. Le mirage se refermera pour aller vagabonder dans le désert. Tout sera comme avant.

— Et toi ? demanda Peggy Sue.

— Moi, je vais m'isoler dans un hangar, à l'abri des courants d'air, répondit le garçon. Je vais dérouler une bâche en plastique sur le sol et je m'y étendrai. Quand je serai complètement desséché, mon corps s'émiettera... tu n'auras qu'à récupérer le sable et le mettre dans une boîte hermétique. Fais attention de ne pas en perdre, ou je me recomposerai imparfaitement lorsque tu m'arroseras.

— D'accord, fit Peggy d'une toute petite voix. J'espère que mes parents ne s'étonneront pas de me voir trimballer une boîte pleine de sable... ça va être un peu compliqué, surtout avec Julia qui fouine sans cesse dans mes affaires.

— Tu peux me mettre dans un sac, proposa Sébastian. Un sac en plastique indéchirable. Puis tu caches ce sac dans une valise en le tassant bien. Ce sera peut-être plus pratique.

— Oui, bonne idée ! s'enthousiasma Peggy. Une valise ça ferme à clef.

Elle essayait de se montrer positive et de sourire alors que son cœur était en miettes, mais elle ne voulait pas passer pour une pleurnicheuse.

— N'oublie pas, murmura Sébastian. De l'eau pure... Ce ne sera peut-être pas si facile à trouver. Il se peut que le génie m'ait joué une sale blague. Avec ce genre d'individus, on n'est jamais sûr de rien.

*

Ils attendirent le coucher du soleil avec tristesse, assis au bout de la piste, et se tenant par la main.

— Ce n'est qu'un au revoir, répétait Sébastian. Je ne pars pas vraiment. Je serai toujours là, près de toi.

— Oui, admit Peggy, mais dans une valise...

Quand la nuit tomba ils durent se séparer car le garçon sentait son corps se déshydrater de manière accélérée. Après avoir échangé un dernier baiser avec Peggy, il entra dans un hangar dont il referma soigneusement la porte.

La jeune fille sentit qu'elle ne pourrait pas trouver le sommeil. Elle resta au milieu de la piste, à contempler les transformations de l'univers-bulle. Ayant soulevé le toit du hangar, le mirage en formation s'en était échappé pour se poser devant la tour de contrôle. Les naufragés se bousculaient pour y entrer, comme s'ils craignaient de le voir s'en aller sans eux. C'était un spectacle un peu pitoyable. Une fois traversée la paroi de la bulle, ils devenaient tout petits, à l'échelle du paysage en réduction où ils se déplaçaient. Ils embarquèrent sans adresser un signe à Peggy. Une fois de l'autre côté, ils se remettaient à sourire et s'empressaient de goûter la neige pour vérifier si son parfum leur convenait.

Le génie embarqua en dernier. En fait, il ne se leva pas. Il n'ouvrit même pas les yeux. La bulle se déplaça vers lui et l'avala avec un « plop » sonore. Les passagers du mirage s'empressèrent de le recueillir et de le porter jusqu'au chalet piqué au sommet de la montagne des sapins noirs. Ce transfert effectué, le mirage cessa d'être transparent. Ses parois devinrent vitreuses, opaques... puis, soudain, tout disparut, et Peggy Sue se retrouva seule au milieu de la piste d'envol déserte.

« C'est la fin de l'aventure... », songea-t-elle avec un petit frisson.

Elle savait que Sébastian préférait qu'elle ne le voie pas tomber en poussière, aussi passa-t-elle sans s'arrêter devant le hangar où il s'était retiré. Une fois dans la tour de contrôle, elle vérifia que ses parents se trouvaient toujours là. Ils dormaient.

Le génie les avait hypnotisés pour les empêcher d'embarquer avec les autres. Le petit garçon muet ronflait lui aussi, roulé en boule au pied du lit. Peggy Sue s'éloigna sur la pointe des pieds et alla s'étendre dans sa chambre.

Elle fixa le plafond pendant une éternité. Par la fenêtre ouverte lui parvenait le bruit du vent qui s'acharnait à éparpiller les dernières maisons de sable tombées du ciel.

27

Amis fidèles

Dès l'aurore, Peggy se leva. Dans la penderie, elle prit une valise solide, puis elle descendit à la cantine pour chercher l'un de ces sacs en plastique indéchirables qui servent au transport du riz. Après en avoir vérifié l'étanchéité, elle se munit d'une pelle, d'une balayette, et prit le chemin du hangar.

Elle eut un pincement au cœur en découvrant Sébastian métamorphosé en statue de sable. Elle s'agenouilla à son chevet et commença à le découper en tranches, à la manière d'un gâteau de semoule. Elle versait chacune de ces « parts » au fond du sac, en prenant soin de n'en rien perdre. Elle procédait méthodiquement en essayant de ne pas se laisser envahir par le chagrin.

« Il n'est pas vraiment parti, se répétait-elle. Il reviendra dès que je le souhaiterai. »

Oui, mais ce serait chaque fois pour une courte durée, à cause du dessèchement. Il faudrait essayer de trouver une solution, un moyen de contourner la malédiction... Elle verrait cela plus tard.

Quand le sac fut plein, elle le ferma solidement et le hissa sur son épaule. Il se révéla assez lourd, mais beaucoup moins que prévu. Une fois l'eau de son corps évaporée, Sébastian ne pesait plus que 30 % de son poids réel. Peggy le ramena à la tour de contrôle et le tassa dans la valise, qu'elle ferma à clef.

Alors, seulement, elle songea à s'examiner. Sa peau avait repris son aspect normal. Elle ne crissait plus lorsqu'on l'effleurait. Le génie avait tenu parole.

Le petit garçon muet avait également disparu. Le chien bleu le remplaçait. Peggy Sue le réveilla.

— Tu m'entends ? lui lança-t-elle mentalement. Tu es là ? Tu es revenu ?

— Oui, gémit l'animal. Ne pense pas si fort ! Ça me compresse la cervelle ! Qu'est-ce qui s'est passé ? J'ai l'impression d'avoir loupé un bout du film...

— Tu ne te rappelles rien ? insista Peggy Sue.

— Je ne sais pas, grogna le chien en se redressant. J'ai comme dans l'idée que j'ai fait pas mal de bêtises, mais c'est flou.

Encore gouverné par ses réflexes d'humain, il essaya de se lever sur ses pattes postérieures mais perdit aussitôt l'équilibre.

— Houla ! hoqueta-t-il. C'est pire que je croyais...

— Ce n'est rien, dit Peggy Sue en le grattant entre les oreilles. Viens par ici, je vais te raconter les détails que tu as manqués.

Prochain épisode : *Le Papillon des abîmes*

L'auteur

La « brussolite » est une affection singulière. Alors que la plupart des virus littéraires sont à même d'être soignés, celui-ci reste parfaitement incurable. Une fois goûté à cet univers, on ne s'en détache pas sans difficulté, et il suffit d'un brin d'accoutumance pour que le pli soit pris, pour que le mal soit fait […]. Redisons-le, Serge Brussolo est l'un des écrivains français qui sécrètent l'imagination comme d'autres mangent ou respirent. Il la décline alors sans fin, en un admirable kaléidoscope romanesque, dont l'ampleur et la richesse devraient intimer silence à bien des fausses gloires.

Nicolas d'Estienne d'Orves, *Le Figaro littéraire*

Serge Brussolo est un genre littéraire à lui tout seul.

Philippe Hupp, *Le Nouvel Observateur*

Serge Brussolo serait-il une sorte de Stephen King à la française ? Un arrière-petit-fils de Gaston Leroux et d'Alexandre Dumas qui lorgnerait volontiers du côté du Docteur Mabuse ?

Jean-Maurice de Montrémy, *La Croix.*

Incontestable phénomène littéraire, Brussolo est, à l'image d'un Simenon ou d'un Frédéric Dard, un forcené de l'écriture et un raconteur hors pair, quel que soit le genre qu'il aborde.

Bruno Corty, *Le Figaro littéraire*

Serge Brussolo : une véritable bombe à fragmentation qui cumule les effets de choc du roman de terreur et d'épouvante, ceux du souffle de l'anticipation, la puissance de feu du roman populaire, la violence du polar pur et dur, la ruse du récit d'énigme, le glauque meurtrier du roman noir.

Jean-Pierre Deloux, *Le Magazine littéraire*

Brussolo le prestidigitateur. Un conteur-né. Jamais il ne laissera son auditoire s'assoupir, lui.

Marie-Caroline Aubert, *Elle*

Serge Brussolo est né en 1951 dans une famille ouvrière. Enfant, il est fan de romans de mystère, de fantastique, et dévore les aventures de Bob Morane, de Blake et Mortimer. Il lit Fantômas et Arsène Lupin. Il hésite entre le roman et la bande dessinée, car les deux moyens d'expression le tentent, et son coup de crayon surprend ses instituteurs. Longtemps, ses professeurs resteront persuadés qu'il va s'orienter vers les Beaux-Arts, mais il n'en fera rien. Après des études supérieures qui se termineront par une maîtrise d'enseignement et une licence de sciences de l'éducation, il se lance dans l'aventure de l'écriture. Sa première nouvelle publiée sera saluée par Bernard Pivot. Durant les années 80, il va écrire des romans de science-fiction et de fantastique à destination des jeunes adultes pour la collection Présence du Futur (Denoël). Son imagination, époustouflante, va bouleverser un genre qui, jusque-là, s'interdisait d'explorer les territoires du délire. Pour ce travail, il se verra attribuer à deux reprises le Grand Prix de la Science-Fiction française. Il décide alors de se mettre à écrire pour les adultes et devient, très vite, un maître du roman de mystère, l'un des auteurs vedettes de la collection « Thriller » du Livre de Poche. Cette fois, son travail sera couronné par le Prix du Roman d'aventures et le Prix RTL-LIRE. L'une de ses œuvres, *La Maison de l'aigle* (Folio) figurera dans la première sélection du Prix Goncourt.

Depuis longtemps, Serge Brussolo avait envie de se remettre à écrire pour les jeunes, mais, se sentant à l'étroit dans les collections dites « pour enfants », il attendait de rencontrer un éditeur qui lui laisserait toute liberté de mener à sa guise les aventures de Peggy Sue. Voilà qui est fait !

Œuvres à destination des adultes

FOLIO

La Moisson d'hiver (Prix RTL-LIRE)
La Maison de l'aigle
Hurlemort
Les Ombres du jardin
Le Syndrome du scaphandrier

LE LIVRE DE POCHE

Le Chien de minuit (Prix du Roman d'aventures)
Conan Lord, carnets secrets d'un cambrioleur
Le Sourire noir
La Main froide
La Route obscure
La Fille de la nuit
Le nuisible
Le Murmure des loups
Le Château des poisons
Les Enfants du crépuscule
L'Armure de vengeance
Le Labyrinthe de Pharaon
Les Prisonnières de Pharaon
Avis de tempête
La Chambre indienne
Baignade accompagnée
Le Manoir des sortilèges

FLAMMARION

Dernières lueurs avant la nuit
Le Livre du grand secret

OMNIBUS

Territoires de l'impossible
(*Sept romans pour avoir vraiment peur !*)

Table

Cet ouvrage a été réalisé par

FIRMIN DIDOT

GROUPE CPI

Mesnil-sur-l'Estrée

pour le compte de France Loisirs
en mai 2002

Imprimé en France
Dépôt légal : mai 2002
N° d'édition : 36843 - N° d'impression : 59463